风不能把阳光打败

毕 淑 敏 精 品 散 文 集

中国青年出版社

图书在版编目（CIP）数据

风不能把阳光打败 / 毕淑敏著 .-2 版 .-- 北京：中国青年出版社，2009.8（2023.8 重印）
ISBN 978-7-5006-8750-4

I. 风… II. 毕… III. 散文 – 作品集 – 中国 – 当代 IV.I267

中国版本图书馆 CIP 数据核字（2009）第 064220 号

书　　名：	风不能把阳光打败
作　　者：	毕淑敏
责任编辑：	彭慧芝
原版编辑：	张　冰
装帧设计：	高海军

出版发行：中国青年出版社
社　　址：北京市东城区东四十二条 21 号
邮政编码：100708
网　　址：www.cyp.com.cn
营销中心：010 — 57350370
印　　刷：北京科信印刷有限公司
经　　销：新华书店
开　　本：700mm × 1000mm　1/16
印　　张：16
字　　数：230 千字
版　　次：2003 年 8 月北京第 1 版　2009 年 9 月北京第 2 版
印　　次：2023 年 8 月北京第 31 次印刷
印　　数：327001—332000 册
定　　价：28.00 元

如有印装质量问题，请凭购书发票与质检部联系调换
联系电话：010 — 57350337

目录

2　我的五样
6　拍卖你的生涯
12　千头万绪是多少
16　紧张
21　优点零
23　挖掘心灵第一图
27　每天都冒一点险
30　永别的艺术
33　写下你的墓志铭
37　飘扬的长发与人生的幸福
41　你我的记忆
45　心理拒绝创可贴
50　像烟灰一样松散

56　旅行使我们谦虚
58　最单纯的生活必需品
60　救树
62　礼物会消失吗？
65　常读常新的人鱼公主
68　寻觅危险
70　常常爱惜
72　谎言三叶草

76 风不能把阳光打败

78 附耳细说

81 忍受快乐

84 绿手指

85 柔和

87 变化的哀伤

88 保持惊奇

92 我注视我自己的头颅

94 天使和魔鬼的数量

100 人可以最大限度地逼近真实

103 稀少的职业

107 电脑仆人

111 热爱说话

116 触抚绿色

119 苦难不是牛痘疫苗

123 为白海鸥签名

130 友情如鞭

133 男妇产科医生

139 曼德拉的铅笔

141 蓝宝石刀

148 斯特朗的地毯鞋

151 地铁客的风格

154 华尔街的少女

157 第6000次回答

160　机场悬红
164　全职主夫
168　海明威的最后一分钱
172　消音器和指示针

178　婚姻鞋
180　家问
183　修补爱情
185　成千上万的丈夫
188　孝心无价
191　蚕是被自己的丝裹住的
194　爱无专利
196　握紧你的右手
198　性别按钮
204　虾红色情书
209　校门口的红跑车
214　蓝色萝卜
218　青虫之爱

224　离太阳最近的树
226　呵护心灵
230　雪域灯火
233　苍凉的生命
236　自信第一课
240　大雁落脚的地方

愿有一束
火红的玫瑰,伴我到天涯……

心的
每一个犄角,
都金光灿灿起来……

没有愿望,
必是一个死寂的世界……

那些优质香烟燃烧后的烟灰,
非常松散……

放松是举重若轻玉树临风……

我的五样

老师出了题目——写下"你生命中最宝贵的五样东西",我拿着笔,面对一张白纸,周围一片静寂无声。万物好似缩微成超市货架上的物品,平铺直叙摆在那里,等待你的挑选。货筐是那样小而致密,世上的林林总总,只有五样可以塞入。

也许是当过医生的缘故,片刻的斟酌之后,我本能地挥笔写下:空气、水、阳光……

这当然是不错的。你不可能设想在一个没有空气和水的星球上,滋长出如此斑斓多彩的生命。但我很快发现自己陷入了困境——如果继续按照医学的逻辑推下去,马上就该写下心脏和气管,它们对于生命之泵也是绝不可缺的零件。结果呢,我的小筐子立马就装满了,五项指标额度用尽。想想那答案的雏形将是:我生命中最宝贵的东西——空气、水、阳光、气管、心脏……哈!充满了科普意味。

如此写下去,恐有弊病。测验的功能,是辅导我们分辨出什么是自我生命中最重要的因子,以至于面临人生的重大选择和丧失时,会比较的镇定从容,妥帖地排出轻重缓急。而我的答案,抽象粗放,大而化之,缺乏甄别和实用性。

改弦易辙。我决定在水、空气和阳光三要素之后,写下对我个人更为独特和生死攸关的因子。

于是,第四样——鲜花。

真有些不好意思啊。挂着露滴的鲜花,那样娇弱纤巧,似乎和庄严的题目开了一个玩笑。但我真是如此地挚爱它们,觉得它们美轮美奂,不可或缺。绚烂的有刺的鲜花,象征着生活的美好和无可回避的艰难,愿有一束火红的玫瑰,伴我到天涯。

写下鲜花之后,仅剩一样挑选的余地了。刹那间,无数声音充斥耳鼓,啰唣地申述着自己的不可替代性,想在最后一分钟,挤进我珍贵的小筐。

偷着觑了一眼同学们的答案,不禁有些惶然。

有人写下"父母"。我顿觉自己的不孝。是啊,对于我的生命来说,父母难道不是极为宝贵的因素吗?且不说没有他们哪来的我,单是一想到他们会先我而去,等待我的是生离死别,永无相见,心就极快地冰冷成坨。

有人写下"孩子"。我惴惴不安,甚至觉得自己负罪在身。那个幼小的生命,与我血脉相连,我怎能在关键的时刻将他遗漏?

有人写下"爱人"。我便更惭愧了。说真的,在刚才的抉择过程中,几乎将他忘了。或许因为潜意识里,认为在未曾识得他之前,我的生命就已存许久。我们也曾有约,无论谁先走,剩下的那人都要一如既往地好好活着。既然当初不是同月同日生,将来也难得同月同日死,彼此已商定不是生命的必需,未进提名,也有几分理由吧?

正不知将手中的孤球抛向何处,老师一句话救了我。她说,这生命中最宝贵的东西,不必从逻辑上思索推敲是否成立,只需是你情感上的真爱即可。

凝神再想。

略一顿挫之后,拟写"电脑"。因为基本上已不用笔写作,电脑便成了我密不可分的工作伴侣。落笔之际我凝思,电脑在此处,并不只是单纯的工具,当是一种象征,代表我挚爱的劳动和神圣的职责。很快又联想到电脑所受制约较多,比如停电或是病毒入侵,都会让我无所依傍。唯有朴素的笔,虽原始简陋,却可朝夕相伴风雨兼程。

于是洁白的纸上,记下了我生命中最宝贵的五样东西——水、阳光、空气、鲜花和笔(未按笔画为序,排名不分先后)。

同学们嘻嘻笑着,彼此交换答案。看过之后,却都不作声了。我吃惊地发现,每人的物件,万千气象,绝不雷同,有些简直让人瞠目结舌。比如某男士的"足球",某女士的"巧克力",在我就大不以为然。但老师再三提示,不要以自己的观点去衡量他人,于是不露声色。

接下来,老师说,好吧,每个人在你写下的五样当中,划去相对不那么重要的一样,只剩下四样。

权衡之后,我在五样中的"鲜花"一栏旁边打了一个小小的"×"号,表示在无奈的选择当中,将最先放弃清丽芬芳的它。

老师走过来看到了,说,不能只是在一旁做个小记号,放弃就意味着彻底的割舍。你必得用笔把它全部涂掉。

依法办了,将笔尖重重刺下。当鲜花被墨笔腰斩的那一刻,顿觉四周惨失颜色,犹如本世纪初叶的黑白默片。我拢拢头发咬咬牙,对自己说,与剩下的四样相比,带有奢侈和浪漫情调的鲜花,在重要性上毕竟逊了一筹,舍就舍了吧。虽然花香不再,所幸生命大致完整。

请将剩下的四类当中,再剔去一种,仅剩三样。老师的声音很平和,却带有一种不容商榷的断然压力。

我面对自己的纸,犯了难。阳光、水、空气和笔……删掉哪样是好,思忖片刻,提笔把"水"划去了,从医学知识上讲,没有了空气,人只能苟延残喘几分钟,没有了水,在若干小时内尚可坚持。两害相权取其轻吧。

也许女人真是水做的骨肉,"水"一被勾销,立觉喉咙苦涩,舌头肿痛,心也随之焦躁成灰,人好似成了金字塔里风干的法老。

我已经约略猜到了老师的程序,便有隐隐的痛楚弥漫开来。不断丧失的恐惧,化作乌云大兵压境。痛苦的抉择似一条苦难巷道,弯弯曲曲伸向远方。

果然,老师说,继续划去一样,只剩两样。

这时教室内变得很寂静,好似荒凉的冢。每个人都在冥思苦想举棋不定。我已顾不得探查他人的答案,面对着自己人生的白纸,愁肠百结。

笔、阳光、空气……何去何从?

闭起眼睛一跺脚,我把"空气"划去了。

刹那间好像有一双阴冷的鹰爪,丝丝入扣地扼住我的咽喉,手指发麻眼冒金星,心如擂鼓气息屏室……

我曾在海拔五千多米的冰山上攀缘绝壁,缺氧的滋味撕心裂肺。无论谁隔绝了空气,生命便飘然而逝。一切只能成为哲学意义上的讨论。

好了,现在再划去一样,只剩下最后一样。老师的音调很温和,但执着坚定充满决绝。对已是万般无奈之中的我们,此语一出,不啻惊雷。

教室内已经有轻轻的哭泣声。人啊,面临丧失,多么软弱苦楚。即使只是一种模拟,已使人肝肠寸断。

笔和阳光。它们在纸上誓不两立地注视着我,陷我于深重的两难。

留下阳光吧——心灵深处在反复呼唤。妩媚温暖明亮洁净,天地一派光明。玫瑰花会重新开放,空气和水将濡养而出,百禽鸣唱,欢歌笑语。曾经失去的一切,都会在不知不觉当中悄然归来。纵使除了阳光什么也没有,也可以在沙滩上直直地卧晒太阳呀。

想到这里,心的每一个犄角,都金光灿灿起来。

只是,我在哪里,在干什么?

我看到自己孤独的身影,在海边寂寞的椰子树下拉长缩短,百无聊赖。孤独地看日出日落,听潮涨潮消。

那生命的存在,于我还有怎样的意义?! 我执着地扬起头来问天。

天无语。

自问至此,水落石出。我慢而稳定地拿起笔,将纸上的"阳光"划掉了。

偌大一张纸,在反复勾勒的斑驳墨迹中,只残存下来一个固守的字——"笔"。

这种充满痛苦和抉择的测验,像一个渐渐缩窄的闸孔,将激越的水流凝聚成最后的能量,冲刷着我们的纷繁的取向。当那通道变得一夫当关,万夫莫开之时,生命的重中之重,就简洁而挺拔地凸立了。

感谢这一过程,让我清晰地得知什么是我生命中的真爱——就是我手中的这支笔啊。它噗噗跳动着,击打着我的掌心,犹如我的另一颗心脏,推动我的一腔热血四肢百骸。

突然发现周围万籁无声。人们在清醒地选择之后,明白了自己意志的支点,便像婴儿一般,单纯而明朗地宁静了。

我细心地收起这张白纸,一如珍藏一张既定的船票。知道了航向和终点,剩下的就是帆起桨落战胜风暴的努力了。

拍卖你的生涯

朋友参加过一堂很别致的讲座,对我详细地描绘了一番。她说:讲座叫作"拍卖你的生涯"。外籍老师发给每人一张纸,其上打印着数十行字。

1. 豪宅
2. 巨富
3. 一张取之不尽,用之不竭的信用卡
4. 美貌贤惠的妻子或英俊博学的丈夫
5. 一门精湛的技艺
6. 一个小岛
7. 一座宏大的图书馆
8. 和你的情人浪迹天涯
9. 一个勤劳忠诚的仆人
10. 三五个知心朋友
11. 一份价值五十万美元并每年可获得25%纯利收入的股票
12. 名垂青史
13. 一张免费旅游世界的机票
14. 和家人共度周末
15. 直言不讳的勇敢和百折不挠的真诚

……

大家先是愣愣地看着这些项目,之后交头接耳地笑,感觉甚好。本来嘛,全世界的美事和优良品质差不多都集中在此了。

老师拿起一把小槌子,轻敲讲台,蜂房般的教室寂静下来。老师说(他能讲不很普通的普通话),我手里是一把旧槌子,但今天它有某种权威——暂时充当拍卖槌。我要拍卖的东西,就是在座诸位的生涯。

课堂顿起混乱。生涯?一个叫人生出沧桑和迷茫的词语。我们大致明白什么是生存,什么是生活,但不很清楚什么是生涯。我们只是一天天随波逐流地过着,也许七十岁的时候,才恍然大悟,生涯已在蒙眬中越来越细了。

老师说,一个人的生涯,就是你人生的追求和事业的发展。它可以掌握在你自己手中。性格就是命运。生涯从属于你的价值观。通常当人们谈到生涯的时候,总觉得有太多的不可把握性,埋藏在未知中。其实它并非想象中那般神秘莫测。今天,我想通过这个游戏,让大家比较清晰地看到自己的爱好,预测自己的生涯。

大家听明白了,好奇地跃跃欲试。

我相信在每一个成人的内心深处,都潜伏着一个爱做游戏的天真孩童,只不过随着时光流逝,蒙上了世故的尘土。成年以后的我们,远离游戏,以为那是幼稚可笑的玩闹。其实好的游戏,具有开蒙人的智慧,通达人的思维,启迪人的感悟,反省人的觉察的力量。当我们做游戏的时候,就更接近了真我。

老师说,我现在象征性地发给每人一千块钱,代表你一生的时间和精力。我会把这张纸上所列的诸项境况,裁成片,一一举起,这就等于开始了拍卖。你们可以用自己手中的积蓄,购买我的这些可能性。一百块钱起价,欢迎竞价。当我连喊三次,无人再出高价的时候,槌子就会落下,这项生涯就属于你了。注意,我说的是可能性,并非是真正的事实。它的意思就是——你用九百九十九元竞得了豪宅,但并不等于你真的拥有了一片仙境般的别墅,只是说你将穷尽一生的精力,来为自己争取。相信只要你竭尽全力,把目标当成整个生涯的支撑点,达至的可能性甚大。

教室里的气氛骚动之后有些沉凝。这游戏的分量举轻若重,它把我们人生的繁杂目的,约分并形象化了——拼此一生,你到底要什么?

老师举起了第一项拍卖品——拥有一个岛。起价一百元。

全场寂静。一个小岛?它在哪里?南半球还是北半球?大西洋还是太平洋?面积若何?人口多少?有无石油和珊瑚礁?风光怎样?

疑声鹊起,大家迫切希望提供更详尽的资料,关于那个小岛,关于风土人情。老师一脸肃然,坚定地举着那个纸片,拒绝做更进一步的解说。

于是,我们明白了。小岛,就是小小的平平凡凡的一个无名岛。你愿不愿以一生作赌,去赢得这块海洋中的绿地?

终于,一个平日最爱探险、充满生命活力的女生,大声地喊出了第一个竞价——我出二百!

一个男生几乎是下意识地报出:五百!他的心思在那一瞬很简单,买下荒凉岛屿这样的事件,就该是男子汉干的勾当。

但那名个子不高却意志顽强的女生志在必得了。她涨红着脸,一下子喊出了……一千!

这是天价了。每个人只有一千块钱的贮备,也就是说,她已定下以毕生的精力,赢得这个小岛的决心。别的人,只有望洋兴叹了。

那个男生有些悻悻地说,竞价应该一点点攀升,比如她要出六百,我喊七百……这样也可给别人一个机会。

老师淡然一笑说,我们只是象征性地拍卖,所以可能不合规矩。大家要记住,生涯也如战场,假如你已坚定地确认了自己的目标,就紧紧锁定它。机遇仿佛闪电的翎毛。

大家明白了竞争的激烈,肃静中有了潜藏的紧迫和若隐若现的敌意。

拍卖的第二项是美貌贤惠的妻子或英俊博学的丈夫。

我原以为此项会导致激烈的竞拍,没想到一时门可罗雀。也许因为它太传统和古板,被其他更刺激的生涯吸引,大伙不愿在刚开场不久,就把自己的一生拴入伴侣的怀抱。好在和美的家庭,终对人有不衰的吸引力,在竞争不激烈的情形下,被一位性情温和的男子以七百元买去。

我把指关节攥得紧紧,如果真有一把钞票,会滴下浑浊的水来。到底用这唯一的机会,买回怎样的生涯?扒拉一下诸样选择中,自己中意的栏目有限,和同志们所见略同也说不准。定谋贵决,一旦确立了自己的真爱,便须直捣黄龙,万不可游移吝惜。要知道,拍卖的过程水涨船高步步为营。倘稍一迟缓,被他人横刀夺爱,就悔之莫及了。

拍到"取之不尽,用之不竭的信用卡"时,引起空前激烈的争抢。聪明人已发现,所列的诸项,某些外延交叉涵盖,可互相替代。有同学小声嘀咕,有了信用卡,巨富不巨富的,也不吃紧了,想干什么,还不是探囊取物?

于是信用卡成了最具弹性和热度的香饽饽。一时群情激昂,最后被一奋勇女将自重围中掳走。

其后的诸项拍卖,险象环生。有些简直可以说是个人价值取向甚至隐秘的大曝光。一位众人眼中极腼腆内向的男同学,取走了免费旅游世界的机票,让人刮目相看。一位正在离婚风波中的女子,选择了和情人浪迹天涯,于是有人暗中揣测,她是否已有了意中人?一位手脚麻利助人为乐的同学,居然选了勤劳忠诚的仆人,让全体大跌眼镜。细一琢磨推算,可能他总当一个勤快人,已经厌烦,但又无力摆脱这约定俗成的形象,出于补偿的心理,干脆倾其所有,买下对另一个人的指挥权吧。一旦咀嚼出这选择背后的韵味,旁观者就有些许酸涩。

一位爱喝酒的同仁,一锤定音买下了"三五个知心朋友",让我在想象中,立即狠狠掴了自己一掌。从前,我劝过他不要喝那么多的酒,他笑说,我喜欢和朋友在一起。我不死心,便再劝,他却一直不改。此番看了他的选择,我方晓得朋友在他的心秤上如此沉重。我决定——该闭嘴时就闭嘴吧。

光顾了看别人的收成,差点耽误了自己地里的活计。同桌悄悄问,你到底打算买何种生涯?

我说,没拿定主意啊。我想要那座图书馆。

同桌说,傻了不是?我看你不妨要那张价值五十万美元且年年递增25%的股票,要知道这可是一只会下金蛋的火鸡。只要有了钱,什么图书馆置办不出来呢?你要把图书馆换成别的资产,就很困难了。如今是信息时代,资料都储藏在光盘里,整个大英博物馆也不过是若干张碟的事。图书馆是落后的工业时代的遗物了……

他话还没说完,老师举起了新的一张卡片。他见利忘友,立刻抛开我,大喊了一声:嗨!这个我要定了。一千!

我定睛一看,他倾囊而出购买回来的是:一门精湛的技艺。

我窃笑道,你这才是游牧时代的遗物呢,整个一小农经济。

他很认真地说,我总记着老爸的话,家有千金,不如薄技在身。

我暗笑,哈,人啊,真是环境的产物。

好了,不管他人瓦上霜了,还是扫自己门前的雪吧。同桌的话也不无道理。有了足够的钱，当然可以买下图书馆或是任何光碟。但你没有这些钱之前，你就干瞪眼。钱在前，还是图书馆在前？两者的顺序便有了原则的不同。我愿自己在两鬓油黑耳聪目明之时，就拥有一座窗明几净汗牛充栋庭院深深斗拱飞檐的图书馆。再说，光碟和图书馆哪能同日而语？我不仅想看到那些古往今来的智慧头脑留下的珍珠，还喜欢那种静谧幽深的空间和气氛，让弥漫在阳光中的纸张味道鼓胀自己的肺……这些，用钱买来的新书和光碟，仿得出来吗？正这样想着，老师举起了"图书馆"，我也学同桌，破釜沉舟地大喊了一声：一千！

于是，宏大的图书馆就落到了我的手中。那一刻，虽明知是个模拟的游戏，心中还是扩散起喜悦的巨大涟漪。

拍卖一项项进行下去，场上气氛热烈。我没有参加过实战，不知真正的拍卖行是怎样的程序，但这一游戏对大家心灵的深层触动，是不言而喻的。

当老师说，游戏到此结束。教室一下静得不可思议，好像刚才闹哄哄的一干人，都吞炭为哑或羽化成仙去了。

老师接着说，有人也许会在游戏之后，思索和检视自己，产生惊讶的发现和意料外的收获。有一个现象，不知大家发现没有，有三项生涯，当我开价一百元之后，没有人应拍，也就是说，不曾成交。这种卖不出去的物品，按规矩，是要拍卖行收回的，但我决定还是把它们留下。也许你们想想之后，还会把它们选作自己的生涯目标。

这三项是：

1. 名垂青史
2. 和家人共度周末
3. 直言不讳的勇敢和百折不挠的真诚

同学大眼瞪小眼，刚才都只专注于购买自己的生涯，不曾注意被遗落冷淡的项目。听老师这样一说，就都默然。

我——揣摩，在心中回答老师。

和家人共度周末。

老师别恼。不曾购买它以作自己的生涯，原因可能是多方面的。有人以为这是很平淡的事，不必把它定作目标。凡夫俗子们，估摸着自己就是不打算和家人共度周末,也没有什么地方可去。一件被迫的几乎命中注定的事,何必要选择?还有的人,是一些不愿归巢的鸟,从心眼里不打算和家人共度周末。现今只有没本事的人,才和家人共度周末。有本事的人,是专要和外人度周末的。

青史留名?

可叹现代人(当然也包括我),对史的概念已如此脆弱。仿佛站在一个修鞋摊子旁边,只在乎立等可取,只在乎急功近利。当我们连清洁的水源和绵延的绿色都不愿给子孙留下的时候,拥挤的大脑中,如何还存得下一块森严的石壁,以反射青史遥远的回声。

勇敢和真诚?

它固然是人类曾经自豪和骄傲的源泉,但如今怯懦和虚伪,更成了安身立命的通行证。预定了终生的勇敢和真诚,就像一把利刃悬在颅顶,需要怎样的坚忍和稳定?!我们表面的不屑,是因为骨子里的不敢。我们没有承诺勇敢的勇气,我们没有面对真诚的真诚。

游戏结束了,不曾结束的是思考。

在弥漫着世俗气息的"我"之外,以一个"孩子"的视角,重新剖析自己的价值观和生存质量,内心就有了激烈的碰撞和痛苦的反思。

在节奏纷繁的现代社会,我们一天忙得视丹成绿,很难得有这种省察自我的机会。这一瞬让我们返璞归真。

人生的重大决定,是由心规划的,像一道预先计算好的框架,等待着你的星座运行。如期待改变我们的命运,请首先改变心的轨迹。

千头万绪是多少

千头万绪这个词，有一种沸沸扬扬的夸张和缠人喉咙的窒息感，让人心境沮丧，捉襟见肘，好像一个泥潭，不留神陷进去，会被它掩了口鼻，呛得翻白，甚或丢了性命，也说不得。

现代人很常用——或者简直就是爱好用这个词，来描绘自己的生存状况。常常听到人们说自己的处境——千头万绪，要干的工作——千头万绪，待处理的事物——千头万绪，需承担的责任——千头万绪……千头万绪几乎成了一条癞皮狗，死缠烂打地咬住每位现代人的脚后跟，斥之不去。

千头万绪是一个主观的判断，一个夸张的形容。难道对一个普通人来说，世上就真有一万件事，非得你御驾亲征不可？

当我们认定自己进入了千头万绪这一局面的时候，心先就慌了。披头散发，眉毛胡子一把抓，天空也随之阴霾。因为紧迫，就慌不择路。结果是线头越搅越多，原本可以解开的结，也成了死扣。

千头万绪有一种邪恶的威慑力，恐惧和慌乱是它的左膀右臂。一旦被这几个魔头统治了心神，我们在灾难的海市蜃楼面前，往往顿失镇定和勇气。

我认识一位女友，当她说到自己的近况时，脸色晦暗，手指颤抖，嘴唇也无目的地扭曲了，显出干涸辙印中小鱼的表情。

她的确是遇到了足够的麻烦。丈夫外遇十年，儿子正逢高考，模拟考试成绩很不理想。她接手奋战了一年的科研项目，已到了关键时刻，她的高血压又犯了，整天头晕。昨天上街由于精神恍惚，被小偷割裂了书包，偷走了上千元钱。她的邻居在装修房屋，每天电钻声吵得人耳鼓爆炸……

有的时候，真想一死了之！千头万绪啊，我看不到一点光明！她这样说,狠狠捶击着自己的太阳穴。

我说,我能体会到你心中的痛楚和无奈。你想改变这一切,但感到自己绝望和孤独。我们先找到一张白纸,把你最感痛苦烦恼的事件写下来,然后我们看看,有什么办法可以逐个解决它们?

洁白的纸,铺在桌面,如同一片无瑕的雪地。左是起因,右是对策。女友提笔写下:

1.夜里睡不好觉,因为电钻太吵

我很惊讶地问她,那装修的人家,居然敢冒天下之大不韪,在夜里开动电钻?

女友愣了一下,然后说,那倒不是。楼下孀居多年的邻居要结婚了,房屋不整也实在当不了新房。那家事先已出了安民告示,并于晚上八点以后,不再使用电钻。

我说,那么,你睡不好觉,就另有原因,并不能归于电钻了。

她对着白纸,看了半天,仿佛不认识自己写下的那一行字。然后把"电钻"云云删去了,在对策一栏里写下——吃两片安眠药。

继续整理你的烦恼。我说。

2.丈夫外遇十年

真是一个折磨人的大难题。我定定神问,你最近才知道吗?

她嘶哑地答,早知道了。

我说,你打算最近采取行动,彻底解决这个问题吗?

她思忖着说,时机还不成熟。无论是离婚还是敦促他痛改前非,都需要时间。

我说,那它是可以从长计议的,也就是目前采取的对策是等待。

女友点点头。

3.昨天丢了一千块钱

我说,真倒霉啊,对你是雪上加霜。你报案了吗?

她说,报了。但是没寄什么希望。

我说,那就是说,你基本上觉得这笔损失是不可挽回的啦?

她很快地回答,是啊。

我说,不一定啊。也许你不停地愁苦下去,把自己的太阳穴敲出一个透明窟窿,小偷会良心发现,把那笔钱送回来。

她扑哧一声笑了,说,瞧你说的。那小偷根本不知道我是谁,哪怕我今天自杀了,他也不会发慈悲的。

我正色道,说得好。这笔损失,并不因你的痛楚而有复原的可能。

女友想了想,就把这一条划掉了,重写了一个"3.孩子考不上大学"。

我陪着她深深地叹了一口气,然后问她,你是直到今天才意识到孩子上大学无望吗?

她摇摇头,说,他学习成绩一直不好,这结果其实已在意料之中。以前总幻想能出现一个奇迹,现在彻底破灭了。

我说,不符合实际的幻想破灭,你说是件好事还是坏事?

她明白了我的用意,但还是很沉重地说,面对残酷的现实,总是让人难以接受。

我说,是啊。但事实是否因你的不接受,而有改变的可能呢?

女友说,我还是希望孩子能有接受高等教育的机会啊。

我说,此次没有考上大学,并不意味着孩子永远失去了接受高等教育的机会。

她突然抓住我的手说,你的意思是还有机会?

我说,你觉着呢?我记得你就是通过自学直接考取的研究生啊。

她沉默了很长的时间,然后一字一顿地说,是啊。孩子已经十八岁了,教会他如何应付困境,也许更重要。于是她写下对策——重新来,继续下去。

4.高血压

我说,你的血压是否已经像珠穆朗玛一样,成了世界上的第一高峰了呢?

她有些气恼了,说,我真的很痛苦,你却在这里穷开心。

我把脸上的笑容收起,说,对于病,也要有一个战略藐视战术重视的应对。我相信你的高血压并非到了药石罔效的地步,只要按时吃药,是可以控制的。你服药很可能不守医嘱。

她有些不好意思,反问,你怎么知道的?

我说,别忘了,我还是有二十多年医龄的老大夫。你瞒不过我的火眼金睛。

女友老老实实地交代说,一忙起来,就忘了。她规规矩矩地写上对策——遵医嘱。

女友的脸色渐渐平稳,但她还是愁肠百结地写下了最后一条。

5. 科研任务紧迫

我说,关于此项艰巨的任务,你承担了一年。现在到了最后攻关阶段,你是否已对自己丧失了信心?

她很坚定地回答,没有。只是我的心情不好,你知道,对于一个搞研究的人来说,心情就是生产力啊。

我一拍她的手掌说,你讲得好!但心情纯属你精神领域的感觉,你为什么不能使自己的心情明亮起来呢?

她说,讲得轻松!不挑担子肩不疼。我这里千头万绪,哪里就亮得起来!

我含笑说,看看你的千头万绪,还剩下了多少?

那张洁白的纸上,写着

失眠——安眠药

丈夫外遇——从长计议

(丢钱——自认倒霉)

儿子未考上大学——重新来

高血压——遵医嘱

科研攻关——好心情

她看了一遍又一遍,好像不相信自己的千头万绪,已细化成如此简明扼要的条款。看来,我只要今晚吃上两片安眠药,明早醒来,阳光依旧灿烂?她有些半信半疑。

我说,当所有的头绪都搅在一起的时候,的确很可怕,它们使我们的心情变得极为恶劣,智力陡然下降,判断连续失误,于是事情就进入了一个更糟糕的怪圈。把它们理清,列出对策,就可以逐一攻克了。好心情并不来源于一帆风顺,而是生长于从容和坚定的勇气中啊。

女友说,哈!我知道啦!我们每个人都有长出好心情的土地,就看你是否耕耘。

紧　张

　　一个有趣的游戏。两人一组，其中一人会拿到一些纸条，上面写着字——都是人们常有的一些情绪，比如高兴、漠不关心、嫉妒、疲倦已极……

　　拿到纸条的人，要按照纸条上的指示，做出相应的表情和行动，让另外的那个人猜。

　　例如，甲看了看手中的纸条上的字迹，沉思片刻后开始表演。先是豹眼圆睁，辅以一个箭步上前，右手揪住假想中的某人脖领，同时挥出弧度漂亮的左勾拳，击中那人腮帮……

　　乙在目睹了甲的表情和行动以后，也沉思片刻。然后大声说出他解读到的对方情绪——"愤怒"。

　　甲人颔首道，基本正确。不过，我手中的纸条上写的是"狂怒"。

　　乙说，嗨！如果是"狂"，你的这个表达等级，味道尚欠浓烈。倘若换我，一般的愤怒，就已达到这个档次。真到了狂怒阶段，还要加上怒发冲冠拳打脚踢暴跳如雷虎啸龙吟……

　　这个小游戏，说明人和人之间并不是很容易沟通的。人们通常按照自己表达情绪的方式来理解他人。

　　但人和人之间，仍是可以沟通的。需要语言的帮助和长久的磨合。程度差异很大。可以一叶知秋，也可落英缤纷。

　　我很喜欢玩这个游戏，可以更深刻地感知他人的内心，察觉人群的异同。正是这种无休无止的差异，造成了人的丰富多彩和无数悲欢离合。

　　某次，我遇到了一位有趣的合作者。他是一位老板。

　　拿了字条开始表演。目光炯炯，眉头紧皱，身板僵直，双手攥拳……

我绕着他走了三圈,思索不出他这番表演的内涵,求助道:你能不能示意得再明确些?

他是个好商量的人。思忖片刻后,加上了一个表情:嘴角紧抿……

我还是百思不得其解,只得求饶道:猜不出猜不出。我投降,快告诉我底牌吧。

他把纸条伸给我,上面写着——焦虑。

想想,也有道理。某些人焦虑的时候,就是这副沉闷苦恼的模样。

第二轮测验开始。他看了一眼手中新的纸条,开始表演:目光炯炯,眉头紧皱,身板僵直,双手攥拳……

我丧气地说,不行。再具体些。

他就又加了一个表情——嘴角紧抿……

天啊,我一筹莫展。甚至想,这一堆测验的纸条里,不会有两张"焦虑"吧?

我说,完了。我弱智了。请你告诉我吧。

他手心摊开,我看到了谜底:沮丧。

沮丧是这个样子的吗?我不服气地说,你的表演有问题,沮丧的时候,目光通常是低垂的。

但是,我沮丧的时候,就是如此,聚精会神的。他很诚恳地说。

我只得服输。是啊,你不能否认有些人虽败犹荣,屡败屡战,永远目光如炬。

再一次轮到他表演的时候,我格外地当心。看到他拿了纸条,踌躇了一下,然后胸有成竹地开始演示。

目光炯炯,眉头紧皱,身板僵直,双手攥拳……

看到我的茫然愁苦的模样,他善解人意地加上了一个补充动作——紧抿嘴角……

我极快地调侃道,干脆杀了我。我无法破译你的密码。

轮到他吃惊,说,我有那么神秘吗?其实,这一次,我表达的是一种很平和的情绪——"安静"!

我几乎昏了过去,说,您的大驾尊容,居然能称得上是安静?!我想,当你自以为安静的时候,周边的人,绝不敢打扰你。

说者无心,听者有意。他静默了片刻,一拍大腿说,喔,你这样一讲,我就明白了,为什么我以为自己慈祥的时候,大家依然说我严厉……

那一次令人难忘的游戏,它的结尾有些苦涩的味道。因为我的这位朋友,无论他拿到写着怎样字迹的纸条,他的表情都像一个模子里抠出来的:目光炯炯……嘴角紧抿……甚至当"爱情"出现的时候,他也如此刻板和冷峻。

我问他,你成家了吗?

他说,成了。但是,又散了。

我说,还打算成吗?

他说,暂时没有打算。

我说,没有的好。

他说,你为什么这样说?

我说,我的意思是,你若不把表情修改一下,即使有了女朋友,也会莫名其妙地走开。

我后来同这位老板详细地探讨了他的表情。他说,我一个当老板的,哪能事事都流露在面上,让人看个透明?我这是深沉。

我说,表情的僵化和不动声色,并不能画等号。对家人和对谈判对手,哪能一样?周恩来可算是大家,他的表情就丰富得很,并非整天板着阶级斗争脸。咱们常常羡慕外国的老板当得潇洒,其中重要一条——就是他们真实。当怒则怒,当喜则喜。况且,老板也是人,也有七情六欲。事业做得好,人也要活得自然、自在。

后来,我和这位老板进行了比较深入的谈话,才明白在他那千篇一律的面具之后,准确地说,既不是焦虑,也不是沮丧,当然更不是安静,而是——紧张。

紧张,是现代人逃脱不掉的伴侣。

紧张的时候,我们的心跳加快,瞳孔睁大,呼吸急促,血流湍急……我们的思索急迫而锋利,我们的行动敏捷而有力。

紧张这个词,很多年以前,被写进一所著名大学的校训。我想,那时它一定是有的放矢,有着历史的必然和辉煌的功绩。

时代在发展,如今,当我们不再从战火和铁血的角度看待紧张的时候,紧张就有了更多探讨的意义。

短时间的紧张,很好,会使我们焕发出非凡的爆发力。不过,世界上的事情,一蹴而就的,肯定有,但终是有限。大量的成功,孕育在日积月累的跋涉。紧张是一百米短跑,成长则是马拉松比赛。长久的紧张,如同长久的鞭策一样,是不能维持的,它会导致反应的迟钝。紧张可以应对一时,紧张却无法达至永恒。

紧张是一种无休止的激动,是一种没有间歇的高亢,是一种针插不进水泼不进的致密,是一种应急和应激的全力以赴。

你见过没有起落的江河吗?你听过没有顿挫的乐曲吗?你爬过没有沟崖的山峦吗?你走过没有悲喜的人生吗?

紧张是面具。紧张的下面,潜伏着怎样的暗流?换句话说,是什么导致我们长久僵硬的紧张?

紧张的人,思维是直线而不是发散的,因为他的注意力太集中了,心就无旁骛。当我们的视野中只有一个目标的时候,它是收束和狭窄的(不是指远大的唯一的目标,是指运筹帷幄的策略)。我们的显意识之下,是辽阔的潜意识。当紧张的时候,理智和经验就占据了上风,而人类在长久的进化中所积累的本体感觉,被抑制和忽略。所以,紧张的人,很容易累。因为他是在用5%的能力,负载着100%甚至更高的压力,怎么能集思广益化险为夷呢?

紧张的人,其实是不安全的。他处于风声鹤唳之中,对自己的位置和处境,有深深的忧虑。他大张着自己所有的感官——眼睛瞪着,耳朵开放,手脚绷紧,呼吸也是浅而快的……他的全身就像一架打开的雷达,侦察着周围的一草一木。

他因袭着以往的重担,关注着周围的一举一动,他无法平和地看待他人和看待自己。紧张的人,睡眠通常不良。因为在睡梦中,他也不由自主地睁着半只眼睛。

打个比喻。什么动物最易于紧张呢?通常一下子就会想起老鼠兔子麻雀之类的,大都是弱小的谨慎的没有强大的防御能力的生灵。如果是老虎狮子大象甚至蟒蛇,我们想起它们的时候,可以觉得它们或懒洋洋或佯装安宁,但我们不会眼前浮现出它们是紧张的这样一个印象。在突袭猎物的时候，它们快则快矣，狠则狠矣，你可以痛恨它，但它依然是从容和大智若愚。它们不紧张。

再举南极洲的企鹅为例，这些穿西服的鸟们，似乎也没有伶牙俐齿可供攻伐猎物与保障自身，胖墩墩的战斗力不强，但是，它们毫无疑义地不紧张。因为，不是来自它们自身的强大，而是没有人类的迫害和袭扰，它们尚不知紧张为何物。

所以，紧张不是强大，只是懦弱的一件涂着迷彩的旧风衣。

紧张往往使我们看问题的角度趋向负面。因为不安全，所以防御感强，假如在判断不清的时候，首先断定对方是有敌意和杀伤力的，考虑自己怎样防卫怎样规避怎样逃脱……紧张会使我们误会了朋友的友谊，曲解了爱情的试探，加深了创伤的痛楚，减缓了复原的时机。在紧张的时刻，决定往往是短期和激烈的。

紧张的时候，我们无法清晰地聆听到他人真实的声音。我们自身澎湃的血流，主导了我们的听觉。我们看到的可能并非真实的世界，因为自身的目光已经有了某种先入的景象。我们无法虚怀若谷地接纳他人的意见，因为自己的念头依然盘踞在心。我们难以深刻地反省局限，因为注意力全然集中对外，内心演出了一场空城计……紧张就是如同凹凸镜一般，变形了真实的世界，让我们进入高度的备战状态。

紧张的人，是很难和别人和睦相处的。紧张的人，通常落落寡合慎言忧郁。紧张的人，孤独寂寞。他们可以置身于灯红酒绿车水马龙当中，好似应者云集，但他们的心，多疑多虑，挛缩成一块石头。

人们很推崇的一个词——大将风度。我以为其中极重要的组成部分，就是不紧张。每一行真正的高手，几乎都是举重若轻温柔淡定的。草船借箭诸葛空城，功夫在诗外，无论形势多么危急，他们成竹在胸。无论己方多么孤立，他们胜券在握。哪怕局面间不容发，他们眼观六路，耳听八方。

大将不紧张。

优点零

一位做儿童心理研究的朋友告诉我,他发给孩子们一张表,让每人填写自己的优缺点和美好的愿望。孩子们很认真地填好了,把表交上来。她一看,顿时傻了眼。

很多孩子填的是——优点零,——愿望零。

我对世上是否存在没有优点的成人,不敢妄说,但我确知世上绝无没有优点的孩子。我或许相信世上有丧失愿望的老人,但我无法想象没有愿望的孩子,将有怎样枯萎的眼神?不知道愿望和优点这两样对人激励重大的要素,假若排出丧失的顺序,该孰先孰后? 是因为丧失了愿望,百无聊赖,才随之沉没,成为没有优点的少年? 还是一个孩子首先被剥夺了所有的优点,心如死灰,之后再也不敢奢谈一丝愿望? 也许它们如同绞缠在一起的铅丝,分不出谁更冰冷僵硬?

没有愿望,必是一个死寂的世界。孩子不再期望黎明,因为每天都被功课塞满,晴天看不到太阳,阴天闻不到雪花,日出日落又有何不同?不再留意鲜花,因为世界一片苍白,眼中暗淡了温暖的色彩。不再珍视夜晚,因为厚重的眼镜遮挡了星光,即使抬头也是泪眼蒙眬。不再盼望得到师长的嘉奖,因为那不过是成人层层加码的裹了蜜糖的手段……

没有优点的孩子,内心该怎样痛楚地喘息? 见过一个胖胖的男孩,当幼儿园老师第一次问:谁觉得自己是个美男子?他忙不迭地从最后一排挤到前面,表示自己属于其中一员。可惜他紧赶慢赶,动作还是晚了一点,另有好几个男孩抢在前面,在老师面前排成自豪的一排。没想到老师伶牙俐齿地向他们说,还真有你们这么不知天高地厚的,竟觉得自己是美男子,臊不臊啊?! 后来,那几个男孩子,开始为自己的容貌羞涩,无法像以前那样快活。

  这是一个简单的例子，但也可说明一点问题。每一个渐渐长大的孩子，如果成人爱他，他也会认为自己是可爱的。他会感觉到自己是天地间的一个宝贝，他的生命的存在就是一个大优点。假若成人粗暴地打击他，奚落他，嘲讽他，鞭挞他，那脆弱的小生灵，就会像被利剪截断的双翅，从此萎靡下来，或许跌落尘埃一蹶不振。

  看不到自身优点的人，必也看不到他人的优点。他们的谦恭，可能是高度自卑下的懦弱。他们的服从，可能掩饰着深刻的妒忌和反叛。他们的忍让，可能埋藏着刻毒的怨恨。他们的赞美，可能表里不一信口雌黄……

  我以为愿望是人生强大的动力之一，假若人类丧失愿望，世界就在那一瞬停止了前进的引擎。因为有跑的愿望，人类有了汽车；因为有说话的愿望，人类有了电话；因为有飞的愿望，人类有了卫星；因为有传递和交换的愿望，人类有了互联网……

  优点和愿望，是孩子们的双腿。希望有一天看到他们填写的表格上这样写着——优点多多，愿望无限。

挖掘心灵第一图

一位睿智的老人说,在每个人心灵深处,都珍藏着一幅对这个世界最初的印象。它储存在脑海的褶皱中,平时被繁杂的信息遮挡着,好像昏睡的幽灵,不理晨昏。但它是无处不在的,笼罩着我们,统领着每个人对世界的基本视点。好像一纸符咒,规定了我们探询世界的角度。

这话挺玄秘的,有点巫术的味道。我不服,挑战地问,可以当场试试吗?

老人很谦和地一笑,说,一家之言。你可以信,也可以不信。

我说,我恰好知道一个人的心底图像。您若说中了,我就信。

老人淡然回答,行啊。

我说,这个人啊,脑海里留下的最蒙眬也就是最原始的印象是——一片无边的荒漠,尘沙漫天,苍黄渺茫。但他周围的小环境不错,好像是一个温暖的怀抱,有袅袅的香气环绕……

说完,我定定地看着老人,且听他如何分解。

老人缓缓说,他的精神世界对立而单纯,沉重而简明。对世界本质的认识充满疑惧,觉得人力无法胜天。宇宙不可知。人是孤独渺小的生物,基调混沌而迷茫。但他还会快乐而努力地活着,时时感受到温情和带着暖意的希望,寻找一个光亮安静芬芳的所在……

说完后,老人问我,他是这样一个人吗?

我抑制住自己的大惊异,说,对与不对,以后我再告诉您。现在,我最想知道的,就是您这种分析的基本方法。能教我一些吗?

老人说,少许心得,不值多说。有点占卜的意味,但并不是街头的摆摊算卦。首先,你让被试者静静地躺下,拼命想早先的事。意识好比柳絮,能飞多远飞多远。回忆的触角竭力向脑仁深处钻，最后变得似睡非睡似醒非醒，一片混沌最好。让人由眼前的明明白白，泡入米汤样的童年。到了再也沉不下去的时候，他的心里就会猛地浮出一幅画。让他把这幅画讲给你听，然后……

老人——道来，我全身心紧急动员，照单接收。老人说，喏，基本思路就这些。剩下的事，看你的悟性了。

我说，您可要传帮带啊。

其后的一段时间，我像个居心叵测的探子，不断启发诱导各色人等，把他们脑海中留下的生命原初印象挖掘出来，一一告诉我，由我再转达老人。老人娓娓道出其中蕴涵的深意，好似隔山买牛。至于那人真实生活中的脾气品性，老人完全不感兴趣，也绝不想知道。在他的眼里，每个人的图谱，就是性格之书打开的目录，他不过是读出来而已。

开头不顺利。第一位男人所谈，简陋得像撕下的小人书碎片。

那幅图像吗？好像是一个黑夜，不知是灯灭了，还是眼睛得了病，总之黑暗包绕……完了，就这些。他干巴巴地舔舔嘴唇说。

他那时黑暗，我此时也黑暗。到处像泼了墨汁，如何分析？只好拼命启发他再想深入些。搜肠刮肚半晌，他补充如下：我摸着黑，仿佛找到一碗粥，就把它喝下去了。我妈妈走过来，眼泪洒在我脸上。很凉……喔，就这些，再也没有了。他坚决地结束了回忆。

真是老虎吃天啊。我沮丧地请教老人，老人说，唔，足够了。他是个悲观主义者，一生都在寻找。他对自己终极寻找的东西究竟是什么，本人也闹不清楚。在这寻找的途中，他会得到温暖和利益的回报，他会很珍视亲情。但这些并不能缓解他寻找的焦虑，冲淡他与生俱来的悲哀，稀释充满他周围的茫茫黑色。

我频频点头，最终也没有告诉老人，那是一位苦苦求索的哲学家的心底图像。反正老人并不需要他人的验证。

一个矮小的年轻人不好意思地说，我的第一图像，似乎没什么好说的，支离破碎。那是我和我弟弟在抢被窝。你知道，我小的时候，家里很穷，打通腿，就是两人合盖一个被筒。谁都想把自己盖得暖和些，就拼命把被子朝自己身上裹……就这些，整夜抢啊抢的。穷人家的被子，小，遮了这头捂不了那头。我比弟弟个儿大，总是占上风的时候多些。这就是全部了。

老人分析：这个年轻人竞争性很强，在他的眼里，弱肉强食是生存的基本状态。他信奉实力决定一切。因此他会不遗余力地为自己争夺尽可能多的物质利益和生存空间。但他一般不会害人，不会使用特别凶残的手段。在他的内心里，还残存着普天之下皆兄弟的道义。

实际情况：那年轻人个子不高，说苛刻点几乎要算其貌不扬了，加上家境贫寒，按照常理，该是比较自卑的。但他不，一点都不。整天意气风发精神抖擞的，上大学，考研究生，什么都不落空。每当竞争的时候，他总是毫不退却，奋勇向前。计谋算不上很光明正大，但手段也并不卑劣，懂得趋利避害，适可而止。也许是天助加上人和，他的运气一直不错。

一位依旧美丽的中年女企业家告诉我，世界在她眼里，是盘根错节的森林，热带雨林，遮天蔽日的。她在摸索着走，有时是爬，到处都有陷阱和叫不出名字的昆虫，很华丽也很狰狞……下着雨，很冷，有大毛虫发育成的极冷艳的蝴蝶在脖子后面盘旋……

我对这幅图像的真实性，抱有深刻的怀疑。她祖籍北方，从未踏到北回归线以南。再说一个幼小婴孩，想象得出热带雨林的具体模样吗？还有，毛虫和蝴蝶，这样复杂重叠的象征物，也是孩童鞭长莫及的。她的叙述，更像一场成人梦境，一个幻觉。但女企业家谈话时的郑重神态，使我无法贸然认定她在说谎。

老人听完我的转述与疑问，首先说，这是真实的。心灵的真实，不仅仅是亲眼所见，更多的时候，是一种浓缩升华后的感受。哪怕你说图像尽头，是一幅外星球人联欢的图画，我也确信无疑。人的感受有一种特质——无比忠诚。出于种种的利害关系，它可以欺骗别人，但它为自己保留下的图谱，却不会是赝品。这位女性对世界的看法，是荒诞奇诡而又不乏夺人心魄的诱惑与美丽，她应该擅长打拼，奋斗出了很好的成就。她好强，勇于挑战。但在不断的挣扎寻觅中，又感到巨大的孤独与人世的险恶。她臆造了一片热带雨林……

我无话可说。老人就像与那女人相识了100年，用电脑扫描了她的整个人生，留下一纸谶语。

随着积累人们心底第一幅图像数量的增多，我渐渐发觉探索源头的奥秘，对每个人是一次心灵的剖析和飞跃。知道了自己眺望世界的基本视角，便有了揭示自身很多特点的钥匙。我们也许不能改变它，却可以因此变得更加理智和从容。

老人有一天对我说，你第一次对我描述的那个人，就是在沙漠中睁开眼睛看世界的人，是谁啊？你还没有告诉我。

我说，那个人就是我。我母亲抱着我，行进在从新疆到北京天地一色的途中。

每天都冒一点险

"衰老很重要的标志,就是求稳怕变。所以,你想保持年轻吗?你希望自己有活力吗?你期待着清晨能在新生活的憧憬中醒来吗? 有一个好办法——每天都冒一点险。"

以上这段话,见于一本国外的心理学小册子。像给某种青春大力丸做广告。本待一笑了之,但结尾的那句话吸引了我——每天都冒一点险。

"险"有灾难狠毒之意。如果把它比成一种处境一种状态,你说是现代人碰到它的时候多呢,还是古代甚至原始时代的人碰到的多呢?粗粗一想,好像是古代多吧。茹毛饮血刀耕火种时,危机四伏。细一想,不一定。那时的险多属自然灾害,虽然凶残,但比较单纯。现代了,天然险这种东西,也跟热带雨林似的,快速稀少,人工险增多,险种也丰富多了。以前可能被老虎毒蛇害掉,如今是被坠机、车祸、失业、污染所伤。以前是躲避危险,现代人多了越是艰险越向前的嗜好。住在城市里,反倒因为无险可冒而焦虑不安。一些商家,就制出"险"来售卖,明码标价。比如"蹦极"这事,实在挺惊险的,要花不少钱,算高消费了。且不是人人享用得了的,像我等体重超标,一旦那绳索不够结实,就不是冒一点险,而是从此再也用不着冒险了。

穷人的险多呢还是富人的险多? 粗一想,肯定是穷人的险多,爬高上低烟熏火燎的,环境恶劣的工作多是穷人在操作。但富人钱多了,去买险来冒,比如投资或是赌博,输了跳楼饮弹,也扩大了风险的范畴。就不好说谁的险更多一些了。看来,险可以分大小,却是不宜分穷富的。

险是不是可以分好坏呢? 什么是好的冒险呢? 带来客观的利益吗? 对人类的发展有潜在的好处吗? 坏的冒险又是什么呢? 损人利己夺命天涯?

嗨！说远了。我等凡人，还是回归到普通的日常小险上来吧。

每天都冒一点险，让人不由自主地兴奋和跃跃欲试，有一种新鲜的挑战性。我给自己立下的冒险范畴是：以前没干过的事，试一试。当然了，以不犯错为前提。以前没吃过的东西尝一尝，条件是不能太贵，且非国家保护动物（有点自作多情。不出大价钱，吃到的定是平常物）。

即有蠢蠢欲动之感。可惜因眼下在北师大读书，冒险的半径范围较有限。清晨等车时，悲哀地想到，"险"像金戒指，招摇而靡费。比如到西藏，可算是大众认可的冒险之举，走一趟，费用可观。又一想，早年我去那儿，一文没花，还给每月6元的津贴，因是女兵，还外加7角5分钱的卫生费。真是占了大便宜。

车来了。在车门下挤得东倒西歪之时，突然想起另一路公共汽车，也可转乘到校，只是我从来不曾试过这种走法，今天就冒一次险吧。于是扭身退出，放弃这路车，换了一趟新路线。七绕八拐，挤得更甚，费时更多，气喘吁吁地在差一分钟就迟到的当儿，撞进了教室。

不悔。改变让我有了口渴般的紧迫感。一路连跑带颠的，心跳增速，碰了人不停地说对不起，嘴巴也多张合了若干次。

今天的冒险任务算是完成了。变换上学的路线，是一种物美价廉的冒险方式，但我决定仅用这一次，原因是无趣。

第二天冒险生涯的尝试是在饭桌上。平常三五同学合伙吃午饭，AA制，各点一菜，盘子们汇聚一堂，其乐融融。我通常点鱼香肉丝辣子鸡丁类，被同学们讥为"全中国的乡镇干部都是这种吃法"。这天凭着巧舌如簧的菜单，要了一盘"柳芽迎春"，端上来一看，是柳树叶炒鸡蛋。叶脉宽得如同观音净瓶里洒水的树枝，还叫柳芽，真够谦虚了。好在碟中绿黄杂糅，略带苦气，味道尚好。

第三天的冒险颇费思索。最后决定穿一件宝石蓝色的连衣裙去上课。要说这算什么冒险啊，也不是樱桃红或是帝王黄色，蓝色老少咸宜，有什么穿不出去的？怕的是这连衣裙有一条黑色的领带，好似起锚的水兵。衣服是朋友所送，始终不敢穿的症结正因领带。它是活扣，可以解下。为了实践冒险计划，铆足了勇气，我打着领带去远航。浑身的不自在啊，好像满街筒子的人都在议论。仿佛在说：这位大妈是不是有毛病啊，把礼仪小姐的职业装穿出来了？极想躲进路边公厕，一把揪下领带，然后气定神闲地走出来。为了自己的冒险计划，咬着牙坚持了下来。走进教室的时候，同学友好地喝彩。老师说，哦，毕淑敏，这是我自认识你以来，你穿的最美丽的一件衣裳。

三天过后，检点冒险生涯，感觉自己的胆子比以往大了点。有很多的束缚，不在他人手里，而在自己心中。别人看来微不足道的一件事，在本人，也许已构成了鞘翅般的裹胁。突破是一个过程，首先经历心智的拘禁，继之是行动的惶惑，最后是成功的喜悦。

永别的艺术

看书就似常下饭馆，口味刁了，一般佳肴已引不起口水。对人说，这篇文章可看，已是好评语。近读一文，内有几位日本女性，款款道来，谈她们如何人到中年，就开始柔和淡定地筹划死亡。好像戏刚演到高潮，主角就潜心准备谢幕时的回眸一笑，机智得令人叹服。

有一位女性，从 62 岁起，就把家中房子改建成 3 间，适合老年人居住，以用作"最后的栖身之所"。删繁就简，把用不着的家具统统卖掉，只剩下四把椅子，两个杯盘。丈夫叹道：这么早就给我收拾好啦！

一位女儿为父母收拾遗物，阁楼就像旧仓库，到处是旧书和电话簿，摞得比人还高。式样该进博物馆的服装，包装的盒子还未撕开。不知何时买下的布料，质地早已发脆。像出土文物一般陈旧的卫生纸，不起丝毫泡沫的洗涤剂……但房地产证、银行存折、名章等重要物件，却不知藏在什么地方。她想起母亲生前常说，我是不会给孩子们添任何麻烦的……心想，人不能在死亡面前好强，还是未雨绸缪的好。

她把父母家中的家具、衣物、餐具都处理了，最难办的是，母亲生前花了 250 万日元自费出版的自传，剩下 100 多册，无法处置。再三考虑之后，女儿双手合十默念道：妈妈，留下来的人还要生存，只有对不起您了。说完，她只收起 4 部自传，其余的都销毁。母亲的日记，她带走了。但每读一遍，都沉浸在痛苦之中。当她 49 岁时，先烧掉了自己的日记，然后把母亲的日记也断然烧光，从此一了百了。

风靡全球的《廊桥遗梦》，其实也是一部从遗物讲起的故事。死之前应该做的事，似乎还挺多。如果疏忽了，有时是难以弥补的缺憾。一位妻子患病住进医院，丈夫天天守候在床边，寸步不离。妻子刚开始是感动，随之就是生疑。终于察觉到不是一般的病,丈夫是在尽力增多和自己待在一起的时间。她深深地不安了,一再强烈要求出院,回到自己家中。丈夫知她病情重笃,哪敢让她走,只好不断说"明天我们就办手续",敷衍她。女人终于在一天夜里,大睁着双眼走了。丈夫整理妻子遗物的时候,发现了她与情人8年相通的记载,总算明白妻子最放心不下的是什么了。

读着这些文字,心好像被一只略带冷意的手轻轻握着,微痛而警醒。待到读完,那手猛地松开了,有新鲜蓬松的血,重新灌注四肢百骸,感到阳间的温暖。

第一次清晰地感受生人对死亡的准备,是十几岁下乡时,房东大娘在秋阳下晾晒老衣。她脸上欣赏的神色和寿装绚丽妖娆的色彩,令我感到老人有一种早日套入它们的期待。细想起来,农牧社会的死亡,也是节俭和单纯的。一个人死了,涉及的不过是几件旧衣,或烧或送,都好处置。其他农具家具炊具,属于大家庭,不会也不应随了死者遁去。

现在社会在种种进步之中,也使死亡奢华和复杂起来。你不在了,曾经陪伴你的那些物品还在。怎么办呢?你穿过的旧衣,色彩尺码打上强烈个人印迹,假如没有英王妃黛安娜的名气,无人拍卖无处保存。你读过的旧书,假如不是当世文豪,现代文学馆也不会收藏,只有掩在尘封中,车载斗量地卖废品。你用过的旧家具,式样过时,假如不是紫檀或红木,也无后人青睐,或许丢弃垃圾堆。你的旧照片,将零落一地,随风飘荡,被陌生的人惊讶地指着问:这是谁?

当我认真思忖死后的技术性问题时,感觉到的不再是对死亡的畏惧,而是对不幸参与料理这一事物的人充满歉意。假如是亲人,必会引起悸痛,但我的本意,是望他们平静。假如是素不相识的人,出于公务或是仁慈相助,更应减少他人的劳动强度。

我原以为死亡的准备,主要是思想和意志方面。不怕死,是一个充满思辨的哲学范畴。现在才发觉,涉及死亡的物质和事务,也相当繁杂。或者说,只有更明智巧妙地摆下人生的最后棋子,才能更有质量地获得完整的尊严。

让年富力强的人考虑死亡,似乎是一件可笑的事情。但死亡必定会在某一个不可知的时辰,与我们正面相撞,无论多么伟大的人都要臣服它的麾下。

经常想想自己明天或者最近就可能死,其实很有益处。

一是有利于感悟生命,体验到它的脆弱和不堪一击,会格外地珍惜今天。有许多暂时看来无法跨越的忧愁与痛苦,在死亡的烈度面前都变得稀薄了。

第二是有利于抓紧时间。日常生活的琐碎重复,使我们常常执拗地认为,自己是坐拥无限时光的大富翁,可以随意抛洒。死亡给了我们一个不由分说的倒计时,无论你此刻多么精力超群,时间之囊里的水,都在一去不复返地失落着,储备越来越少。

第三是有利于我们善待他人,快乐自身。死亡使真情凸显,友情长存。

总之,死亡可是不讲情面的伴侣,最大特点就是冷不防,更很少发布精确的预告。于是如何精彩地永别,就成了值得深入探讨的问题。日本女人的想法,像她们的插花,细致雅丽,趋于婉约。我想,这门最后的艺术,不妨有种种流派,阴柔纤巧之外,也可豪放幽默。小桥流水或横刀跃马,都可以事先多次设计,身后一次完成。或许将来可有一种落幕时分的永别大赛,看谁的准备更精彩,构思更奇妙,韵味更悠长。

唯一的遗憾,就是这比赛的冠军,不能亲自领奖了。

写下你的墓志铭

那一年,我和朋友应邀到某大学演讲。关于题目,校方让我们自选,只要和青年的心理有关即可。朋友说,她想和学生们谈谈性与爱。这当然是一个极为重要的问题,只是公然把"性"这个字放进演讲的大红横幅中,不知校方可会应允?变通之法是将题目定为"和大学生谈情与爱",如求诙谐幽默,也可索性就叫"和大学生谈情说爱"。思索之后,觉得科学的"性",应属光明正大范畴,正如我们的老祖宗说过的"食色性也",是人的正常需求和青年必然遭遇之事,不必遮遮掩掩。把它压抑起来,逼到晦暗和污秽之中,反倒滋生蛆虫。于是,朋友就把演讲题目定为"和大学生谈性与爱"。这期间我们也有过小小的讨论,是"性"字在前,还是"爱"字在前?商量的结果是"性"字在前。不是哗众取宠,觉得这样更符合人的进化本质。

感谢学校给予我们的信任和支持,朋友的演讲题目顺利通过了。但紧接着就是我的题目怎样与之匹配。我打趣说,既然你谈了性与爱,我就成龙配套,谈谈生与死吧。半开玩笑,不想大家听了都说"OK",就这样定了下来。

我就有些傻了眼。不知道当今的年轻人对"死亡"这个遥远的话题是否感兴趣?通常人们想到青年,都是和鲜花绿草黑发红颜联系在一起,与衰败颓弱委顿凄凉的老死似乎毫不相干。把这两极牵扯一处,除了冒险之外,我也对自己的能力深表怀疑。

死是一个哲学命题,有人戏说整个哲学体系,就是建立在死亡的白骨之上。我深知自己不是一个哲学家,思索死亡,主要和个人惧怕死亡有关。在我四五岁时,一次突然看到路上有人抬着棺材在走,我问大人,这个盒子里装着什么?人家答道,装了一个死人。当时我无法理解死亡,只觉得棺材很小,一个人躺在里面,蜷起身子像个蚕蛹,肯定憋得受不了……于是小小的我,产生了对死亡的惊奇和混乱。这种惊奇和混乱使我在相当一段时间内对死亡很感兴趣。我个人有着数十年从医经历,在和平年代,医生是一个和死亡有着最亲密接触的职业。无数次陪伴他人经历死亡,我不能不对这种重大变故无动于衷。还有很重要的一点,就是我十几岁就到了西藏,那里严酷的自然环境和孤寂的旷野冰川,让我像个原始人似的,思索着人从哪里来、要到哪里去这类看似渺茫的问题。

反正由于我脱口而出的一句话,演讲题目就这样定了下来,无法反悔。我只有开始准备资料。

正式演讲的时候,我心中忐忑不安。会场设在大礼堂,2000多个座位满满当当,过道和讲台上都有学生席地而坐。题目沉重,我特别设计了一些互动的游戏,让大家都参与其中。

演讲一开始,我做了一个民意测验。我说大家对"死亡"这个题目是不是有兴趣,我心里没底。我不知道有多少人在看到这个题目之前,思索过死亡。

此语一出,全场寂静。然后,一只只臂膀举了起来,那一瞬,我诧异和讶然。我站在台上,可以综观全局,我看到几乎一半以上的青年人举起了手。我明白了有很多人曾经认真地想过这个问题,比我以前估计的比率要高很多。后来,我还让大家做了一个活动——书写自己的墓志铭。有几分钟的时间,整个会堂安静极了,谁要是那一刻从外面走过,会以为这是一间空室,其实数千莘莘学子正殚精竭虑思考人生。从讲台俯瞰下去(我其实很不喜欢这种高高在上的讲台,给人以压迫之感。我喜欢平等的交谈,不单在态度上,而且在地理位置上,大家也可平视。但校方说没有更合适的场地了),很多人咬着笔杆,满脸沧桑的样子。我很抱歉地想到,这个不祥的题目,让风华正茂的青年人提前——老了。

大约5分钟之后,台下的脸庞如同葵花般地仰了起来。我说:"写完了吗?"

齐声回答:"写完了。"

我说:"好,不知有没有哪位同学,愿意走上台来,面对着老师和同学,念出自己的墓志铭?"

出现了一片海浪中的红树林。我点了几位同学,请他们依次上来。但更多的臂膀还在不屈地高举着,我只好说:"这样吧,愿意上台的同学就自动地在一旁排好队。前边的同学讲完之后,你就上来念。先自我介绍一下,是哪个系哪个年级的,然后朗诵墓志铭。"

那一天,大约有几十名同学念出了他们的墓志铭,后来,因为想上台的同学太多,校方不得不出动老师进行拦阻。

这次讲演,对我的教育很大。人们常常以为,死亡是老年人才需要考虑的问题,这是误区。人生就是一个向着死亡的存在,在我们赞美生命的美丽、青春的活力的时候,我们其实就是肯定了死亡的必然和老迈的合理性。试想一下,如果没有死亡,地球上早就被恐龙霸占着,连猴子都不知在哪里哭泣,更遑论人类的繁衍!

我们每个人从一出生,生命之钟的倒计时就开始了。当我写下这些字迹的时候,我就比刚才写下题目的时刻,距离自己的死亡更近了一点。面对着我们生命有一个大限存在——这样一个残酷的事实,无论是年老或年轻,都要直面它的苛求。

现代生活节奏越来越快,我们独处的空间越来越逼仄,思索的时间越来越压缩。但死亡并不因为我们的忙碌而懈怠,它步履坚定地、持之以恒地向我们走来。现代医学把死亡用白色的帏帐包裹起来,让我们不得而知它的细节,但死亡顽强前进,它是无所不能的,没有任何力量能够抗拒它。

一个人年轻的时候就思索死亡,和他老了才思索死亡,甚至知道死到临头都不曾思索过死亡,这是完全不同的境界。知道有一个结尾在等待着我们,对生命的宝贵,对光明的求索,对人间温情的珍爱,对丑恶的扬弃和鞭挞,对虚伪的憎恶和鄙夷,都要坚定很多。

那天在礼堂的讲台上,有一段时间,我这个主讲人几乎完全被遗忘了,一个又一个年轻的生命为自己设计的墓志铭,将所有的心震撼。

有一个很腼腆的男孩子说,在他的墓志铭上将刻下——这里长眠着一位中国籍的诺贝尔奖获得者。

台下响起了热烈的掌声。我想,不管他一生是否能够真正得到这个奖,但他的决心和期望,已经足够赢得这些掌声。

一个清秀的女孩子说,她的墓志铭上将只有一行字:一位幸福的女人。

还有一个男生说:"我的墓志铭上会写着——我笑过,我爱过,我活过……"

这些年轻的生命，因为思索死亡而带给了自己和更多人力量。

无数生命的演变，才有了我们的个体。在这一点上，我们不单要感谢我们的父母，而且要感谢我们的祖先，感谢地球，感谢进化所走过的漫漫历程。当我们有了生命之后，我们在性的基础之上，繁衍出了爱。爱情是独属于人类的精神瑰宝，它已从单纯的生殖目的，变成了两性身心融会的最高境地。然而在这一切之上，横亘着死亡。死亡击打着生命，催促着生命，使我们必须审视生命的意义。

后来，我还在一些场合作过相关的演说。我在这里抄录一些年轻人留下的墓志铭，他们让我进一步认识到了，讨论死亡对于一个健康心理的建设是多么重要。

"这里安息着一个女子，她了结了她人生的愿望，去了另外的世界，但在这里永生。她的一生是幸福的一生，快乐的一生，也是贡献的一生，无憾的一生。虽然她长眠在这里，但她永远活着，看着活着的人们的眼睛。"

"高尚是高尚者的通行证。"

"我不是一颗流星。"

"生是死的开端，死是生的延续。如果我50岁后死去，我会忠孝两全。为祖国尽忠，为父母尽孝。如果我5年后死去，我将会为理想而奋斗。如果我5个月后死去，我将以最无私的爱善待我的亲人和朋友。如果我5天后死去，我将回顾我酸甜苦辣的人生。如果我5秒钟后死去，我将向周围所有的人祝福。"

怎么样？很棒，是不是？

按照哲学家们的看法，死亡的发现是个体意识走向成熟的必然阶段。一个人的心理健康，更是和他的生命观念、死亡观念息息相关。你不能设想一个对自己没有长远规划的人，会有坚定健全慈爱的心理。如果说在以上有关死亡的讨论中，我对此还有什么遗憾的话，就是年轻人普遍把自己的生命时间定得比较短。常有人说，我可不喜欢自己活太大的年纪，到了四五十岁就差不多了。包括现在有些很有成就的业界精英，撰文说自己35岁就退休，然后玩乐。因为太疲累，说说气话，是可以理解的。但认真地策划自己的一生，还是要把生命的时间定得更长远一些，活得更从容，面对死亡的限制，把自己的一生渲染得瑰丽多彩。

飘扬的长发与人生的幸福

接到一封读者来信,是一个名牌大学的男生写来的。他说恋爱过程连战累挫,女友抛弃了他,他很痛苦,简直丧失了活下去的勇气。他问我,拯救自己的方式是否是马上进入下一场恋爱?以前的每一位女友都有飘逸的长发,都是一见钟情。他说,我还要找一头长发的女孩,还要一见钟情。

通常的读者来信,我是不回的。但这一封,让我沉吟。他谈到了一个我不能同意的救赎自我的方法,我想对长发谈点看法。因为长发对他成了一种绝望与新生的象征。

早年间,看到很多女孩留长发,司空见惯了,也不去寻找这后面所包含的信息。后来,我偶然发现一位已婚女友的发式常有变化,有时是长发,有时是短发。刚开始我以为这是她出于美观或是时尚的考虑,后来她告诉我这和她的婚姻状况有关。如果这一阶段与她的丈夫关系不错,她就梳短发;如果关系很僵,她就留长发。我说,哦,我明白了,头发和爱情密切相关。她笑话我说,亏你还是个作家呢,难道不知头发是人的第三性征?

后来,我见到她稳定地梳起了马尾辫。说实话,那一头飘扬的长发(她的头发不错),和她满脸的皱纹实在是有些不相宜。好在我明白了头发的意义,对她说,你是下定了离婚的决心,要重新寻找新的伴侣了。

她有些惊奇,我还没来得及告诉你,你怎么就知道了?

我说,是你的头发出卖了你。她抚摸着头发说,这是爱情的护照。

从那以后,我就对长发渐渐地留意起来。

女性的头发的样式表示她的婚姻状况,这是一种集体无意识,已经深深地刻在我们的骨骼上了。女孩子为什么要留长发?首先因为一个人的头发是一个很好的晴雨表,可以反映这个人的健康状况。在中医学里,称

"发为血之余"。一个人的头发是否健康,表示着他的血脉是否丰沛充盈,生命力是否蓬勃旺盛。服饰可以调换,颜面可以化妆,但一个人的头发,是不能全面颠覆的。血自骨髓来,骨髓是一个人先天后天的精华之府。在骨髓的后面站着——肾。"肾主骨生髓",这才是关键所在。众所周知,在东方人的文化中,"肾"并不仅仅是一个泌尿器官,而是和人的生殖系统有着极为密切的关系。

好了,现在我们已经逐渐捅到了问题的核心。长发在某种意义上,表达的是这个人"肾"的健康状况,也就是间接地反映着他的生殖潜能。当你以为只是展示你飘扬的长发的时候,你其实是在暴露你的健康史。

所以,一般说来,未婚的和期望求偶的女子,爱留长发。如果一个未婚女孩梳个短发,大家就会说她像个"假小子"。女子在结婚的时候,会把头发来一个改变,正如那首著名的歌曲中唱到的:"谁把你的长发盘起,谁为你穿上嫁衣?"

如今,对女子头发的要求,是越来越苛刻了。君不见某些品牌的洗发水广告,拍出的长发美女,那头发的长度已经到了一挂黑瀑的险恶境地。画面曲折表达的意思是——你想赢得性感高分吗?请向我看齐。潇洒到形销骨立的刘德华干脆说:我的梦中情人,有一头长发。潜台词即是:你想成为著名歌星的梦中情人吗?此处有一个绝好的机会——请用我们这个牌子的洗发水吧!

这种要求渐渐全方位起来。比如近年来的男性歌手组合"F4"的走红,除了种种因素之外,我觉得和他们形象中的一统长发有相当的关联。不单男性需要知道女性的健康和性征资料,女性也有同样的要求。女性的潜在的平等诉求被察觉和被满足,于是"F4"蓬松长发油然而生并一炮而红。

不厌其烦地就头发讨论了半天,是想说明"性"这个因素是仅次于"食"的人类基本本能之一,它的影响力不可低估。它在很多时候,渗入到我们生活的种种缝隙中,以"缘分"甚至是"思想"这类面孔闪亮登场。

再来说说一见钟情。我是医生出身,见过若干关于"一见钟情"的生物学分析。在那些神话般的境遇之中,很可能是男女双方的体味在相互吸引,要么就是基因的配型有着某种契合,还有免疫互补……甚至,童年经验也在润物细无声地影响着我们。不要把"一见钟情"说得那么神秘,那么不可思议的权威。我们不是生活在真空,很多以为虚无缥缈的事件背后,有着我们今天还不能彻底通晓的物质基础。

在我们以为是天作之合的帷幕下,有时埋伏着的不过是人的本能这个老狐狸。我在这里绝没有鄙薄本能的意思,但作为主人,知道有乔装打扮的本能先生混在客人堆里一个劲儿地劝酒,觥筹交错时就要提防酩酊大醉,以防完全丧失了理智,被本能夺了嫡。

本能这个东西,很有意思,魔力就在于我们能否察觉它。它习惯在暗中出没,魔法无边。我们被它辖制而不自知,它就是君临天下的主宰,但是,如果把它揪到光天化日之下,它就像雪人一样瘫软乏力。假设那位来信的男生,知道了他期望找到一位长发女友这一先入的标准,不过是要查询和检验一个女子的生殖系统潜能和最近若干时间以来的健康状况,那么,他在考虑长发因素的时候,可能就有了更多的角度和更宽容的把握。

本能是很会乔装打扮的,它不狡猾,但它善变。能够识出它的种种变相,不仅要凭一己的经验,也要借助他人的心得和科学的研究。

如果有人现在对那个男孩子讲,你选择女友的标准只是看她如何性感,我猜他一定要反驳,说根本就不是那样浅薄,我们情投意合,我们非常默契,我要找到的就是和她在一起的这一份独特的感觉……

其实在婚姻这件事上,绝对的好或是绝对的坏,大约是没有或是极少的,有的只是常态,只是平衡,只是相宜。单凭某个孤立的条件来寻找爱人,只怕是不够成熟的表现。你是一个什么人,你可要先认清,才好去寻找一个和你相宜的人。我很喜欢一个词,叫作"志同道合",人们常常以为这句话是指事业,我觉得写予婚姻更妙。

有的年轻朋友会说,我找的是伴侣,火眼金睛地把对方认清了不就得了,干吗先要从自己开刀?

理由很简单。忠诚的人只能欣赏忠诚,而不能欣赏背叛。诚恳的人只能接纳诚恳,而不能接纳谎言。慷慨的人可以忍受一时的小气,却不会喜欢长久的吝啬。怯懦的人可以伪装暂时的勇敢,却无法在无尽的折磨中从容。谁想用婚姻改造人,只是一个幻彩的泡沫,真实只能是——人必然改造婚姻。

恋爱、婚姻是一个寻找对方更是寻找自己的过程。你整个的价值观和思想体系,都在这种亲密无间的关系中得以延伸和凸显。

如果你把金钱当作人生的要素，你就不要寻找一个侠肝义胆的爱人。因为你即使在危难中曾受惠于他，但那是他的禀性，而非对你的赞同。当有一天你祭起"金钱至上"的大旗，无论你怎样娇姿百媚，还是挽不回壮士出走的决心。

如果你荆钗布裙安于寡淡，就不要寻找一个鸿鹄千里的爱人。即使你以非凡的预见知道他会直抵云天，也不要向这预见屈服，把自己的一生押了出去。否则他的翅膀上坠着你，他无法自在遨游，你也被稀薄的空气掠得胆战心惊。

如果你单纯以色相示人，就要准备在人老色衰的时候被厌恶和抛弃。如果你喜欢夸夸其谈，你就等着被欺骗的结局吧。

物以类聚，人以群分。失恋男生喜欢长发和一见钟情，他就不断地被这些吸引。他把恋爱当成了一道算术题，当一个答案打上红叉的时候，他赶忙用橡皮擦掉笔迹，在毛糙的纸上写下另一个答案，殊不知他早已将题目抄错。

不要把长发当成唯一，一见钟情也没有什么神秘。我手头就有若干个例子，某些离散的婚姻，往往始于绚烂无缺的开端。比起开头来，人们更重视过程和结尾，这就是"创业难，守成更难"。这就是"行百里者半九十"的含义。

我在一个有鸟鸣的清晨给这位男生回信。因为我已心境沧桑，而对方是一位青年，人在清晨的时候心脉比较年轻。我说，不要把人生匆匆结束，不要把恋爱匆匆开始，你把一件事做完再做另一件事好吗？

他很快给我回了信。他说，不是我没有做完，而是事情已经被女友提前结束。我复信说，为了你一生的幸福，你要把爱的前提好好掂量，为此花费一点时间是值得的。没想清楚之前，旧的就不算真正结束。我明白你想用新鲜替代腐烂，想把新发丝黏结在旧发丝上让它随风飘扬……可你见过馊了的牛奶吗？如果你不把酸奶倒掉，不把罐子刷洗干净，便把新牛奶倒进去，那么，只怕很快我们就又要捂起鼻子了……

他已经久未来信了。我不知他是生我的气了，还是已酝酿了清新的爱情？

你我的记忆

在我们的身体里面，居住着某些连我们自己都莫名其妙的客人——记忆。没有人能说清楚记忆是从什么时间开始驻扎进来的，它们比江河的源头还要难以寻找。长江源是一些翻滚的水泡，好似透明的蝼蛄钻出地表。记忆的源头是什么呢？是一些鲜艳同时支离破碎的毛线团，五彩杂糅，有一种喜洋洋的生命力。顽强的记忆耐酸碱和腐蚀，岁月无法将它们漂洗。

我们为什么会对某人一见钟情？我们为什么热爱一份他人无法接受的工作？我们为什么对某些事物滋生厌倦？我们为什么会在某种场合不可理喻？我们爱恨的理由是什么？……

凡此种种心灵的奥秘，都和记忆有着千丝万缕的关联。

记忆是人体中最不服从命令的一位世袭的将军，相信很多人在求学考试之时，都有惨痛印象。记忆顽皮，不知暗中遵循的是何种规律，有些事件，一点也不重要，可它偏偏就记得镂骨蚀魂，连当时的一声蝉鸣一朵浮云，都毫发不爽。不良的情绪，好像一袋携带终生的垃圾，即使你把它埋葬在潜意识里，但它如古尸的指甲，依然锋利。有些极为重要的瞬间，你不停地对自己说，记住它记住它，万万不能忘啊！可惜，记忆常常充满阴谋地背叛你。

重复多少次，人就可以记住某些事物了呢？这可能是人类永远的秘密了。但在实际生活中，好像很有一些人是掌握了这个谜底的。比如，老师罚小学生把某个字词书写多少遍……他的理论基础就是以为重复会有奇效。又比如，那些撒谎的人，可能也相信口吐白沫就能潜入他人的记忆。还有热恋当中的爱人，一遍又一遍地重复"我爱你"……想来也是不很明了记忆神鬼莫测的品格。

比起记忆的存在,记忆的销蚀更是不可捉摸。我在雪山服兵役时,认识一位搞保密工作的参谋。他一贯很忙,不苟言笑,步履匆匆。后来突然就散淡起来,四处逛着,抱着手,没事就找别人侃聊。聊到山穷水尽时,众人都无反应了,他还挑起新的话题,后来人们见了他就要躲着走。我问他,嗨,你还有没有什么正经事要做啊?他说,我做的事是再正经没有的了。我说,你一天究竟干什么呢?他说,我干的事就是不干什么。我说,天下还有这样舒服的工作吗?他说,这是工作,可是并不舒服,因为我要干的事,就是忘记。我说,忘记,也配叫一种工作吗?他说,忘记这件工作比什么事都难办呢。我以前知道很多秘密。我现在要转业了,我就要把以前的都忘记。我拼命地找别人谈话,是想加速这个过程。这就好比要在一张写满了铅笔字的纸上,再写满钢笔字,这样以前的字迹就看不清了。完全遗忘后,我就可以到新的岗位去了。

我说,你什么时候才能知道自己已经忘记了呢?

他苦笑了一下说,当我专注于忘记的时候,我就比什么时候都记得更清楚。

是的,我们都有这样痛不欲生的经验。当我们越想忘记一件事情的时候,其实反倒是把它放到记忆的密码箱里了。这种时刻非常常见,同时也是非常倒霉。事情一进入了这样的恶性循环,几乎就是记忆的癌症了。那些我们期待忘却的记忆,甚至在幽暗的骨灰匣子里,依旧像一块冥顽的弹片熠熠闪光。

记忆不属于生理,记忆是心理的。我们的历史,就是我们的记忆。丧失记忆,将不知道自己是谁。经验就是一种心理记忆。当遭遇陌生的境遇和挑战,我们飞快地检索,以期从记忆中找到可资借鉴的经验。感情,更是心理记忆的无价之宝。童年是记忆的滥觞之地。无论走到哪里,哪怕一无所有,因为有记忆,我们就不孤单。我们的知识,更是我们的记忆了。我们的友谊,也是记忆。没有记忆的友谊,是现代社会人际交往中的速食面,蜷曲着,散发着防腐剂的可疑味道。情感的温暖和光芒,都浓缩在记忆里面,在寒凉中弹射出金色。

记忆又是独立的。它刚直不阿,不卑躬屈膝。它兀自地游走着,不看任何人的脸色,不顾忌世态炎凉。有些人企图修改自己的记忆,但你骗得了别人,你骗不了自己。记忆在重重的谎言覆盖之下,依然保持着耿直生命的姿态,等待着复苏的时刻。甚至由于这种压迫,它更清醒和更明晰了。在人所具有的所有功能之中,记忆有一种我们尚不能完全明了的强硬品格。即使是一个懦弱而充满欺诈的人,我依然相信,在他大脑的极地下,活着晴朗的记忆苔藓。它们无法长成大树,但它们有着灰绿色的生命。

记忆是诚实的。如果没有一个快乐的童年,你不可能回到从前,涂抹粉红的颜色。你需要接纳你的记忆,如同接纳你与生俱来的一切。

由于记忆的这种非凡的品格,所以,世界上很多罪恶,都是为了和记忆作对才产生的。为了对抗痛苦和迷惘,人们酗酒吸毒沉迷于种种感官的刺激。记忆丧失,是很可怕的事情。我们爱什么恨什么,喜欢什么厌恶什么,都是由我们的记忆组成的,甚至可以说是由我们的记忆控制的。记忆是我们的无冕之王,记忆是我们体内的暴君。记忆主宰着我们却又不动声色。当我们以为自己是在书写新的篇章的时候,记忆在一边暗笑。所有草稿早已打好,你不过是在一字一词地誊清。

我们活在我们的记忆里。这是一个事实。这个事实,让我们对我们的记忆肃然起敬,又心生畏惧。我们的记忆是隐形的,又是无所不在的。我们的记忆是柔软的,又是钢铁般坚硬。记忆这个东西,大相无形地左右着我们,又销声匿迹满脸无辜。

心理的记忆是无法修改的,只有重组。重组不是覆盖记忆,只是对某一特定的记忆有了新的解释。记忆是需要解释的,记忆只是一个事实。对一个司空见惯的事实,有着怎样的解释,是沉迷往事还是奋起向前的分野。

我们的记忆,不仅仅是属于每位自己的。也就是说,它不但是我这个生命存在期间的产物,而且在我出生以前很久的势态,也深刻地影响着我的记忆。这种集体无意识,弥散在周围的空气里,分解在文化的颗粒中,被我融入自己的血液,流过生命的过程。

有一部分记忆改头换面,潜藏在心灵的地下室。它们可以沉睡多年,却不会永远甘于寂寞。当它们一旦释放出来,那可怕的能量滚滚而下,摧枯拉朽淹没一切。那时候,我们是记忆的主人,又是记忆的奴隶。在饱受记忆惠泽的同时，也会领教它出其不意的危害。记忆伴随着情感。没有情感的记忆是不牢靠和不持久的。情感是记忆的盐。机械的记忆是枯燥和干瘪的，它们轻飘飘的极易随风而逝。伴随情感的记忆是饱满和长着触角的，它们灵动地滑翔着，无数的联想就如同萤火虫似的聚拢过来。当我们以为自己是在创新的时候，只不过是记忆发生了新的组合，一些原本酣睡的记忆跳起了圆舞曲，它们如同万花筒内的玻璃晶，勾搭粘连，幻化出了莫测的图案。

　　如此说来，记忆既是古老的妖婆，也是婴儿的产床。记忆是兼容并蓄又是一意孤行的。人类至今无法操纵自己的记忆，这是遗憾也是福气。人类在遗忘中筛选自己最宝贵的一切。记忆特立独行的品格，是人类良知最后栖居的湿地。这里飞翔着黑白天鹅也潜伏着毒虫。

　　我们了解自己的记忆吗？唔，不了解。我们看不到它，只能看到它飞过天空的影子。我们由它组成，受它役使。它是国王又是仆人，它时而懒惰异常时而又伶俐无比。试问还有什么比优异的记忆力更令人羡慕的？那不仅仅是一种天赋，更是学历和坦途的保修证。还有什么比丧失记忆力更令人恐惧的？那不仅仅意味着人将混同于一株植物，更是怜悯和被抛弃的代名词。记忆就这样君临人类的天下，让我们在它的石榴裙下臣服。

　　你为什么热泪盈眶，为什么沉默不语，为什么拔刀相助，为什么长夜无眠……凡此种种，都是你的心理记忆浮出海面的时候。搜索海下那庞大的坚冰，是你永远的工作之一。

心理拒绝创可贴

我有过若干次讲演的经历,在北大和清华,在军营和监狱,在农村土坯搭建的课堂和美国最奢华的私立学校……面对从医学博士到纽约贫民窟的孩子等各色人群,我都会很直率地谈出对问题的想法。在我的记忆中,有一次经历非常难忘。

那是一所很有名望的大学,约过我好几次了,说学生们期待和我进行讨论。我一直推辞,我从骨子里不喜欢演说。每逢答应一桩这样的公差,就要莫名地紧张好几天。但学校方面很执着,在第 N 次邀请的时候说:该校的学生思想之活跃甚至超过了北大,会对演讲者提出极为尖锐的问题,常常让人下不了台,有时演讲者简直是灰溜溜地离开学校。

听他们这样一讲,我的好奇心就被激励起来,我说,我愿意接受挑战。于是,我们就商定了一个日子。

那天,大学的礼堂挤得满满的。当我穿过密密的人群走向讲台的时候,心里涌起怪异的感觉,好像是"文革"期间的批斗会场,不知道今天将有怎样的场面出现。果然,从我一开始讲话,就不断地有条子递上来,不一会儿,就在手边积成了厚厚一堆,好像深秋时节被清洁工扫起的落叶。我一边讲演,一边充满了猜测,不知树叶中潜伏着怎样的思想炸弹。讲演告一段落,进入回答问题阶段,我迫不及待地打开了堆积如山的纸条,一张张阅读。那一瞬,台下变得死寂,偌大的礼堂仿若空无一人。

我看完了纸条说,有一些表扬我的话,我就不念了。除此之外,纸条上提得最多的问题是——"人生有什么意义?请你务必说真话,因为我们已经听过太多言不由衷的假话了。"

我念完这张纸条以后,台下响起了掌声。我说你们今天提出这个问题很好,我会讲真话。我在西藏阿里的雪山之上,面对着浩瀚的苍穹和壁立的冰川,如同一个茹毛饮血的原始人,反复地思索过这个问题。我相信,一个人在他年轻的时候,是会无数次地叩问自己——我的一生,到底要追索怎样的意义?

我想了无数个晚上和白天,终于得到了一个答案。今天,在这里,我将非常负责地对大家说,我思索的结果是:人生是没有任何意义的!

这句话说完,全场出现了短暂的寂静,如同旷野。但是,紧接着就响起了暴风雨般的掌声。

那是我在讲演中获得的最激烈的掌声。在以前,我从来不相信有什么"暴风雨"般的掌声这种话,觉得那只是一个拙劣的比喻。但这一次,我相信了。我赶快用手做了一个"暂停"的手势,但掌声还是绵延了若干时间。

我说,大家先不要忙着给我鼓掌,我的话还没有说完。我说人生是没有意义的,这不错,但是——我们每一个人要为自己确立一个意义!

是的,关于人生意义的讨论,充斥在我们的周围。很多说法,由于熟悉和重复,已让我们从熟视无睹滑到了厌烦。可是,这不是问题的真谛。真谛是,别人强加给你的意义,无论它多么正确,如果它不曾进入你的心理结构,它就永远是身外之物。比如我们从小就被家长灌输过人生意义的答案。在此后漫长的岁月里,谆谆告诫的老师和各种类型的教育,也都不断地向我们批发人生意义的补充版。但是,有多少人把这种外在的框架,当成了自己内在的标杆,并为之下定了奋斗终生的决心?

那一天结束讲演之后,我听到有同学说,他觉得最大的收获是听到有一个活生生的中年人亲口说,人生是没有意义的,你要为之确立一个意义。

其实,不单是中国的青年人在目标这个问题上飘忽不定,就是在美国的著名学府哈佛大学,也有很多人无法在青年时代就确立自己的目标。我看到一则材料,说某年哈佛的毕业生临出校门的时候,校方对他们做了一个有关人生目标的调查,结果是 27% 的人完全没有目标,60% 的人目标模糊,10% 的人有近期目标,只有 3% 的人有着清晰而长远的目标。

25 年过去了,那 3% 的人不懈地朝着一个目标坚忍努力,成了社会的精英,而其余的人,成就要相差很多。

我之所以提到这个例子,是想说明在人生目标的确立上,无论中国还是外国的青年,都遭遇到了相当程度的朦胧或是混沌状态。有人会说,是啊,那又怎么样?我可以一边慢慢成长,一边寻找自己的人生意义啊。我平日也碰到很多青年朋友,诉说他们的种种苦难。我在耐心地听完那些折磨他们的烦心事之后,把他们渴求帮助的目光撇在一旁,我会问,你的人生目标是什么呢?

他们通常会很吃惊,好像怀疑我是否听懂了他们的愁苦,甚至恼怒我为什么对具体的问题视而不见,而盘问他们如此不着边际的空话。更有甚者,以为我根本就没有心思听他们说话,自己胡乱找了个话题来搪塞。

我会迎着他们疑虑的目光说,请回答我的这个问题,你为什么而活着呢?

年轻人一般会很懊恼地说,这个问题太大了,和我现在遇到的事没有一点关联。我会说,你错了。世上的万事万物都有关联。有人常常以为心理上的事只和单一的外界刺激有关,就事论事,其实心理和人生的大目标有着纲举目张的紧密接触。很多心理问题,实际上都是人生的大目标出现了混乱和偏移。

举个例子。一个小伙子找到我,说他为自己说话很快而苦恼。他交了一个女朋友,感情很好,但女孩子不喜欢他说话太快。一听他口若悬河滔滔不绝地说个没完,女孩就说自己快变成大头娃娃了。还说如果他不改掉这毛病,就不能把他引荐给自己的妈妈,因为老人家最烦的就是说话爱吐唾沫星子的人。

你说我怎么才能改掉说话太快的毛病?他殷切地看着我,闹得我都觉得如果不帮他这个忙,简直就成了毁掉他一生爱情和事业的凶手。

我说,你为什么要讲话那么快呢?

他说,如果慢了,我怕人家没有耐心听完我的话。您知道,现在的社会,节奏那么快,你讲慢了,人家就跑了。

我说,如果按照你的这个观点发挥下去,社会节奏越来越快,你岂不是就得说绕口令了?你的准丈母娘就不是这样的人啊,她就喜欢说话速度慢一点并且注意礼仪的人啊。

他说,好吧,就算你说的这两种人都可以并存,但我还是觉得说话快一些,比较占便宜,可以在单位时间内传达更多的信息。

我说,那你的关键就是期待别人能准确地接受你的信息。你以为只有快速发射信息才是唯一的途径。你对自己的观点并不自信。

他说,正是这样。我生怕别人不听我的,我就快快地说,多多地说。

当他这样说完之后,连自己也笑起来。

我说,其实别人能否接受我们的观点,语速并不是最重要的。而且,你能告诉我,你为什么这样在意别人是否能接受你的观点?

这个说话很快的男孩突然语塞起来,忸怩着说,我把理想告诉你,你可不要笑话我。

我连连保证绝不泄密。他说,我的理想是当一个政治家。所有的政治家都很雄辩,你说对吧?

我说,这咱们就接触到了问题的实质。要当一个政治家,第一要自信。他们的雄辩不是来自速度,而是来自信念。一个自信的人,不论说话快还是慢,他们对自我信念的坚守流露出来,会感染他人。我知道你有如此远大的理想,这很好。你要做的事,不是把话越说越快,而是积攒自己的力量,让自己的信念更加坚强。

那一天的谈话就到此为止。后来,这个男生告诉我,他讲话的速度就慢了下来,也被批准见到了自己的准丈母娘,听说很受欢迎。

这边刚刚解决了一个说话快的问题,紧接着又来了一位女硕士,说自己的心理问题是讲话太慢,周围的人都认为她有很深的城府,不敢和她交朋友,以为在她那些缓慢吐出的话语背后,隐藏着怎样的阴谋。

我试了很多方法,却无法让自己说话快起来,烦死了。她慢吞吞地对我这样说,语速的确有一种压抑人的迟缓,好像在话的背后还隐藏着另一句话。

我看她急迫的神情,知道她非常焦虑。

我说,你讲每一句话是否都要经过慎重的考虑?

她说,是啊。如果不考虑,讲错了话,谁负得了这个责?

我说,你为什么特别怕讲错话?

女硕士说,因为我输不起。我家庭背景不好,家里有人犯了罪,周围的人都看不起我;家里很穷,从小靠亲戚的施舍我才能坚持学业。我生怕一句话说差了,人家不高兴,就不给我学费了。所以,连问一句"你吃了吗?"这样中国人最普通的话,我也要三思而后行。我怕人家说,你连自己的饭都吃不饱,也配来问别人吃饭问题。

听到这里,我说我明白了。你觉得自己的每一句话都可能引致他人的误解,给自己造成不良影响。

女硕士连连说,对对,就是这样的。

我笑了,说,你这一句话说得并不慢啊。

她说,那是我相信你不会误会我。

我说,这就对了。你说话速度慢,不是一个技术性的问题,是你不能相信别人。你是否准备一辈子都不相信任何人?如果是这样的话,我断定你的讲话速度是不会改变的。如果你从此相信他人,讲话的速度自然会比较适宜,既不会太慢,也不会太快,而是能收放自如。

那个女生后来果然有了很大的改变,她的人际关系也有了进步。

今天我们从一个很大的目标谈起,结果要在一个很小的地方结束。我想说,一个人的心理是一座斗拱飞檐的宫殿,这座宫殿的基础就是我们对自己人生目标的规划和对世界对他人的基本看法。一些看起来是技术和表面的问题,其实内里都和我们的基本人生观有着千丝万缕的联系。心理问题切不可头痛医头脚痛医脚,那样如同创可贴,只能暂时封住小伤口,却无法从根本上让我们的精神强健起来。

像烟灰一样松散

常常觉得射击这个运动挺有意思。在现实生活中极具杀伤力的举动,在运动场上却是很平和的。你可以根本不知道你的对手是谁,不知道他打了多少环。你只是和你自己做斗争,你要最大范畴地调动你自己的能力,打出你的好成绩。当然,最终的比分要在对比中产生,但你最主要的对手始终是你自己。

有时候想,如果60发子弹,打出了600环的世界纪录,那么,这项赛事还要不要继续比试下去?答案可能是——还要。因为除了准确以外,还有快速。

记得我当新兵实弹射击,9发子弹打了81环,勉勉强强算个优秀。我第一发子弹就打偏了,是个7环。打完后看到靶纸,那个7环的位置,正好是在人像头部太阳穴附近,我说,哎呀,我这枪法尚可嘛,这一枪打过去,便可以致敌死命,为什么只给7环?连长说,你瞄的是哪里?我说,是胸膛。连长说,你瞄的是胸,却打到了脑门上,给你个7环就不错了。

近年结识了一位警察朋友,好枪法。不单单在射击场上百发百中,更在解救人质的现场,次次百步穿杨。当然了,这个"杨"不是杨树的杨,而是匪徒的代称。我问他从哪里来的这份神功,他答非所问说,我从来不参加我学生的葬礼。我以为他是怕伤感,便自以为是地说,参加自己学生的葬礼,就有了白发人送黑发人的凄楚吧。他听了我的猜测,很不屑地说,不是那个意思。你既然当了我的学生,就不应当死在歹徒的枪下。所以,我不参加学生的葬礼,原因有二,一是他们之中至今还一个都不曾死;二是如果他们死了,就不是一个好射手,我不认他做学生。

我笑着说,以我的枪法,肯定在第一枪的时候就被杨树打死了。于是我向他请教射击的要领。他说，很简单，就是极端的平静。我说这个要领所有打枪的人都知道，可是做不到。他说，记住，你要像烟灰一样松散。只有放松，全部潜在的能量才会释放出来，协同你达到完美。

他的话我似懂非懂，但从此我开始注意以前忽略了的烟灰。烟灰，尤其是那些优质香烟燃烧后的烟灰，非常松散，几乎没有重量和形状，真一个大相无形。它们懒洋洋地趴在那里，好像在冬眠。其实，在烟灰的内部，栖息着高度警觉和机敏的鸟群，任何一阵微风掠过，哪怕只是极清淡的叹息，它们都会不失时机地腾空而起驭风而行。它们的力量来自放松，来自一种飘扬的本能。这些本身没有结构，没有动力，可以说是微不足道的粉末，在某一个瞬间却驾驭能量，飞向远方。

松散的反面是紧张。几乎每个人都有过由于紧张而惨败的经历。比如，考试的时候，全身肌肉僵直，心跳得好像无数个小炸弹在身体的深浅部位依次爆破。手指发抖头冒虚汗，原本记得滚瓜烂熟的知识，改头换面潜藏起来，原本泾渭分明的答案变得似是而非，泥鳅一样滑走……面试的时候，要么扭扭捏捏不够大方，无法表现自己的真实实力，要么口若悬河躁动不安，拿捏不准问题的实质，只得用不停的述说掩饰自己的紧张，适得其反……嗨，恕我就不一一列举悲惨的例子了，相信每个人都储存了一大堆这类不堪回首的往事。

原因清楚了，就是因为紧张。前段时间看歌手大奖赛的素质考核，有的问题真是很简单，我相信歌手如果不紧张，是一定可以回答出来的，可排解不掉的紧张毁了他。频频听到那位笑容可掬的滕矢初考官说：你是太紧张了，如果你放松一点就好了，就可以回答出来了。

谁都知道放松，可又有几个人能够收放自如？于是种种研究放松的方法层出不穷，但越来越多的人依然生活在紧张之中。社会是紧张的，节奏是紧张的，生活是紧张的，对话是紧张的，步伐是紧张的……现代的人们在紧张中已然迷失得太久，忘记了放松是一份怎样的惬意。

放松其实不仅仅是惬意，更是一种智慧高度发达的表现。伟大的弗洛伊德最重要的发现，是找到了我们灵魂的地下室，那就是强大的潜意识。你不仅是在清醒的理智的状态下意识到的那个"你"，你更是祖先无数经验的整合，你的肌肉你的神经，你的牙齿你的骨骼，你的感官你的血脉，都有源远流长的记忆和潜能。它们是谦逊和寂寞的,如果你强大的理性君临一切,它们就卑微地匍匐着,喑哑了自己的声音。只有在高度放松的时刻,注意啊,这种放松可不是放任不管,而是一种运筹帷幄的淡定,是一种对自我高度信任的沉静,大智若愚无为而治,你的潜能就秣马厉兵地活跃起来。它们默契地配合着,如同最精准的仪器,迅速地整合模糊混乱的信息,去粗取精去伪存真,风驰电掣地得出一个最佳的组合,然后不由分说地付诸实施。

于是我明白了,我的警察朋友在瞄准杨树的时候,就是处在这样的幽远而辽阔的松弛之中——烟灰一样松散。不久,我给他找了个有异曲同工之妙的伙伴。

德国最近发生了一桩血案。一个 19 岁的小伙子,2001 年没能通过毕业考试而留级一年。2002 年 2 月,因为伪造医生的假条以逃避期末考试,被校方发现,把他开除了。他满腔怒火,一心要报复学校。2002 年 4 月 26 日上午,他戴着恐怖的面具,一手握着一支手枪,一手拎着连发猎枪,闯进学校,见人就打,主要是瞄准老师,他觉得是他们让他蒙受了羞辱。在 20 分钟的疯狂射击中,他的手枪共打出了 40 发子弹,将 17 人打死,其中有 13 名老师。他还有大量的子弹,足够把数百人送进坟墓。这时候,他的历史老师海泽先生走过来,抓住他的衬衣,试图同他说话。这个血洗了母校的学生认出了他的老师,他摘掉了自己的面具。海泽先生叫着他的名字说,罗伯特,扣动你的扳机吧。如果你现在向我射击,那就看着我的眼睛!那个杀人杀红了眼的学生,盯着海泽先生看了一会儿,缓缓地放下了手枪,说,先生,我今天已经足够了。

后来海泽先生把凶手推进了一间教室,猛地关上了门,上了锁。此后不久,凶手在教室里饮弹自杀。

这是另一个有关射击的故事,凶险而血腥。我惊讶那位海泽先生的勇敢,更惊讶他在这种千钧一发之时所说的话。

请看着我的眼睛扣动扳机。海泽先生对自己的眼光,一定有着充分的自信。在手无寸铁的情况下,他使用了自己的眼光。如果是我,可能会躲起来,即便是站出来阻止,也会挥舞着门板或是桌椅之类的掩体……总之,我可能会有一千种方式,但我想不到会说——请你看着我的眼睛。

我猜这是海泽先生常说的一句话。在课堂上,在校园里,在万分危急的时刻,海泽先生不是说教也不声色俱厉,只是轻轻地说了一句在课堂上常说的话。正是这句话,唤起了凶手残存的最后一丝良知,停止了暴行。海泽先生像烟灰一样松散的话语,让整整一校的无辜师生免了肝脑涂地。

在最危急的时刻,能保持极端的放松,不是一种技术,而是一种修养,是一种长期潜移默化修炼提升的结果。我们常常说,某人胜就胜在心理上,或是说某人败就败在心理上。这其中的差池不是指在理性上,而是这种心灵张弛的韧性上。

没事的时候,看看烟灰吧。它们曾经是火焰,燃烧过沸腾过,但它们此刻很安静了。它们毫不张扬地聚精会神地等待着下一次的乘风而起,携带着全部的能量,抵达阳光能到达的任何地方。

放松不仅仅是生活的常态,更是物种进化的链条。人们啊,需要常常提醒自己,像烟灰一样放松。放松不是无所事事,不是听天由命,不是随波逐流。放松是一种高度的自信,放松是一种磨炼之后的整合,放松是举重若轻玉树临风。当你放松的时候,你所有的岁月和经验,你所有的勇气和智慧,便都厉兵秣马集合于你内心,情绪就会安然从容,勇气就会源源不断。你不一定能胜利,但你能竭尽全力去参与过程。

旅行使人性中温暖的那些因子，
弥散开来……

疑问坠得我傍晚散步的鞋底涩了……

爱惜常常发生。
在我们不经意的时候，
打湿眼帘……

今天的太阳很好，
同时风很大……

快乐是一种心灵自在安详的舞蹈……

旅行使我们谦虚

由于工作的关系，常常旅行。旅行比居家的时候辛苦，这是不消说的。中国有句古话——在家千日好，出门一时难，说的就是这份不易。但时间长了，待在家里，筋骨锈了，就会生出一份隐隐的焦灼，迫不及待地想到外面走走去。

是什么诱惑着我们放弃安宁和舒适，离开温暖的家，在某一个清晨或是深夜，毅然到遥远的他乡去了呢？

当然，很多时候，是为了谋生，为了无法推卸的责任和理由。但是，随着温饱的解决，我们越来越多自觉自愿地选择了——人在旅途。

一次，我应邀到国外访问。在规定的活动完结之后，主人很热情地让我挑选一个完全自由的项目，以便我可以更深入地了解这个国家。我想了想。提笔写下了：乘坐火车或是长途汽车，在大地上旅行。主人看了看那张纸说，好，我们很乐意满足您的要求。只是，您的目的地是哪里呢？您究竟要到哪里去呢？

我说，没有目的地，不到哪里去。坐着车在土地上行走，就是目的，就是一切了。

我固执地认为，要真正认识一个国家，一个民族，一块土地，一处山水，你必得独自漫游。

旅行使我们谦虚。飞驰的速度，变换的风景，奇异的遭遇，萍逢的客人……这一切旅途中可能发生的事件，强烈地超出了我们已知的范畴，以一种陌生和挑战的姿态，敦促我们警醒，唤起我们好奇。在我们被琐碎磨损的生命里，张扬起绿色的旗帜。在我们被刻板疲惫的生活中，注入新鲜的活力。

久久的蜗居，易使我们的视野狭小，胸怀仄斜，肌力减弱，肺廓扁平……这个时候，收拾好行囊，告辞了亲人，踏上旅途吧。

珍惜旅途吧。火车上那些不眠的夜晚，凭窗而立，看铁轨旁一盏盏路灯，闪着紫蓝色的光芒，瞬忽而逝，许多记忆幽灵般地复活了。

人们常常在旅途中，猛地想起湮灭许久的往事，忆起许多故人的音容笑貌。好像旅行是一种溶剂，融化了尘封的盖子，如烟的温情就升腾出来了。

人们常常在旅途中，向相识才几个小时的旅伴倾诉衷肠，彼此那样深刻地走入了对方的精神架构。我甚至知道几位青年，竟这样找到了自己的终身伴侣。

有人把这些解释为——旅途使人们亲近，是因为没有利害关系。我不同意这个观点。正是因为同乘一列车，同渡一条船，才使我们如此亲密。旅行使人性中温暖的那些因子，弥散开来。

旅途也有困厄和风雨，艰难和险恶。但是，这不会阻止真正的旅行者的脚步。旅行正是以一种充满未知的魅力，激起人们不倦的向往。

最单纯的生活必需品

迪斯尼版的《森林王子》，描写一个人类婴孩，偶入大森林，被野狼阿力一家收养，在大熊巴鲁、黑豹巴希拉等动物的呵护与培养下，成为友善、勇敢、智慧、快乐的少年。

片中各种动物的造型和举止，颇符合物种个性的特征，险而不惊。特别是蟒蛇与巴克利的斗智斗勇，美妙的搏斗场面，既让人想起蛇那油光水滑阴险狡诈的禀性，被它的盘旋晕得眼花缭乱，又让人在紧张中怡情，充满了机警的悬念。大熊巴鲁为了拯救巴克利，与森林王老虎谢利展开了殊死搏斗，以致昏倒在地。黑豹巴希拉误以为它已阵亡，心情激动地致了一段感人肺腑的悼词。大熊巴鲁慢慢苏醒后躺在地上，一动不动地倾听着，在庄严肃穆中，引出人们啼笑皆非的泪水。

巴鲁复苏之后，开始教导人类的孩子巴克利，如何在大自然中生活。那只载歌载舞的憨厚大熊，反复吟唱着一句话——"让我们，得到，最单纯的生活必需品……"

真是令人拍案叫绝的真理——最单纯的生活必需品。

人想活着，就必然有一些必不可少的物件陪伴左右。几年前，我见到一个乡下孩子和一个城里孩子在做游戏。一张卡片，正面写着问题，背面写着答案。双方看着问题回答，对与不对，以卡片为准。那题目是——生命存活的三大基本要素是什么？

城里孩子说，这还不简单吗，就是脂肪、蛋白质和碳水化合物呗！

乡下孩子说，啥叫脂肪？不就是猪大油吗？人没有猪油那些荤腥吃，能活。蛋白质是啥？不就是鸡蛋吗？人不吃鸡蛋也可以活。碳水化合物是啥东西，俺不知道。俺只知道人要活着，最要紧的是要有水、火柴和粮食！

那张硬硬的精美卡片后面的答案,判定城市孩子的回答正确。但说心里话,我认为乡下孩子的答案更率真和智慧。

综观人类的历史,我们的生活必需品的名录,就像银行信用卡恶意透支的黑名单,是越来越长了。1000年前,假如我们外出,真如那个乡下孩子所讲,只需带上水和干粮,再携一把火镰,就可走遍天下。现在呢,要有旅游鞋休闲装,盆碗帐篷净水器,驱蚊油防晒霜,卫星电视电话机……

这应该算是进步吧?只是大自然不堪重负了。养育一个现代人的物资,足够当初养活一百个一千个原始人。

大熊的箴言里,还有一个含义——单纯。单纯是一种很真实很透明的东西,我们已经在进化中将它忽略和玷污。比如水,人体的细胞需要纯净的自然之水,而绝不是啤酒、可口可乐和掺了色素的某种浑浊液体。人们先是把水弄得很复杂,然后再把脏水过滤。当人饮着这种再生的清水时,沾沾自喜,以为是文明和进步,其实比古代人的饮水质量还差着档次。

再如空气,人的肺需要凛冽的清新的山谷森林之风,而绝不是被汽车吞吐了千百次的工业废气。人们聚集在城市里,在空气中混淆进数不清的杂质,然后摇摇头说,这样的地方,太不利于健康了。于是就开着汽车,满世界找青山绿水的地方,心安理得地住下来,把新的污染带给那里。

人们本来应该简洁明确地表白自己的内心,这样会避免多少误会,节约多少人生,增进多少了解,加快多少速度啊!但是,不。人们变得虚伪客套声东击西云山雾罩,并尊称这些技术技巧为礼仪和外交,让世界变得遮遮盖盖诡谲莫测。于是无数人在这面无须超越的黑斗篷前终生猜谜,并以此形成许多新的职业和窥探的癖好。

也许我们可以对自己精神和物质生活中所需物品的庞大分子分母,来一个约分。本着单纯和必需的原则,把太繁多的精简,把太复杂的摒弃。必需的东西越少,我们的脚步就越轻捷。

世界上有许许多多的杂质,无时无刻不在腐蚀着单纯。人们往往以为单纯只存在于童真,如果你在晚年还保有单纯,如果不是太傻,就是天赐的一种好运气。其实,最有力量的单纯,是历练过复杂之后的九九归一。以不变应万变,自身有过滤化解和中和澄清的功能。任你血雨腥风,我自静若处子。心永远是清清的,呼吸永远是轻轻的……

救　树

路旁那棵杨树，恹恹站着。仿佛家境贫寒的失学少年，怯怯张望高大的同学。叶子耷拉着，夜风掠过，残缺的树冠发出声响，好似骨折病人忧郁无奈的叹息。

它为何如此羸弱？

疑问坠得我傍晚散步的鞋底涩了。就算苗圃培育的先天有所不同，移栽街旁时，挑的植株也必大小相仿，怎么几年时间，它和它的伙伴，竟形同隔世了呢？

有的时候，命运其实就是一种位置。那树在一人多高的位置，横空翘出一道水平杈，拳头粗细，孤零零地探着，竟是天造地设的一副单杠。其下青砖铺路，任凭虎步龙腾。过往行人，突然瞥到这天然的运动场，便被诱惑，猛跑几步，噌地一蹿，攀着枝杈荡上去。久不锻炼的硬躯，如冬瓜般浊重，摆了几摆，便夯砸下来，只留树影在苍茫夜空呻吟。

青杨全身哆嗦着，久久无法在摇撼下平息。叶片好似千百面残破的铜镲，交错扑打。树干猛烈地痉挛，每一条根须都被摇离热土，水脉从底层崩断……

我对先生说，不散步了。守在这棵青杨下，劝人们不再用它练功。

然而，无奈。纵是每晚守候，还有漫长的白天无法看顾。终不能24小时连续为这树值班。于是在家中把刀磨得寒光迸射。先生问，不会在策划一件谋杀案吧？

我答，你猜得不错。

先生惊，目标何在？

我说，长街畔那棵青杨。

先生正色道,砍树犯法。

我说,只是断掉那树的臂膀。丢卒保车,让企图翻杠的人无所依托,青杨才有一线生机。

先生建议,利斧比钢刀好。

我说,朗朗乾坤,拎一把阔斧街上行走,太招人耳目。还是袖里藏刀来得简便。

先生道,树杈高过头顶,你如何砍得到呢?

我运刀成风,比画着说,助跑几步,凌空一跃,大功便可告成。

先生边躲闪边冷笑,你是谁?烧火的杨排风或是侠女十三妹吗?需带一张便携式折叠凳,择一个晦暗的子夜,若天降大雾就更理想了。你瞭望,我动手,手到擒来神鬼不知。

于是夫妻磨刀霍霍,焦急地等待月黑风高的日子。每逢路过孱弱青杨的时候,都对它轻声说,再坚持几天啊,就要为你刮骨疗毒了。

谁知我突然病了,辗转医院。数月后复出,迫近青杨时,几乎不敢偏头。遗它在水深火热中煎熬,恐已近柴薪。

想不到,青杨依旧屹立长街畔,竟比以前挺拔简秀多了,沁出蓬勃生气。细细察看,那只肇祸的长臂,已被人用锯齐根断去,茌口森然。青杨像因公致残的青年,早从伤痛中振作,尽管身影还有些仄斜,头颅已然高昂。

我和先生惊叹,好身手。

礼物会消失吗？

礼物的实质，我以为是心情和劳动。

广义的礼物，是一个几乎包含了世界上所有领域的词汇。地球是宇宙送给人类的礼物，生命是父母送给后代的礼物，力量是时间送给青春的礼物，成熟是岁月送给智慧的礼物。常常想，假如在天地中开一间大大的礼品商店，几乎可以包容世界上所有的精神与物质产品。礼物可以是贵重的，也可以是微薄的。大到一座江山，一片国土；小到一根鹅毛，一片落叶。它可以是自然界的日月星辰，伟大的哲人说过：明天我送你一轮崭新的太阳。它可以是人世间的金钱美女，这种交易，几乎每时每刻都在角落里发生。可以是一个眼神，携去绵绵不尽的情义。可以是一次握手，传递万千叮咛。可以是笑里藏刀的一个陷阱，片刻间置你于死地。可以是玉石俱焚同归于尽的计谋，双方在火焰中羽化飞升。

礼物礼物，顾名思义，是先要有"礼"，而后才有"物"。它们是一对精神和物质的伴侣，无形和有形的二重奏。

"礼"的本意是敬神，引申为尊敬的礼貌与敬意。专门负载表达这种特定心境的物质，就是礼物了，可惜无情的岁月漂白了广义礼物的含义，狭义的礼物便流通了，它仅仅局限在"物质"的范畴。

古话说，礼轻情义重。现代人把这话反了过来，物重情义轻。世上流布着多少无法兑现的承诺，辗转着多少有物无心的礼物啊！

送给孩子的礼物，本应蕴涵希望，但有时仅仅是赠予他超前的享受。

送给母亲的礼物，本应满怀关切，但有时仅仅是为了良心的安宁和平息周围的议论。

送给朋友的礼物，本应情同手足地表达温暖的善意，但经常只是为了处理自家多余的物资。

送给师长的礼物,本应是纯净而清洁的束脩,但内里常常夹带着闪烁的企图和心机。

古人曾千里送一朵如雪的鹅毛,今人是送你一个沉甸甸的鹅蛋,打开来一看,却是化学物质合成的赝品,色素严重超标。

丧失情谊的礼物,是一枝裹了面粉油炸过的鲜花,所有的花瓣都在,颜色和香气已飘然远去。

礼和物是跷跷板两旁坐着的孩子,多少物也抵不过一个礼的重量。物轻礼在,一个真诚的"礼",可以压倒无数豪华的"物"。若是单有沉重的"物",愚蠢地匍匐在地,跷跷板的另一端飞上了天,"礼"就消失在空气中了。

更不消说世上还有无情无义的礼物,请君入瓮的礼物,落井下石的礼物,为虎作伥的礼物……几乎每一起腐败事件都同礼物有关,每一桩罪恶里都有礼物的蛛丝马迹。礼物脏了,被世俗污染成一种工具,一块带着血迹的敲门砖,一条放长线钓大鱼的绞索。

还礼物以清白。

救救礼物!

真正的礼物,必应是送礼者心底流淌的愿望上的小舟。我送你礼物,伴去的是我的心境。我的感谢,我的问候,我的关切,我的忧虑,我的期望,我的祝福……我希望在你的身边,长久地留有我的痕迹。我希望带着我的信息的物体,能够与你同在。我希望你在使用这物件的时候,能够从中感到我选择它时设身处地的一番苦心。我希望你在凝视它的时候,能够记起我遥远的惦念……纵是你将我忘记,我希望我送你的礼物,还在默默地为你遮挡着风雨,装饰着美丽……你可以不再珍惜我,但我希望你珍惜礼物。因为那是珍惜过去的时光,珍惜曾经凝固的历史,珍惜一种共同的真诚。礼物一旦送人,就有了它独立的命运。即使友谊随日月淡去,我希望友谊的礼物,依旧尊严而完整。

世上的人,可以分为两类。一种是送礼的次数多,一种是收礼的次数多。

几乎没有人,在这世上从未收过礼,也从未送过礼吧?沿街乞讨的丐儿,把每一个铜板都视为命运的礼物,在艰难中生活下去。风烛残年的老人,会收养一只残疾的小狗,相濡以沫,这就是他们留给后来者的礼物了。

收到的礼物多,并不一定是朋友多,也许只是证明了权柄在握。送出的礼物少,并非注定寡情,也许只是羞于表达。富人什么都富裕,但在礼物这方面,不一定能画等号。很可能物多礼薄,人们尊敬的只是他的金钱。穷人什么都缺乏,但并不一定礼物稀少,一束柴一瓢米,都会重如泰山。

礼物是有善和恶之分的。恶礼是诱人崩溃的毒苹果,是导入深渊的蹇驴瞎马。对于礼物,要用鼻子闻一闻它潜伏的气味,裹挟不良气息的夜枭,就要挥之远去。

礼物既是物,就有价值。所有的价值都是由劳动创造的,只有那些由送礼者自我劳动换来的物品,才是真正的礼物。用公众的钱财送礼,达到个人或升官或发财的私利,它的实质就是掠夺。用他人的钱财送礼,以满足利己的动机,就是赤裸裸的剥削。老百姓省吃俭用,为了生存的需要,用从牙缝里抠出的钱,为掌握自己命运的人送礼。心中忐忑,却怯于权势,不得不送的礼物,糖是苦的,酒是冷的,浸透了小人物的无奈和辛酸。物品中凝聚的冤气,会在豪宅的暗夜中,发出磷火一般的光,愤怒地游走。

礼物不可太重,太重了,普通人会承受不起。礼物不可太轻,太轻了,陌生人会以为看他不起。只要呈上的是心意,提供的是帮助,来源是自己手上的汗滴,表达的是人间暖意,送礼的时候,我们就堂堂正正,欢欢喜喜,磊落光明。

世上礼物万万千,世人送礼千百年。有时突然想,假如物质极大地丰富,假如精神高度快乐,假如通讯无比发达,假如世间开满鲜花,人们还会需要礼物吗?

礼物会永远存在吗?

我想,会。

礼物就像微笑,真情洋溢的时候,它就飘然而至,如同光明纯洁坦荡亲切的使者,传达心与心的絮语。

常读常新的人鱼公主

童话,并不只是给儿童读的。

我在成年之后,还常常读童话。每当烦心的时候,从书架上随手扯出的书,必是童话。比如安徒生的《海的女儿》,我就读过多遍,它也被翻译成"人鱼公主"。比较起来,我更喜欢"人鱼公主"这个名字。海的女儿,好像太阔大太神圣了些。人鱼呢,就显得神秘而灵动,还有一点点怪异。

大约8岁的时候,第一次读到人鱼公主的故事。读完后泪流满面,抽噎得不能自已。觉得那么可爱和美丽的公主,居然变成了大海上的水泡,真是倒霉极了。从此在很长一段时间内,看到了湖面上河面上甚至脸盆里的水泡就有些发呆,心中疑惑地想,这一个水泡,是不是善良的人鱼公主变成的呢?看到风把小水泡吹破,更是万分伤感。读的过程中,最焦急的并不是人鱼公主的爱情,而是最痛她的哑。认定她无法说出话来,是一生未能有好结局的最主要的根源。突发奇想,如果有一个高明的医生,拿出一剂神药,给人鱼公主吃下,以对抗女巫的魔法,事情就完全是另外的结局了。而且还想出补救的办法,觉得人鱼公主应该要求上学去,学会写字。就算她原来住在海底,和陆地上的国家用的文字不同,以她那样的聪慧,学会普通的表达,也该用不了多长时间吧?比如我自己,不过是个人类的普通孩子,读了一二年级,就可以看童话了,以人鱼公主的天分,应该很快就能用文字把自己的身世写给王子看,王子看到了,不就真相大白了吗!

大约18岁的时候,又一次比较认真地读了人鱼公主。也许是情窦初开,这一次很容易地就读出了爱情。她之所以能忍受那么惨烈的痛苦,是为了自己所爱的人。她忍受了非人的折磨,在刀尖样的甲板上跳舞,她是宁肯自己死,也不要让自己所爱的人死。这是一种多么无私和高尚的不求回报的爱啊!心里也在琢磨,那个王子真的可爱吗?除了长得英俊,有一双大眼睛之外,好像看不出有什么太大的本领啊。游泳的技术也不怎么样,在风浪中要不是人鱼公主舍身相救,他定是溺水必死无疑的了。他也没啥特异功能,对自己的救命恩人一点精神方面的感应也没有,反倒让一个神殿里的女子坐享其成。当然啦,那个女孩子不知道内情,也就不怪她,但王子怎么可以这样的糊涂呢?况且,人鱼公主看他的眼神,一定是含情脉脉,他怎么就一点"放电"的感觉也没有呢?好呆!心里一边替人鱼公主强烈地抱着不平,一边想,哼!倘若我是人鱼公主,一定要在脱掉鱼尾变出双脚之前,设几个小计谋,好好地考验一下王子,看他明不明白我的心。因为从鱼变成人这件事,是单向隧道,过去了就回不来的。要把自己的一生托付出去,实在举足轻重。不过,真到了故事中所说的那种情况——由于王子的不知情,没有娶人鱼公主,公主的姊妹们从女巫那儿拿了尖刀,要人鱼公主把尖刀刺进王子的胸膛,让王子的鲜血溅到自己的双脚上,才能重新恢复鱼尾……局面可就难办了。思来想去,只有赞同人鱼公主对待爱情的方法,宁可自己痛楚,也要把幸福留给自己所爱的人……

到了28岁的时候,我已经做了妈妈。这时来读人鱼公主,竟深深地关切起人鱼公主的家人来了。她的母亲在生了6个女儿之后去世了,我猜这个女人临死之前,一定非常放心不下她的女儿,不论是最大的还是最小的。她一定是再三再四地交代给公主的祖母——老皇后,要照料好自己的孩子,特别是最小的女儿。老皇后心疼隔辈人,不单在饮食起居方面无微不至地看顾孩子们,而且还给她们讲海面上人类的故事。可以说,老皇后一点也不保守,甚至是学识渊博呢。当人鱼公主满15岁的时候,老皇后在她的尾巴上镶了8颗牡蛎,这是高贵身份的标志和郑重的成人典礼啊。当人鱼公主遇到了危难的时候,老皇后的一头白发都掉光了,她不顾年迈体弱,升到海面上,看望自己的孙女……我强烈地感受到了这位老奶奶的慈悲心肠和对人鱼公主的精神哺育。人鱼公主的勇气和聪慧,包括无比善良的玲珑之心,都不是从天上掉下来的,诸多得益于她的祖母啊。

到了38岁的时候,因为我也开始写小说,再读人鱼公主,不由自主地探讨起安徒生的写作技巧来。我有点纳闷儿,安徒生在写作之前,有没有一个详尽的提纲呢?我的结论是——大概没有。似乎能看到安徒生的某种随心所欲,信马由缰。当然了,大的轮廓走向他是有的,这个缠绵悱恻一波三折既有血泪也有波浪的故事,一定是在他的大脑里酝酿许久了。但是,连续读上几遍之后,感到结尾处好像有点画蛇添足。试想当年:安徒生很投入地写啊写,把这么好的一个故事快写完了,突然想起,咦,我这是给孩子们写的一个童话啊,怎么好像和孩子们没多少关系了?不行,我得把放开的思绪拉回来。他这样想着,就把一个担子压到了孩子们的头上。他在故事里说:你喜欢人鱼公主吗?猜到小孩子们一定说——喜欢。然后他接着说,人鱼公主变成了水泡,你难过吗?断定大家一定说——难过。那么好吧,安徒生顺理成章地说,人鱼公主变成的水泡,升到天空中去了,她在空中听到一个低低的声音告诉她,300 年之后,她就可以为自己造一个不朽的灵魂了。300 年,当然是一个很久很久的时间了。不过,幸好还有补救的办法,那就是——如果人鱼公主在空中飞翔的时候,看到一个能让父母高兴的小孩子,那么她获得不朽灵魂的时间就会缩短。如果她看到一个顽皮又品行不好的孩子,就会伤心地落下泪来,这样,她受苦受难的时间就会延长……我不知道安徒生是否得意这个结尾,反正,我有点迟疑。干吗把救赎工作,交给每一个读过人鱼公主故事的小孩子啊?是不是太沉重了?

现在,我 48 岁了。为了写这篇文章,又读了几遍人鱼公主。这一次,我心平气和,仿佛天眼洞开,有了一番新的感悟。这是一篇写灵魂的故事。无论海底的世界怎样瑰丽丰饶,因为没有灵魂,所以人鱼公主毅然离开了自己的亲人。她本来把希望寄托在一个爱她能胜过爱任何人的王子身上,那么王子就可以把自己的灵魂分给她,她就从王子手里得到了灵魂。为了这份与灵魂相关联的爱情,人鱼公主付出了自己所能付出的一切,她的勇敢、善良、舍身为人……都在命运燧石的敲打下,大放异彩。但是,阴错阳差啊,她还是无法得到一个灵魂。人鱼公主是顽强和坚定的,她选定了自己的道路就绝不回头,终于,她得到了自己铸造一个灵魂的机会。在一个接一个严峻的考验之后,在肉体和精神的磨砺煎熬之后,人鱼公主谁都不再依靠,紧紧依赖着自己的精神,踏上了寻找不朽灵魂的漫漫旅途。

这个悲壮而凄美地寻找灵魂的故事,是如此地动人心弦,常读常新。有时想,当我 58 岁……68 岁……108 岁(但愿能够)的时候,不知又读出了怎样的深长?

寻觅危险

在心理学家马斯洛先生的人的需要层次金字塔模式里，安全感是人类的基本需要之一。

记得在日本访问时，很惊讶普通民居的构造单薄。尤其是海边的房子，好像纸扎的灯笼，轻而蓬松，叫人怀疑稍大些的海风，就会把墙壁吹个透明窟窿。

我问日本人，你们这里多地震多火山多海啸什么的，如此稀松的房子，怎么抵御灾难，岂不是太不安全了吗？

日本人回答，正是因为多灾，我们的房子才造得很轻，一旦倒塌，也不会把人压死砸死，比钢筋铁骨的建筑反倒多一分安全。就像薄薄的鸡蛋壳，小鸡很容易钻出来。它看起来的不安全，其实倒是很安全的。

真叫人无话可说。

那年到处风传地震，我为自己和家人的安全焦虑，特向一位专事地震研究的朋友请教。她告诉我，地震发生的时候，你赶快跳到家中房屋的承重墙交叉的部位，那里通常比较坚固，即使倒塌也会有小的支撑空间可供躲避，以利等待救援。此秘诀闹得我和先生，像两个蹩脚的工程师，在自己家中四处梭巡，彼此还意见分歧。他说这堵墙承重，我说可能是那一堵，吵得谁也不服谁，只好又向朋友讨教。她说，你们可以找到当年施工部门的图纸，对照辨认，岂不最有权威性了？这法子好是好，但实在太麻烦，我们只好不了了之。朋友是个尽责的人，后来又过问此事，我如实相告，朋友说，告诉你一个简单的法子，一旦山摇地动，你就躲到房屋内的卫生间，那个角落比较安全……从此我牢牢记住这一救命宝典，很长时间内，一进了卫生间，就敬畏有加。觉得在未来的某一天，全靠它的庇护啦！

后来我到了唐山,有一位大地震中的幸存者谆谆告诫我,大震时,要飞快地窜到凉台上,这样可以在随后的余震中被甩到室外,安全系数较大。他当年就是如此才保住性命,而他躲在房中的家人,全部遇难。

我于是想象自己倘若遇到震灾,可能会在卫生间和凉台中上蹿下跳,坐失宝贵时间。

坐汽车,我因为晕车,总好坐在前面。但屡屡被人指教,只有司机后面的座位,才是全车中最保险的地方。因为据车祸中大难不死者的统计数据,证明在危机的时刻,司机会下意识地保全自己,所采取的紧急措施对自己的位置最为有利。我觉得这一提议上面,有一层相当龌龊的前提。那就是——司机以人的本能保护自己,你坐在司机后面,以他的身躯为你的血肉长城……

灾难时,到底哪里最安全？我只做过如此不完善的小小调查,已是众说纷纭,看来,安全是个永恒的题目。在我们的生命里面,寻找安全,是集体无意识的顽强表现。

我便敬佩那些在危急的时刻,抛却自身的安全,奋勇地冲向危难的勇士。这不仅是道德和情操的高尚,更是人战胜自己天性的壮举。

比如消防人员的扑向火海,比如救护人员的攀登危楼,比如易燃易爆物品燃烧时的临危不惧,比如潜入冰水拯救遇溺者……无论对职业人员还是对见义勇为的普通公民,我相信,在那一瞬,都有生命本能的召唤和人生价值的实现碰撞的火焰。

如果为了一己的安全,自然是远离危险。我们的每一根头发,每一滴血液,都会提醒命令安排指挥我们这样做。人类的进化,使得躲避危险寻觅安全成了几乎与生俱来的能力。但是,为了他人的安全,为了崇高的职责,为了追求和理念,为了一种凌越本能的超拔,他们躲避安全寻觅危险……

这样的人,就达到了人的自我实现的顶峰,他们找到了本能之上的高贵的尊严。

常常爱惜

拾起一穗遗落在秋天原野上的麦芒时,我们心中会涌起一种情感……

当水龙头正酝酿着滴落一颗椭圆形的水珠,一只手紧紧拧住闸门时,我们心中会涌起一种情感……

当凝望宝蓝的天空因为浓雾而浑浑噩噩时,我们心中会涌起一种情感……

当注视到一个正义的人无力捍卫自己的尊严,孤苦无助的时候,我们心中会涌起一种情感……

人类将这种痛而波动的感觉命名为——爱惜。

我们读这两个字的时候,通常要放低了声音,徐徐地从肺腑最柔软的孔腔吐出,怕惊碎了这薄而透明的温情。

爱惜的大前提是,爱。爱是人类一种最珍贵的体验,它发源于深刻的本能和绵绵的眷恋。爱先于任何其他情感,轻轻沁入婴儿小而玲珑的心灵。爱那给予生命的母亲,爱那清冷的空气和滑润的乳汁,爱温暖的太阳和柔和的抚爱,爱飞舞的光影和若隐若现的乐声……

爱惜的土壤是喜欢。当我们喜欢某种东西的时候,就希冀它的长久和广大,忧郁它的衰减和短暂。当我们对喜爱之物怀有难以把握的忧虑时,吝啬是一个常会首选的对策。我们会俭省珍贵的资源,我们会珍爱不可重复的时光,我们会制造机会以期重享愉悦,我们会细水长流反复咀嚼快乐。

于是,爱惜就在不知不觉中发生了。

当我们爱惜的时候,保护的勇气和奋斗的果敢也同时滋生,真爱,需用生命护卫,真爱,就会义无反顾。没有保护的爱惜,是一朵无蕊的鲜花,可以艳丽,却断无果实。没有爱惜保护,是粗粝和逼人的威迫,是强权而不是心心相印。

爱惜常常发生。在我们不经意的时候,打湿眼帘。

爱惜好比一只竹篮。随着人生的进步,它越编越大了,盛着人自身,盛着绿色,盛着地球上所有的物种,盛着天空和海洋。

谎言三叶草

人总是要说谎的。谁要是说自己不说谎,这就是一个彻头彻尾的谎言。

有的人一生都在说谎,他的存在就是一个谎言。世界是由真实的材料构成的,谎言像泡沫一样浮动在表面,时间使它消耗殆尽,就好像从来没有发生过似的。

有的人偶尔说谎,除了他自己,没有人知道这是一个谎言。谎言在某些时候只是说话人的善良愿望,只要不害人,说说也无妨。

对谎言刻骨铭心的印象,可以追溯很远。小的时候在幼儿园,每天游戏时有一个节目,就是小朋友说自己家里有什么玩具。一个说,我家有会说话的玩具青蛙。那时我们只见过上了弦会蹦的铁皮蛤蟆,小小的心眼一计算,大人们既然能造出会跑的动物,也能让它叫唤,就都信了。又一个小朋友说,我家有一个玩具火车,像一间房子那样长……我呆呆地看着那个男孩,前一天我才到他们家玩过,绝没有看到那么庞大的火车……我本来是可以拆穿这个谎言的,但是看到大家那么兴奋地注视着说谎者,我不由自主地说:我们家也有一列玩具火车,像操场那么长……

哇哇!那么长的火车!多好啊!小伙伴齐声赞叹。

那你明天把它带到幼儿园里让我们看看好了。那个男孩沉着地说。

好啊!好啊!大家欢呼雀跃。

我幼小身体里的血脉一下冷凝住了。天哪,我到哪里去找那么宏伟的玩具火车?也许世界上根本就没有造出来!

我看着那个男孩,我从他小小的褐色眼珠里读出了期望。

他为什么会这么有兴趣?依我们小小的年纪,还完全不懂得落井下石……想啊想,我终于明白了!

我大声对他也对大家说:让他先把房子一样大的火车拿来给咱们看了,我就把家里操场一样长的火车带来。

危机就这样缓解了。第二天,我悄悄地观察着大家。我真怕大伙追问那个男孩,因为我知道他是拿不出来的。大家在嘲笑了他之后,就会问我要操场一般大的玩具火车。我和那个男孩忐忑不安,彼此没说什么。只是一整天都是我们俩在一起玩。幸好那天很平静,没有一个小朋友提起过这件事。

我的小小的心提在喉咙口好久,我怕哪个记性好的小朋友突然想起来。但是日子一天天平安地过去了,大家都遗忘了,甚至在以后再说起玩具的时候,我吓得要死,也并没有人说火车的事。

真正把心放下来是从幼儿园毕业的那天。当我离开朝夕相处的老师和小朋友的时候,当然也有点恋恋不舍,但主要是像鸟一样地轻松了。我再也不用为那列子虚乌有的火车操心了。

这是我有记忆以来最清晰的一次说谎,它给我心理上造成的沉重负担,简直是童年之最。在漫长的岁月里我无数次地反思,总结出几条教训。

一是撒谎其实不值得。图了一时之快活,遭了长期之苦难。占小便宜吃大亏。不到万不得已,不要说谎。

二是说谎很普遍。且不说那个男孩显然在说谎,就是其他的小朋友,也经常浸泡在谎言之中。证据就是他们并不追问我大火车的下落了。小孩的记性其实极好,他们不问,并不是忘了,而是觉得此事没指望了。也就是说,他们知道这是一个骗局。他们之所以能看清真相,是因为同病相怜。

三是说谎是一门学问,需要好好研究。主要是为了找出规律,知道什么时候可说谎,什么时候不可说谎,划一个严格的界限。附带的是要锻炼出一双能识别谎言的眼睛,在苍茫人海中谨防受骗。

修炼多年,对于说谎的原则,有了些许心得。

平素我是不说谎的,没有别的理由,只是因为怕累。人活在世上,真实的世界已经太多麻烦,再加上一个虚幻世界掺和在里面,岂不更乱了套?但在我的心灵深处,生长着一棵谎言三叶草。当它的每一片叶子都被我毫不犹豫地摘下来的时候,我就开始说谎了。

它的第一片叶子是善良。不要以为所有的谎言都是恶意,善良更容易把我们载到谎言的彼岸。我当过许多年的医生,当那些身患绝症的病人殷殷地拉了我的手,眼巴巴地问:大夫,你说我还能治好吗?我总是毫不踌躇地回答:能治好! 我甚至不觉得这是一个谎言。它是我和病人心中共同的希望,在不远的微明处闪着光。当事情没有糟到一塌糊涂的时候,善良的谎言也是支撑我们前进的动力啊!

三叶草的第二片叶子是此谎言没有险恶的后果,更像是一个诙谐的玩笑或是温婉的借口。比如文学界的朋友聚会是一般人眼中高雅的所在,但我多半是不感兴趣的。我对未知的事物充满了兴趣,很愿意同普通的工人农民或是哪一行当的专家们待在一处,听他们讲我不知道的故事。至于作家们聚在一起,要说些什么,我大概是有数的,不听也罢。但人家邀了你,是好意。断然拒绝,不但不礼貌,也是一种骄傲的表现,和我的本意相距太远。这种时候,除了极好的老师和朋友的聚会,我兴高采烈地奔去,一般都是找一个借口推托了。比如我说正在写东西,或是已经有了约会……总之让自己和别人都有台阶下。这算不算撒谎?好像要算的。但它结了一个甜甜的果子,维护了双方的面子,挺好的一件事。

第三片叶子是我为自己规定——谎言可以为维护自尊心而说。我们常常会做错事。错误并没有什么了不起,改过来就是了。但因了错误在众人面前伤了自尊心,就由外伤变成了内伤,不是一时半会儿治得好的。我并不是包庇自己的错误,我会在没有人的暗夜,深深检讨自己的缺憾。但我不愿在众目睽睽之下,把自己像次品一般展览。也许每个人对自尊的感受阈不同,但大多数人在这个问题上都很敏感。想当年,一个聪敏的小男孩打碎了姨妈家的花瓶,没有承认,也是怕自己太丢面子了。既然革命导师都会有这种顾虑,我们自然也可原谅自己。为了自尊,我们可以说谎,同样是为了自尊,我们不可将谎言维持得太久。因为真正的自尊是建立在不断完善自己的地基之上的,谎言只不过是暂时的烟雾。它为我们争取来了时间,我们要在烟雾还没有消散的时候,把自己整旧如新。假如沉迷于自造的虚幻,烟雾消散之时,现实将更加窘急。

随着年龄的增长,心田里的谎言三叶草渐渐凋零。我有的时候还会说谎,但频率减少了许多。究其原因,我想,谎言有时表达了一种愿望,折射出我们对事实朦胧的希望。生命的年轮一圈圈加厚,世界的本来面目就像琥珀中的甲虫,愈发纤毫毕现,需要我们更勇敢地凝视它。我已知觉人生的第一要素不是"善",而是"真"。我已不惧怕残酷的真相,对过失可能的恶劣后果,有了兵来将挡,水来土掩的勇气。甚至对于自尊,也韧性得多了。自尊,便是自己尊重自己。只要你自己不倒,别人可以把你按倒在地上,却不能阻止你满面尘灰遍体伤痕地站起来。

有的人总是说谎,那就不是谎言三叶草的问题,而简直是荒谬的茅草地了。对这种人,我并不因为自己也说过谎而谅解他们。偶尔一说和家常便饭的说,还是有原则区别的。

中国有句古话,叫作"人之将死,其言也善"。我觉得这个"善"字就是真实的意思。也就是说,人到临死的时候,就不说谎了。

但这个省悟,似乎来得太晚了一点。

活着,而不说谎,当是人生的大境界。

风不能把阳光打败

"但是"这个连词,好似把皮坎肩缀在一起的丝线,多用在一句话的后半截,表示转折。

比方说:你这次的考试成绩不错,但是——强中自有强中手。

比方说:这女孩身材不错,但是——皮肤黑了些。

不知"但是"这个词刚发明的时候,对它前后意思的分量,大致公允?也就是说,它只是一个单纯纽带,并不偏谁向谁。后来在长期的使用磨损中,悄悄变了。无论在它之前,堆积了多少褒词,"但是"一出,便像洒了盐酸的污垢,优点就冒着泡沫没了踪影。记住的总是贬义,好似爬上高坡,没来得及喘口匀气,"但是"就不由分说把你推下了谷底。

"但是"成了把人心捆成炸药包的细麻绳,成了马上有冷水泼面的前奏曲。让你把前面的温暖和光明淡忘,只有振起精神,迎击扑面而来的顿挫。

其实,所有的光明都有暗影,"但是"的本意,不过是强调事物立体。可惜日积月累的负面暗示,"但是"这个预报一出,就抹去了喜色,忽略了成绩,轻慢了进步,贬斥了攀升。

一位心理学家主张大家从此废弃"但是",改用"同时"。

比如我们形容天气的时候,早先说:今天的太阳很好,但是风很大。

今后说:今天的太阳很好,同时风很大。

最初看这两句话的时候,好像没有多大差别。你不要急,轻声地多念几遍,那分量和语气的韵味,就体会出来了。

但是风很大——会把人的注意力凝固在不利的因素上。觉着太阳好不是件值得高兴的事情,风大才是关键。借助了"但是"的威力,风把阳光打败。

同时风很大——它更中性和客观,前言余音袅袅,后语也言之凿凿。不偏不倚,公道而平整。它使我们的心神安定,目光精准,两侧都观察得到,头脑中自有安顿。

一词背后,潜藏着的是如何看待世界和自身的目光。

花和虫子,一并存在。我们的视线降落在哪里?

"但是",是一副偏光镜,让我们聚焦在虫子,把它的影子放得浓黑硕大。

"同时",是一个透明的水晶球,均衡地透视整体。既看见虫子,也看见无数摇曳的鲜花。

尝试着用"同时"代替"但是"吧。时间长了,你会发现自己多了勇气,因为情绪得到保养和呵护。你会发现拥有了宽容和慈悲,因为更细致地发现了他人的优异。你能较为敏捷地从地上爬起,因为看到沟坎的同时也看到了远方的灯火……

附耳细说

韩国的古书,说过一个小故事。

一位名叫黄喜的相国,微服私访,路过一片农田,坐下来休息。瞧见农夫驾着两头牛正在耕地。便问农夫,你这两头牛,哪一头更棒呢?农夫看着他,一言不发。等耕到了地头,牛到一旁吃草,农夫附在黄喜的耳朵边,低声细气地说,告诉你吧,边上那头牛更好一些。黄喜很奇怪,问,你干吗用这么小的声音说话?农夫答道,牛虽是畜类,心和人是一样的。我要是大声地说这头牛好那头牛不好,它们能从我的眼神手势声音里分辨出来我的评论,那头虽然尽了力,但仍不够优秀的牛,心里会很难过……

由此想到人。想到孩子,想到青年。

无论多么聪明的牛,都不会比一个发育健全的人,哪怕是稍明事理的儿童,更敏感和智慧。对照那个对牛的心理体贴入微的农夫,世上做成人做领导做有权评判他人的人,是不是经常在表扬或批评的瞬间,忽略了一份对心灵的抚慰?

父母常常以为小孩子是没有或是缺乏自尊心的。随意地大声呵斥他们,为了一点小小的过错,唠叨不止。不管是什么场合,有什么人在场,只顾自己说得痛快,全然不理会小小的孩子是否承受得了。以为只要是良药,再苦涩,孩子也应该脸不变色心不跳地吞下去,孩子越痛苦,越说明对这次教育的印象深刻,越能够起到举一反三的效力。

这样的父母,实在是想错了。

能够约束人们不再重蹈覆辙的唯一缰绳,是内省的自尊和自制。它的本质是一种对自己的珍惜和对他人的敬重,是对社会公有法则的遵守与服从。如果一个孩子从小就在无穷的心理折磨中丧失了尊严,无论他今后所受的教育如何专业,心理的阴暗和残缺很难弥补,人格潜伏着巨大危机。

人们常常以为只有批评才需注重场合,若是表扬,在任何时机任何情形下都是适宜的,这也是一个误区。

批评就像是冰水,表扬好比是热敷,彼此的温度不相同,但都是疗伤治痛的手段。批评往往能使我们清醒,凛然一振,深刻地反省自己的过失,迸发挺进的激奋。表扬则像温暖宜人的淋浴,使人血脉偾张,意气风发,产生勃兴向上的豪情。

但如果是在公众场合的批评和表扬,除了直接对对象的鞭挞和鼓励,还会涉及同时聆听的他人的反应。更不消说领导者常用的策略往往是这样:对个别人的批评一般也是对大家的批评,对某个人的表扬更是对大多数人的无言鞭策。至于做父母的,当着自家的孩子,频频提到别人孩子的品行作为,无论批评还是表扬,再幼稚的孩子也都晓得,更是醉翁之意不在酒的含沙射影。

批评和表扬永远是双刃剑。使用得好,犀利无比,斩出一条通达的道路,使我们快速向前。使用得不当,就可能伤了自己也伤了他人,滴下一串串淋漓的鲜血。

我想,对于孩子来说,凡是隶属天分的那一部分,无论是表扬还是批评,都不必过多地拘泥于此。就像玫瑰花的艳丽和小草的柔弱,都有浓重的不可抵挡的天意蕴藏其中,无论其个体如何努力,可改变的幅度不会很大,甚至丝毫无补。玫瑰花绝不会变成绿色,小草也永无芬芳。

人也一样。我们有许多与生俱来的特质,每个人都是不同的。比如相貌,比如身高,比如气力的大小,比如智商的高低……在这一范畴里,都大可不必过多地表扬或是批评。夸奖这个小孩子是如何的美丽,那个又是如何的聪明,不但无助于让他人有的放矢地学习,把别人的优点化为自己的长处,反倒会使没有受表扬的孩子滋生出满腔的怨怼,使那受表扬者繁殖出莫名的优越。批评也是一样,奚落这个孩子笨,嘲笑那个孩子傻,他们自己无法选择换一副大脑或是神经,只会悲观丧气,也许从此自暴自弃。旁的孩子在这种批评中无端地得了傲视他人的资本,便可能沾沾自喜起来,松懈了努力。

批评和表扬的主要驰骋疆域，应该是人的力量可以抵达的范围和深度。它们是评价态度的标尺而不是鉴定天资的分光镜。我们可以批评孩子的懒散，而不应当指责儿童的智力。我们可以表扬女孩把手帕洗得很洁净，而不宜夸赏她的服装高贵。我们可以批评临阵脱逃的怯懦无能，却不要影射先天的多病与体弱。我们可以表扬经过锻炼的强壮机敏，却不必太在意得自遗传的高大与威猛……

不宜的批评和表扬，如同太冷的冰水和太热的蒸汽，都会对我们的精神造成破坏。孩子和年轻人的皮肤与心灵，更为精巧细腻。他们自我修复的能力还不够顽强，如果伤害太深，会留下终身难复的印迹，每到淫雨天便阵阵作痛。遗下的疤痕，侵犯了人生的光彩与美丽。

山野中一个农夫，对他的牛都倾注了那样淳厚的爱心。人比牛更加敏感。因此无论表扬还是批评，让我们学会附在耳边，轻轻地说……

忍受快乐

忍受快乐。

这个提法,好像有点不伦不类。快乐啊,好事嘛,干吗还要用忍受这个词?习惯里,忍受通常是和痛苦、饥寒交迫、水深火热联系在一起的。

忍受是什么呢?是一种咬紧嘴唇苦苦坚持的窘迫,是一种打落牙齿和血吞下的痛楚,是一种巴望减弱祈祷消散的呻吟,是一种狭路相逢听天由命的无奈。

如果是忍受灾害,似乎顺理成章。忍受快乐,岂不大谬?天下会有这种人?人们惊愕着,以为这是恶意的玩笑和粗浅的误会。

环顾四周,其实不欢迎快乐的人比比皆是。不信,你睁大了眼睛,仔细观察一下当快乐不期而至的时候,大多数人们的惊慌失措吧。

最具特征的表现是:对快乐视而不见。在这些人的心底,始终有一股冷硬的声音在回响——你不配拥有……这是过眼烟云……好景终将飘逝……此刻是幻觉……人生绝非如此……啊!我太不习惯了,让这种情形快快过去吧……

我们姑且称这种心绪为——快乐焦虑症。

这奇怪的病症是怎样罹患的?

许多年前,我从雪域西藏回北京探家,在车轮上度过了二十天时光。最终到家,结束颠沛流离之后,很有几天的时间,我无法适应凝然不动的大地。当我的双脚结结实实地踩在土地上的时候,感觉怪诞和恐慌。我焦灼不安地认为,只有那种不断晃动和起伏的颠簸,才是正常的。

你看,经历就是这么轻易地塑造一个人的感受和经验。当我们与快乐隔绝太久,当我们在凄苦中沉溺太深的时候,我们往往在快乐面前一派茫然。这种陌生的感觉，本能地令我们拒绝和抵抗。当我们把病态看成了常态时，常态就成了洪水猛兽。

一些人，对快乐十分隔膜。他们习惯于打拼和搏斗，竟不识天真无邪的快乐为何物。他们对这种美好的感觉，是那样骇然和莫名其妙，他们祷告它快快过去吧，还是沉浸在争执的旋涡中更为习惯和安然。

还有一些人，顽固地认为自己注定不会快乐。他们从幼年起，就习惯了悲哀和苦痛。他们不容快乐的现实来打扰自己，不能胜任快乐的重量和体积。他们更习惯了叹息和哀怨。甚至发展到只有在凄惨灰色的氛围里，才有变态的安全感。那实际上是一种深深的忧虑造成的麻痹和衰败，他们丧失了宁静地承接快乐的本能。

他甚至执拗地蒙起双眼，当快乐降临的时候，不惜将快乐拒之门外。他们已经从快乐焦虑症发展到了快乐恐惧症。当快乐敲门的时候，他们会像寒战一般抖起来。当快乐失望地远去之后，他们重新坠入喑哑的泥潭中，熟悉地昏睡了。

常常有人振振有词地说，我不接受快乐，是因为我不想太顺利了。那样必有灾祸。

此为不善于享受快乐的经典论调之一，快乐就是快乐，它并不是灾祸的近亲，和灾祸有什么血缘的关系。快乐并不是和冲昏头脑想入非非必然相连。灾祸的发生自有它的轨迹，和快乐分属不同的子目录。中国有句古话，叫作乐极生悲。我相信世上一定有这种偶合，在快乐之后，紧跟着就降临了灾难。但我要说，那并不是快乐引来的厄运，而是灾难发展到了浮出海面的阶段。灾难的力量在许多因素的孕育下，自身已然强大。越是在这种情形下，我们越是要珍惜快乐，因为它的珍贵和短暂。只有充分地享受快乐，我们才有战胜灾难的动力和勇气。

许多人缺乏忍受快乐的容量，怕自己因为享受了快乐，而触怒了什么神秘的力量，怕受到天谴，怕因为快乐而导致了自己的毁灭。

快乐本身是温暖和适意的，是欢畅和光亮的，是柔润和清澈的，同时也是激烈和富有冲击力的。

由于种种幼年和成年的遭遇，有人丢失了承接快乐的铜盘，双手掬起的只是泪水。这不是他们的过错，但是他们永久的悲哀。他们不敢享受快乐,他们只能忍受。当快乐来临的时候,他们手足无措,举止慌张。甚至以为一定是快乐敲错了门,应该到邻居家串门的,不知怎么搞差了地址。快乐美丽的笑脸把他们吓坏了。他们在快乐面前,感到不大自在,赶紧背过身去。快乐就寂寞地遁去。

快乐是一种心灵自在安详的舞蹈,快乐是给人以爱自己也同时享有爱的欢愉的沐浴,快乐是身心的舒适和松弛,快乐是一种和谐和宁静。

当我们奔波颠簸跳荡狂躁得太久之后,我们无法忍受突然间的安稳和寂静。我们在无边无际的喧闹中,遗失了最初的感动,我们已忘怀大自然的包容和涵养。我们便不再快乐。

很多人不敢接受快乐的原因,是觉得自己不配快乐。这真是一个奇怪的逻辑。快乐是属于谁的呢?难道不是像我们的手指和眉毛一样,是属于我们自身的吗?为什么让快乐像一个无人认领的孤儿,在路口徘徊?

人是有权快乐的。甚至可以说,人就是为了享受心灵的快乐,才努力和奋斗,才与人交往和发展。如果这一切只是为了增加苦难,我们还有什么理由为此奋斗不息?

人是可以独自快乐的,因为人的感觉不相通。既然没有人能代替我们切肤之痛的苦恼,也就没有人能指责我们的独自快乐。不要以为快乐是自私的,当我们快乐的时候,我们就播种快乐的种子。我们把快乐传染给周围的人,我们善待周围的世界,这又怎么能说快乐是自私的呢?

当我们不接纳快乐的时候,我们实际上是不尊重自己,不相信自己,不给自己留下美好驰骋和精神升腾的空间。

快乐是一种无拘无束的展翅翱翔,快乐是一种淋漓尽致的挥洒泼墨,快乐是一种两情相依,快乐是一种生死无言。

对于快乐,如同对待一片丰美的草地,不要忍受,要享受。享受快乐,就是享受人生。如果快乐不享受,难道要我们享受苦难?即便苦难过后,给我们留下经验的贝壳,当苦难翻卷着白色泡沫的时候,也是凶残和咆哮的。

快乐是我们人生得以有所附丽的红枫叶。快乐是羁绊生命之旅的坚韧缰绳。当快乐袭来的时候,让我们欢叫,让我们低吟,让我们用灵魂的相机摄下这些瞬间,让我们颔首微笑地分享它悠远的香气吧!

忍受快乐,是一种怯懦。享受快乐,是一种学习。

绿手指

美国某小镇，有一位老奶奶，长着"绿手指"。千万别以为她是个妖怪或有什么特异，这是当地人对好园丁的称赞。

一天，老人在报上看到一条消息，园艺所重金悬赏纯白金盏花。老奶奶想：金盏花，除了金色，就是棕色。白色的？不可思议。不过，我为什么不试试呢？

她对8个儿女讲了，遭到一致反对。大家说，你根本不懂种子遗传学，专家都不能完成的事，你这么大的年纪了，怎么可能呢？

老奶奶决心一个人干下去。她撒下金盏花的种子，精心侍弄。金盏花开了，全是橘黄的，老奶奶在中间挑选了一朵颜色稍淡的花，任其自然枯萎，以取得最好的种子，第二年把它们栽种下去。然后，再从花朵中挑选颜色浅淡的种子栽种……一年又一年，春种秋收循环往复，老奶奶从不沮丧怀疑，一直坚持。儿女远走了，丈夫去世了，生活中发生了很多的事，老奶奶处理完这些事之后，依然满怀信心地栽种金盏花……

20年过去了。有一天早晨，她来到花园，看到一朵金盏花，开得奇特灿烂。它不是近乎白色，也不是很像白色，是如银如雪的纯白。

她把100粒种子寄给了那家20年前悬赏的机构。她甚至不知道这则启事是否还有效，在这漫长的岁月里，是否早就有人培育出了纯白金盏花。

等待的日子长达一年，因为人们要用那些种子验证。终于，园艺所长打电话给老奶奶说，我们看到了你的花，它是雪白的。因为年代久远，资金不再兑现，您还有什么要求吗？

老奶奶对着听筒小声说，只想问一问，你们可还要黑色的金盏花？

柔 和

"柔和"这个词,细想起来挺有意思的。先说"和"字,由禾苗和口两部分组成,那含义大概就是有了生长着的禾苗,嘴里的食物就有了保障,人就该气定神闲,和和气气了。

这个规律,在农耕社会或许是颠扑不破的。那时只要人的温饱得到解决,其他的都好说。随着社会和科技的发达进步,人的较低层次需要得到满足之后,单是手中有粮,就无法抚平激荡的灵魂了。中国有句俗话,叫作"吃饱了撑的——没事找事"。可见胃充盈了之后,就有新的问题滋生,起码无法达至完全的心平气和。

再说"柔"这个字。通常想起它的时候,好像稀泥一摊,没什么筋骨的模样。但细琢磨,上半部是"矛",下半部是"木"——一支木头削成的矛,看来还是蛮有力度和进攻性的。柔是褒义,比如"柔韧""以柔克刚""刚柔相济""百炼钢化作绕指柔"……都说明它和阳刚有着同样重要的美学和实践价值。

记得早年当医学生的时候,一天课上先生问道,大家想想,用酒精消毒的时候,什么浓度为好?学生齐声回答,当然是越高越好啦!先生说,错了。太高浓度的酒精,会使细菌的外壁在极短的时间内凝固,形成一道屏障,后续的酒精就再也杀不进去了,细菌在壁垒后面依然活着。最有效的浓度,是把酒精的浓度调得柔和些,润物无声地渗透进去,效果才佳。

于是我第一次明白了,柔和有时比风暴更有力量。

柔和是一种品质与风格。它不是丧失原则,而是一种更高境界的坚守,一种不曾剑拔弩张,依旧扼守尊严的艺术。柔和是内在的原则和外在弹性充满和谐的统一,柔和是虚怀若谷的谦逊和冷暖相宜的交流。

现代人在风驰电掣的忙碌中，是多么期望自己和他人的柔和啊。不信，你看看报上的征婚广告，尽是征询性格柔和的伴侣，人们希望目光是柔和的，语调是柔和的，面庞的线条是柔和的，身体的张力是柔和的……

当我们轻轻念出"柔和"这个词的时候，你会觉得有一缕淡蓝色的温润，弥漫在唇舌之间。

有人追索柔和，以为那是速度和技巧的掌握。书刊上有不少教授柔和的小诀窍，比如怎样让嗓音柔和、手势柔和……我见过一个女孩子，为了使性情显出柔和，在手心用油笔写了大大的"慢"字，天天描一遍，掌心总是蓝的，以致扬手时常吓人一跳，以为她练了邪门武功。这女孩并为自己规定每说一句话之前，在心中默数从一到十……她除了让人感到木讷和喜怒无常外，与柔和不搭界。

一个人的心如若不柔和，所有对外在柔和形式的模仿和操练，都是沙上楼阁。

看看天空和海洋吧。当它们最美丽和博大、最安宁和清洁的时候，它们是柔和的。

只有成长了自己的心，才会在不经意间，收获了柔和。

我们的声音柔和了，就更容易渗透到辽远的空间。我们的目光柔和了，就更轻灵地卷起心扉的窗纱。我们的面庞柔和了，就更流畅地传达温暖的诚意。我们的身体柔和了，就更准确地表明与人平等的信念。

柔和，是力量的内敛和高度自信的宁馨儿。愿你一定在某一个清晨，感觉出柔和像云雾一般悄然袭身。

变化的哀伤

变化无穷。从蛹到蝶,从蚕到蛾,从矿石到金属,从少年到成人。

变化是一个过程,其间充满危险。小时逮过知了的若虫,就是民间俗称的"马猴",黑褐板结的外壳,锋利的脚爪,佝偻着,苍老丑陋。傍晚,我把它扣在盆子里,清晨打开,看到一只晶莹剔透的蝉,绉纱般的羽翼正由鹅绿飘向清咖啡色,一旁抛着它僵硬的袈裟。我很想看到蝉从壳中钻出的一刹那,第二日,克制着困倦,以一个少年最大的忍耐,在半夜三点的时候,猛地打开了陶盆。蝉正艰难地蜕变着,挣扎着,背脊开裂,折叠的翅膀如同尚未发好的豆芽,湿淋淋蜷曲着。我动了恻隐之心,用手指撕开蝉的外壳,帮助它快些娩出……之后我心满意足地睡觉去了。早上当我以为能看到一名不知疲倦的流行歌手时,迎接我的是枯萎的尸体。

变化是一个过程。哪怕它曾是我们久久的渴望,都携带着深深的哀伤。因为我们旧有的熟悉的一部分,在变化中无可挽回地丢失了,遗下点点血迹,如同我们亲手截断了自己的一臂。我们只有用留下的那只温热的手,执着渐渐冷却的手,为它送行。一个稚嫩的我们不熟悉的新肩膀,正艰难地植入我们的躯体。伤口在出血,磨合很苦涩,但生机勃勃的变化就在这寂静和摩擦中不可扼制地绽放了。

我们在变化中成长。如果你拒绝了变化,你就拒绝了新的美丽和新的机遇。变化使我们成熟,但它首先使我们痛苦。人生中最重要的变化,一定伴随着大的焦灼和忧虑,甚至可以说,如果没有蚀骨销魂的痛,变化就不够清醒和完整。

痛苦是变化装扮的鬼脸———一个无所不在的先锋。

保持惊奇

惊奇,是天性的一种流露。

生命的第一瞬就是惊奇。我们周围的世界,为什么由黑暗变得明朗?周围为什么由水变成了气?温度为什么由温暖变得清凉?外界的声音为何如此响亮?那个不断俯视我们亲吻我们的女人是谁?

……

从此我们在惊奇中成长。

这个世界上,有多少值得惊奇的事情啊。苹果为什么落地,流星为什么下雨,人为什么兵戎相见,历史为什么世代更迭……

孩子大睁着纯洁的双眼,面对着未知的世界,不断地惊奇着,探索着,在惊奇中渐渐长大。

惊奇是幼稚的特权,惊奇是一张白纸。

但人是不可以总是惊奇着的。在生命的某一个时辰,你突然因为你的惊奇,遭逢尴尬与嘲笑。你惊奇地发现——惊奇在更多的时候,是稚弱的表现,是少见多怪的代名词,是一种原始蛮荒的状态。

对于我们这个崇尚见怪不怪其怪自败、尊重老练成熟的民族心理中,惊奇是如胎发一般的标志。

你想成功吗?你首先须成功地把自己的惊奇掩盖起来。

我们的辞典里,印着许多诸如"处变不惊""荣辱不惊"的词汇,使"不惊"镀着大将风度的金辉,而"惊"则屈于永久的贬义。

翻那辞典,后面更有了"惊慌失措""大惊失色""惊恐万分"的形容,"惊"堕落着,简直就是怯懦、退缩,畏葸的同义语了。

于是人们开始厌恶惊奇。你想做大事吗?一个必备的基本功,就是训练自己丧失惊奇。

你看到生活远没有书本上描写的那样美好,你不要惊奇。

你看到爱情远不是传说中那般纯洁,你不要惊奇。

你看到友谊根本不是故事中那般忠诚,你不要惊奇。

你看到日子绝不如想象中那般绚烂,你不要惊奇……

如果你惊奇了,你就违反了一条透明的规则,会遭到别人阳光下或是暗影里的嘲笑:这个孩子还嫩着呢。

你在一次次碰壁后省悟到:即使你对这个世界还一知半解,你还搞不清问题的全部,但有一点你现在就能做到——那就是——埋葬你的惊奇。

你看到丑恶,假装没有看到,依旧面不改色谈笑风生,人们就会送你人情练达的评价。你听到秽闻,仿佛在那一刻患了突发性的耳聋,脸上毫无表情,人们会感觉你老于世故可以信赖。你被美丽美好美妙的景色感动,只可以默默地藏在心底,脸上切不可露出少见多怪的惊异,人们就会以为你少年老成,有大谋略大气魄,是可做将帅的优良材料。你碰到可歌可泣的人间至情,要把心肠练得硬如钻石,脸不变色心不跳。就算真搅得肝肠寸断,只可夜晚躲在无人处暗自咀嚼,切不可叫人觑了去,落得个柔情寡断的恶名……

现代社会是一只飞速旋转的风火轮,把无数信息强行灌输给我们。见多不怪,我们的心灵渐渐在震颤中麻痹,更不消说有意识地掩饰我们的惊讶,会更猛烈地加速心灵粗糙。在纷繁的灯红酒绿和人为的打磨中,我们必将极快地丧失掉惊奇的本能。

于是我们看到太多矜持的面孔。我们遭遇无数微笑后面的冷淡。我们把惊奇视作一种性格缺憾,我们以为永不惊讶才是人生的至高境界。

细细分析起来,"惊奇"是由两部分组成的,先有了"惊",其次才是"奇"。如果说"惊"属于一种对陌生事物认识局限的愕然,"奇"则是对未知事物积极探讨的萌芽了。

否认了"惊",就扼杀了它的同胞兄弟。我们将在无意之中,失去众多丰富自己的机遇。

假如牛顿不惊奇,他也许就把那个包裹着真理的金苹果吃到自己的小肚子里面了。人类与伟大的万有引力相逢,也许还要迟滞很多年。

假如瓦特不惊奇,水壶盖噗噗响着,一个划时代的发现,就蒸发到厨房的空气中了。我们的蒸汽火车头,也许还要在牛车漫长的辙道里蹒跚亿万公里。

即使对普通人来说,掩盖惊奇,也易闹笑话。一位乡下朋友,第一次住进城里的宾馆。面对盥洗室里那些式样别致的洁具,他想不通人洗一个脸,何至于要如此麻烦。他不会使用这些物件,本来请教一下服务小姐,也就迎刃而解了。可是他不想暴露自己的惊奇,就用地上一个雪白的盛着半盆水的瓷器洗了脸。后来他才知道,那是马桶。

这当然是一个极端的例子了。我之所以把它写在这里,绝无幸灾乐祸之意。现代社会令人眼花缭乱,每个人在某种意义上说,都是孤陋寡闻的。你在你的专业里是行家里手,在其他领域,完全可能是白痴。这不是羞愧的事情,坦率地流露惊奇,表示自己对这一方面的无知以及求知的探索,是一种可嘉的勇气。

我认识一位老人,一天兴致勃勃地同我探讨电脑的种种输入方法。他整整82岁了,肾脏功能已经衰竭,我坚信他这一辈子也不可能在电脑键盘上敲出一个字。他在自己的专业范畴里,是一位德高望重的长者,但对电脑的理解多有谬误,就连我这个二把刀也听出了许多破绽。但是老人家充满探索之光的惊奇的眼神,却在这一瞬像探照灯一样扫过我的灵魂。面对他青筋暴突微微颤抖的手,我想,不知我这一生可否活得这样高寿? 不论我生命的历程有多长,我一定要记得这目光炯炯的惊奇,学习他对世界的这份挚爱。绝不仅仅沉浸在熟悉的航道,始终保持对辽阔海域的探索,直到我最后一次呼吸。

惊奇是一种天然,而不是制造出来的。它是真情实感的火花。一块滚圆的鹅卵石,便不再会惊讶江河的波涛。惊奇蕴涵着奋进的活力。

惊奇不仅仅是幼稚,惊奇不仅仅是无知,惊奇是在它们基础上的深化和挺进。

你既然惊奇了,你就要探索这奥妙。你既然惊奇了,你就不能仅仅止于惊奇。爱好惊奇的人,也需爱好将惊奇转化为平凡。消灭惊奇的过程,也就是学习的过程,惊奇在熟悉中淡化,才干在惊奇中成长。

世界是没有止境的,惊奇也是没有止境的。惊奇是流动的水,它使我们的思想翻滚着,散发着清新,抗拒着腐烂。

在城市里待得久了,常常使我们丧失惊奇的本能。我们蟮一样滑行着,浑身粘满市侩的黏液。

到自然中去,造化永远给我们以大惊喜。和寥廓的宇宙相比,个人的得失是怎样的微不足道啊。不要小看山水的洗涤,假如真正同天地对一次话,我们定会惊奇自己重新获得活力。

如果无法到自然中去,就同与自己没有利害关系的从小的朋友,做一次促膝的谈心。利害关系这件事,实在是交友的大敌。我不相信有永久的利益,我更珍视患难与共的友谊。长留史册的,不是锱铢必较的利益,而是肝胆相照的情分。和朋友坦诚地交往,会使我们留存着对真情的敏感,会使我们的眼睛抹去云翳,心境重新开朗,惊奇就在这清明的心境中,翩翩来临了。

假如既没有自然可以依傍,又没有朋友可以信赖,真是人生的大憾事。只有在静夜中同自己对话,回忆那些经历中最美好的片段,温习曾经使心灵震撼的镜头。它也许是很小的一朵旷野花,也许是冬天的一盏红灯笼,也许是苍茫的大漠暮色,也许是雄浑激荡的乐曲……总之那是独属于你的一份秘密,只有你才知道它对于你的惊奇的意义。古语说:学而时习之,不亦说乎。复习以往我们情感中最精彩的片段,常常会使我们整旧如新。

保持惊奇,我常常这样对自己说。它是一眼永不干涸的温泉,会有汩汩的对于世界的热爱,蒸腾而起,滋润着我们的心灵。

我注视我自己的头颅

一次生病,医生让照一张头颅的 CT 片子。于是我得到了一张清晰准确的自己头骨的照片。

我注视着它,它也从幽深而细腻的灰黑色胶片颗粒中注视着我,很严峻的样子。

头颅有令我陌生的轮廓。卸去了头发,撕脱了肌肤,剔除了所有的柔软之物,颅骨干净得像刚从海中捞出来的贝壳。

突然感觉到很熟识,仿佛见过似的……不久前……我记起了博物馆,那里有新出土的类人猿头骨化石。

夹进了几十万年进化的果子酱,颅骨还是像两块饼干似的相似。

造化可真是一位慢性子。

假如我的头骨片落到一位人类学家手里,便可以十分精确地分析出我的性别、年龄、体重、身高……它携带着我的密码信息,脱离我而孤零零地存在着。医生读着它,却做出我是否健康的结论,它似乎比我还重要。

我细细端详它,仿佛在鉴赏一件工艺品。实在说,这个物件是很精致的。斗拱飞檐,玲珑剔透,为人体骨髓中最精彩的片断。不知多少稻麦菽粟的精华,才将它一层层堆砌而起;不知多少飞禽走兽的真髓,才将它润泽得玉石般光滑。阳光中的紫色,馈赠它岩石般的坚硬,和煦的春风,打磨它流畅的曲线。我感叹大自然的精雕细作,用山川日月、金木水火、天上地下、风云雨雪的物质魂灵,挑选着,拼凑着,混合着,搅拌着,一轮又一轮地循环……终于在许多偶然与必然的齿轮磨合中,缝缀镶嵌起了无数颗头颅,其中一颗属于了我。

假如我最终不是化为一股热烟,这头颅该是最难融入泥土的部分。它会睁着空空洞洞的眼眶,凝视着一碧如洗的长天;它会耸动并不存在的鼻翼,吮吸依然存在的花香;它会让风从贯穿的耳道中,像特快列车那样呼啸而过;它会半张着惊愕的颌骨,依旧对这个星球上发生的许许多多事情表示讶异……

我不由得伸手弹弹自己乱发覆盖下的头骨,它发出粗陶罐的响声。这是一个半空的容器,盛着水、细胞和像流星一样游走的念头。念头带着阴电和阳电,焊接时就散发出五颜六色的蛛丝,缠绕在一起,像电线似的发布命令,驱使我具有各式各样的举动。正是这些蝌蚪一样活泼的念头,才使我写下了以上的文字。

罐子里的水会酸腐,那些细胞会萎缩,但文字是不会生锈不会腐烂的,它们比有生命的物体更有生命。它们把念头们凝固下来,像把浑浊的豆浆压榨为平滑的固体。人人都拥有的文字,经过特定的组合,就属于了我。组合的顺序就是一种思索。

我望着我的头颅,因为它是思索的宫殿,我不得不尊重它。它却不望着我,透过我,它凝望着遥远的人所不知的地方。它比我久远,它以它的久远傲视我今天的存在。但我比它活跃,活跃是生命存在最显著的标志之一。

但和文字比起来,无论现在的活跃或者将来的久远,都黯然失色。

骨骼算什么呢?甲骨不正是因为有了文,才神圣起来,否则不过是一块烤焦的兽骨!

文字是先人们留给我们的符咒,使我们得以知道一只只水罐曾经储存过怎样的五彩念头。罐子碎了,水流空了,但一代又一代最优秀的念头组合却像通电的钨丝一样,在智慧的夜空勾勒着永不熄灭的痕迹。

我注视着我的头颅,递给它一个轻轻的微笑:我们都有完全不复存在的那一天。那时候,证明你我曾经存在过的证据,到哪里去寻找?

制造念头吧!那些美丽的像鸟一样在空中飞翔的念头,假如它们真的充满睿智,假如它们真能穿越时代的雾海,它们的羽毛就会被喜爱它们的人所保存。

那个发明CT的人真聪明,它使活着的人看到一个骷髅,想到许多以后的事情。

天使和魔鬼的数量

一天,突然想就天使和魔鬼的数量,做一番民意测验。先问一个小男孩儿,你说是天使多啊还是魔鬼多?孩子想了想说,天使是那种长着翅膀的小飞人,魔鬼是青面獠牙要下油锅炸的那种吗?我想他脑子中的印象,可能有些中西合璧,天使是外籍的,魔鬼却好像是国产的。纠正说,天使就是好神仙,很美丽。魔鬼就是恶魔王,很丑的那种。简单点讲,就是好的和坏的法力无边的人。

小男孩儿严肃地沉默了一会儿,说,我想还是魔鬼多。

我穷追不舍问,各有多少呢?

孩子回答,我想,有 100 个魔鬼,才会有 1 个天使。

于是我知道了,在孩子的眼中,魔和仙的比例是一百比一。

又去问成年的女人。她们说,婴孩生下的时候,都是天使啊。人一天天长大,就是向魔鬼的路上走。魔鬼的坏子在男人里含量更高,魔性就像胡子,随着年纪一天天浓重。中年男人身上,几乎都能找到魔鬼的成分。到了老年,有的人会渐渐善良起来,恢复一点天使的味道。只不过那是一种老天使了,衰老得没有力量的天使。

我又问,你以为魔鬼和天使的数量各有多少呢?

女人们说,要是按时间计算,大约遇到 10 次魔鬼,才会出现 1 次天使。天使绝不会太多的。天使聚集的地方,就是天堂了。你看我们周围的世界,像是天堂的模样吗?

在这铁的逻辑面前,我无言以对,只有沉默。于是去问男人,就是被女人称为魔性最盛的那种壮年男子。他们很爽快地回答,天使吗,多为小孩和女人,全是没有能力的细弱种类,缥缈加上无知。像蚌壳里面的透明软脂,味道鲜美但不堪一击。世界绝不可能都由天使组成,太甜腻太懦弱了。魔鬼一般都是雄性,虽然看起来丑陋,但腾云驾雾,肌力矫健。掌指间呼风唤雨,能量很大。

我说,数量呢?按你的估计,天使和魔鬼,各占世界的多少份额?

男人微笑着说,数量其实是没有用的,要看质量。一个魔鬼,可以让一打天使哭泣。

我固执地问下去,数量加质量,总有个综合指数吧?现在几乎一切都可用数字表示,从人体的曲线到原子弹的当量。

男人果决地说,世上肯定有许多天使,但在最终的综合实力上,魔鬼是"1",天使是"0"。当然,"0"也是一种存在,只不过当它孤立于世的时候,什么也没有,什么也不是。不代表任一,不象征实体。留下的,唯有惨淡和虚无。无论多少个零叠加,都无济于事。圈环相套,徒然摞起一口美丽的黑井,里面蛰伏着天使不再飘逸的裙裾和生满红锈的爱情弓箭。但如果有了"1"挂帅,情境就大不一样了。魔鬼是一匹马,使整个世界向前,天使只是华丽的车轮,它无法开道,只有辚辚地跟随其后,用模糊的车辙掩盖跋涉的马蹄印。后来的人们,指着渐渐淡去的轮痕说,看!这就是历史。

我从这人嘴里,听到了关于天使和魔鬼最悬殊的比例,零和无穷大。

我最后问的是一位老年人。他慈祥地说,世上原是没有什么魔鬼和天使之分的,它们是人幻想出来的善和恶的化身。它们的家,就是我们的心。智者早已给过答复,人啊人,一半是天使,一半是魔鬼。

我说,那指的是在某一刻在某一个人身上。我想问的是古往今来,宏观地看,人群中究竟是魔鬼多,还是天使多?假如把所有的人用机器粉碎,离心沉淀,以滤纸过滤,被仪器分离,将那善的因子塑成天使,将那恶的渣滓捏成魔鬼,每一品种都纯正地道,制作精良。将它们壁垒分明地重新排起队来,您以为哪一支队伍蜿蜒得更长?

老人不看我,以老年人的睿智坚定地重复,一半是天使,一半是魔鬼。

不管怎么说,这是在我所有征集到的答案里,对天使数目最乐观的估计——二一添作五。

我又去查书,想看看前人对此问题的分析判断。恕我孤陋寡闻,只找到了外国的资料,也许因为"天使"这个词原本就是舶来的。

最早的记录见于公元 4 世纪,基督教先哲,亚历山大城主教、阿里乌斯教派的反对者圣阿塔纳西曾说过:"空中到处都是魔鬼。"

与他同时代的圣马卡里奥称魔鬼:"多如黄蜂。"

1467 年,阿方索·德·斯皮纳认为当时的魔鬼总数为 1.33316666 亿名(多么精确! 魔鬼的户籍警察真是负责)。

100 年以后,也就是 16 世纪中叶,约翰·韦耶尔认为魔鬼的数字没有那么多,魔鬼共有 666 群,每群 6666 个魔鬼,由 66 位魔王统治,共有 400 多万名。

随着中世纪蒙昧时代的结束,关于魔鬼的具体统计数目,就湮灭在科学的霞光里,不再见诸书籍。

那么天使呢? 在魔鬼横行的时代,天使的人口是多少? 这是问题的关键。

据有关记载,魔鬼数目最鼎盛的 15 世纪,达到 1.3 亿时,天使的数目是整整 4 亿!

我在这数字面前叹息。

人类的历史上,由于知识的蒙昧和神化的想象,曾经在传说中勾勒了无数魔鬼和天使的故事,在迷蒙的臆想中,在贫瘠的物质中,在大自然威力的震慑中,在荒诞和幻想中,天使和魔鬼生息繁衍着,生死搏斗着,留下无数可歌可泣的故事。祖先是幼稚的,也是真诚的。他们对世界的基本判断,仍使今天的我们感到震惊。即使是魔鬼最兴旺发达的时期,天使的人数也是魔鬼的 3 倍。也就是说,哪怕在最黑暗的日子里,天使依旧占据了这个世界的压倒多数。

当我把魔鬼和天使的统计数据,告诉他人的时候,不知为什么,许多人显出若有所失的样子,疑惑地问,天使,真的曾有 75% 那么多吗?

我反问道,那你以为天使应该有多少名呢?

他们回答,一直以为世上的魔鬼,肯定要比天使多得多!

为什么我们已习惯撞到魔鬼? 为什么普遍认为天使无力? 为什么越是对世界一无所知的孩童,越把魔鬼想象为无敌? 为什么女人害怕魔鬼,男人乐以魔鬼自居? 为什么老境将至时,会在估价中渐渐增加天使的数目? 为什么当科学昌明,人类从未有过的强大以后,知道了世上本无魔鬼和天使，反倒在善与恶的问题上，大踏步地倒退，丧失了对世间美好事物的向往与信赖？

把魔鬼的力气、智慧、出现的频率和它们掌握的符咒，以及一切威力无穷的魑魅魍魉手段，整合在一起，我相信那一定是天文规模的数字。但人类没有理由悲观，要永远相信天使的力量。哪怕是单兵教练的时候，一名天使打败不了一个魔鬼，但请不要忘记，天使的数目，比起魔鬼来占了压倒优势，团结就是力量。如果说普通人的团结都可点土成金，天使们的合力，一定更具有斗转星移的神功。

感谢祖上遗留给我们的宝贵遗产，天使的基数比魔鬼多。推断下来，天使的力量与日俱增，也一定比魔鬼强大。这种优势，哪怕是只多出一个百分点，也是签发给人类光明与快乐的保证书。反过来说，魔鬼在历史的进程中，也必定是一直居着下风。否则的话，假如魔鬼多于天使，加上不搞计划生育，它们苔藓一样蔓延，摩肩接踵，群魔乱舞，人间早成地狱。

人类一天天前进着，这就是天使曾经胜利和继续胜利的可靠证据。

更不消说，天使有时只需一个微笑，就会让整座魔鬼的宫殿坍塌。

有一种白桦舍利的温润
漫至血脉……

如果
苦难一定要扑面而来，
那就得镇静迎战了……

女孩很素洁的样子，停下脚步……

渴盼着友人
自九天之上洒下琼浆……

物种的生命之链，
比钻石要宝贵千倍啊……

人可以最大限度地逼近真实

朋友给我讲过这样一个故事。

他祖父小的时候，很聪明，也很有毅力，学业有成，正欲大展宏图之际，曾祖将他叫了去，拿出一个古匣。对他说，孩子，我有一件心事，终生未了。因为我得到它们的时候，一生的日子已经过了一半，剩下的时间，不够我把它做完了。做学问，就要从年轻的时候着手，我要是交给你一件半成品，不如让你从头开始。

原委是这样。早年间，江南有一家富豪，酷爱藏书。他家有两册古时传下的医书，集无数医家心血之大成，为杏林一绝。富豪视若珍宝，秘不传人，藏在书楼里，难得一见。后来，富豪出门遇险，一位壮士从强盗手里救了他的性命，富豪感恩不尽，欲以斗载的金银相谢。壮士说，财宝再多，再贵重，也是有价的。我救了你，你的命无价。富豪说，莫非壮士还要取了我的命去？壮士大笑说，我不是要你的命，是想用你的医书，救普天下人的性命。富豪想了半天，说，我可以将医书借给你三天，但是三日后的正午，你必得完璧归赵。说罢，命人从嵯峨的木制书楼里，将饱含檀香气味的医书捧了出来。

壮士得了书后，快马加鞭急如星火地赶回家，请来乡下的诸位学子，连夜赶抄医书。书是孤本，时间又那样紧迫，荧荧灯火下，抄书人目眦尽裂，总算在规定时间之内，依样画葫芦地描了下来。壮士把医书还了富豪，长出一口气，心想从此以后，便可以用这深锁在豪门的医学宝典，造福于天下黎民了。

谁知，抄好的医书拿给医家一看，才知竟是不能用的。医家以人的性命为本，亟须严谨稳当。这种在匆忙之中由外行人抄下的医方，讹脱衍倒之处甚多，且错得离奇，漏得古怪，寻不出规律，谁敢用它在病人身上做试验呢？

壮士造福百姓之心不死,急急赶回富豪家。想晓以大义,再请富豪将医书出借一回,这一次,请行家高手来抄,定可以精当了。当他的马冷汗涔涔到达目的地时,迎接他的是冲天火光。富豪家因遭雷击燃起天火,藏书楼内所有的典籍已化为灰烬。

从此这两册抄录的医书,就像鸡肋,一代代流传了下来。没有人敢用上面的方剂,也没有人舍得丢弃它。书的纸张黄脆了,布面断裂了,后人就又精心地誊抄一遍。因为字句的文理不通,每一个抄写的人都依照自己的理解,将它订正改动一番,闹得愈加面目全非,几成天书。

曾祖的话说到这里,目光炯炯地看着祖父。

祖父说,您手里拿的就是这两册书吗?

曾祖说,正是。

祖父说,您是要我把它们勘出来?

曾祖说,我希望你能穷毕生的精力,让它死而复生。但你只说对了一半,不是它们,是它。工程浩大,你这一辈子,是无法同时改正两本书的。现在,你就从中挑一本吧。留下的那本,只有留待我们的后代子孙,再来辨析正误了。

祖父看着两本一模一样的宝蓝色布面古籍,费了斟酌。就像在两个陌生的美女之中,挑选自己的终身伴侣,一时不知所措。

随意吧。它们难度相同,济世救人的功用也是一样的。曾祖父催促。

祖父随手点了上面的那一部书。他知道从这一刻,这一个动作,就把自己的一生,同一方未知的领域,同一个事业,同一种缘分,紧紧地粘在一起。

好吧。曾祖把祖父选定的甲册交到他手里,把乙册收了起来,不让祖父再翻。怕祖父三心二意,最终一事无成。

祖父没有辜负曾祖的期望,皓首穷经,用了整整半个世纪的时间,将甲书所有的错漏之处更正一新。册页上临摹不清的药材图谱,他亲自到深山老林一一核查。无法判定成分正误的方剂,他采集百草熬药炼成汤,以身试药,几次昏厥在地。为了一句不知出处的引言,他查阅无数典籍……那册医书就像是一盘古老石磨的轴心,天文地理古今中外,凡是书中涉及的知识,祖父都用全部心血一一验证,直至确凿无疑。祖父的一生围绕着这册古医书旋转,从翩翩少年一直变作鬓发如雪。

按说祖父读了这许多医书,该能成为一代良医。但是,不。祖父的博学只为那一册医书服务,凡是验证正确的方剂,祖父就不再对它们有丝毫留恋,弃而转向新的领域探索。他只对未知事物和纠正谬误有兴趣,一生穷困艰窘,竟不曾用他验证过的神方医治过病人,获得过收益。

到了祖父垂垂老矣的时候,他终于将那册古书中的几百处谬误全部订正完了。祖父把眼睛从书上移开,目光苍茫,好像第一次发现自己已走到生命的尽头。

人们欢呼雀跃,毕竟从此这本伟大的济世良方,可以造福无数百姓了。

但敬佩之情只持续了极短的一段时间。远方出土了一座古墓,里面埋藏了许多保存完好的古简,其中正有甲书的原件。人们迫不及待地将祖父校勘过的甲书和原件相比较,结果是那样令人震惊。

祖父校勘过的甲书,同古简完全吻合。

也就是说,祖父凭借自己惊人的智慧和毅力,以广博的学识和缜密的思维,加之异乎寻常的直觉,像盲人摸象一般在黑暗中摸索,将甲书在漫长流传过程中产生的所有错误全改正过来了。

祖父用毕生的精力,创造了一项奇迹。

但这个奇迹,又在瞬忽之间烟消灰灭,毫无价值。古书已经出土,正本清源,祖父的一切努力,都化为劳而无功的泡沫。人们只记得古书,没有人再忆起祖父和他苦苦寻觅的一生。

讲到这里,朋友久久地沉默着。

古墓里出土了乙医书的真书吗?我问。

没有。朋友答。

我深深地叹息说,如果你的祖父在当初选择的那一瞬间,挑选了乙书,结果就完全不一样啊。

朋友说,我在祖父最后的时光,也问过他这个问题。祖父说,对我来讲,甲书乙书是一样的。我用一生的时间,说明了一个道理,人只要全力以赴地钻研某个问题,就有可能最大限度地逼近它的真实。

祖父在上天给予的两个谜语之中,随手挑选了一个。他证明了人的努力,可以将千古之谜猜透。

这已经足够。

稀少的职业

文明的进化是一个不断分工的过程。像"教书先生"这个行当,春秋时代的孔子,一人教一大群,水平也参差不齐。现如今,从学前班到博士后,学业的分档细得多了,再没有以前的大锅饭可吃。依孔老人家的学问,当然是博导了,可惜一回只能带一两个后生,和当年三千弟子七十二贤人的辉煌不可比。现代社会又造就了许多崭新的职业,譬如电脑维修人员和售汽车的女郎,几个世纪前是断断没有的,现在成了庞然大军。他们的诞生,昭示着科学的进步和商业的发达。

每种职业对人的素质要求是不同的,体操运动员和相扑选手,对身体特质的选择,肯定南辕北辙。我对于从事稀少职业的人员,总抱有好奇。一天,接过一位海外华人的名片,最显著的地方写着"书提者"。我向他求教。

"书提者这个词很生僻,但意思不难懂,一说就明白。在每一本书的背面,都有一小段关于书的内容提要,我就是专门写这段话的人。"他约莫四十岁,穿一套中式裤褂,很温和地回答。

我一时愣住了,他笑笑说:"我知道您一定在想:就那么一点点文字,还用得着专门的人来写吗?那是很简单的事啊。"

我虽然觉得承认自己正是这样想的,似乎不礼貌,但否认就是虚伪了,只得点点头。

"人们常常看不起这段话,其实它很重要。哪个人在决定买书之前,不先看看内容提要呢?我们逛书店,书不一定买回了几本,但提要一定是看了不少篇的。如果你因为提要写得好,结识了那本书,读过后感到这书没有辜负你的时间和金钱,你像一个翩翩青年,它是介绍人,使你同一位美丽智慧的女子相识，可以相伴终身，你必会久久地感谢提要。要是你听了提要的话，买书回家，觉得受骗上当，就会恨提要的夸夸其谈，觉得它像旧式媒婆，贪图财礼，天花乱坠地挖一个陷阱，把你推进去……说得重些，一篇坏的书提，涉嫌图财害命呢。因为时间和金钱，是人生宫殿最基本的砖瓦啊。"

他是一个认真的人，敷衍的理解和廉价的夸奖，都不是真正的尊敬，最好与他深入讨论。

我说："书提当然重要了，但通常都是由责任编辑来写，他是第一读者，经手了每一字的取舍，自然是最有发言权的。"

书提者笑笑说："理论上是这样，但请不要忘记，编辑是书的养父母，虽不是亲生，但耳鬓厮磨地相处，就有了感情。感情是经常杀害客观判断的。再说还有出版者的经济利益牵涉其中，故编辑笔下分寸未必得当，更不消讲还有自卖自夸之嫌。所以聪明的出版人，都是请专门的书提者来写简介，自己并不沾染墨迹。"

我说："那您多长时间可写一篇提要呢？"

他说："没一定。就像一个作家，并不能很精确地计算出他需用多少时间完成一部著作。通常出版人把书送到我这里，我会挑精神最饱满的时间，开始读这本书。每天不能读得很多，文字堆积多了，会把感觉磨钝。重点的地方我会用笔做出特别的标记，在全书通读以后，再精读一遍。最关键的一道工序是读完之后——静静地想。"

"想什么呢？"我追问。

"想这本书最大的优点。书提有一个苛刻的要求，就是你只能说此书好，不能说它坏。当然，书都是有缺点的，但那是评论家的活儿，不是书提者的事。我的任务是把本书最引人入胜的地方传达出来。你看了我的介绍，心动了，买了这本书，就是我的胜利。要是我所鼓吹的最精彩之处，都无法引起你的兴趣，你不买，不是我的失败，是你和此书无缘。"

他侃侃而谈，我忙问："既然不让书提者说书的坏话，那你读到一本不好的书时，怎么办呢？"

我以为他会用外交辞令，没想到他很爽快地回答："那是常事。世上有很多坏书，它们也不甘寂寞，急切地希望被介绍，甚至更加迫不及待。遇到我不喜欢的书,我的第一个反应不是拒绝,而是更努力地去读。我不是一个普通的读者,不能把不想看的书,随意丢到一边。书提是我的工作,不可以单凭着自己的兴趣和好恶,决定一本书的命运。我是凡人,水平有限,会有看走眼的时候,可能遗漏了很优秀的作品,所以当我不懂或是阅读吃力的时候,我首先要调整的是自己。在这书中,也许隐藏着真理,它躲在什么地方,我一定要把它找出来。但是当我付出比平时更多的精力,我仍旧不喜欢不懂它们的时候,我尊重自己的感觉,不再费力气,果断地和它告别。"

"它们的比例大约是多少呢?"我很关切地问。

"您是指那些我拒绝写书提的书吗?这就像苹果的大年和小年一样,要看天时。有的出版人送来的书,我经常是不着一字地退回去,久了,他们就不再送来,或是比较严格地选了再送,退的比例就在不断波动中。有的出版人送来的书,我写了书提,书卖得很好,他们就会源源不断地将新书送来。但时间一长,鱼龙混杂,我就又要退他们的书了。"

书提者说这些一语定乾坤的话时,平和宁静,有一种历尽书中沧桑的淡然。

我说:"您的选择令人尊敬。但是,时间呢?效益呢?您阅读那些不喜欢的书,耗费了更多的时间,否定意味着一无所获。"

书提者沉稳地说:"从金钱这个角度上来说,您的话很对。拒绝为很多书籍写提要,在我是只有投入,没有产出的傻事。我的劳动账本上,大约有半数的工作量,计算收入时,没有任何反映,像一个黑色漏斗。但在我的心智上,它们存在着。锻炼了我,考验了我,使我的大脑丰富成熟。否定比肯定更需要智慧和勇气,对我的要求更严酷。我几乎是每本书的'处女读',没有可以依傍的评论,无法商量和讨论。独立完成对新著的评判,你必须有火的热情和剑的敏锐。因为我的书提写得比较独到,后来有了一点小小的名气。有的读者甚至专门等着看了我的书提,才决定买或是不买某本书。这样,就有出版人和作者找到我,许诺给我一定的好处,要我写赞美之词,收益是很高的。我一概答复说,我想帮你们,但帮不成。因为我的笔只听从我的心,而我的心,住在一个独立的地方。"

我对面前貌不惊人的书提者升起敬佩,说:"像您这样的人,多吗?"

他说："您的话问得不很清楚。指的是书提者,还是指像我这样只能挣到一半钱的人?"

我说："都问吧。"

他说："专职的书提者绝不会多。据我的估计,几千万人口当中才会有一名。倒不是说这个工作需要怎样的天赋,只是因为它是处于宝塔尖上的一个工种。在很多人当中才会有一个爱好写作的人,他能不能成为作家,还要看天意。纵是有幸当了作家,笔耕不辍,一生又能写多少书呢?写成了,拿去出版,又有另一番艰辛。每一本到达我手中的书,都经了漫长的周折。打个不很恰当的比喻吧,世上的医生可能很多,但职业的刽子手一定很少。至于只挣50%的钱,我已经很知足了。许多人付出的劳动比我多,得到的报酬比我少。这个工作给我快乐,是不用花钱就可以先天下之读而读,使我不断地增长才干,我真是很幸福呢!"

告辞的时候,书提者很认真地对我说："你以后出了书,假如信任我,就请将书的清样寄我,假如我喜欢,会很快为你写一篇书提。"

我说："好啊。只是会不会不置一词地退回呢?"

他怔了一下,很坦然地说："那也很可能的。"

于是我们紧紧地握手。

电脑仆人

电脑是一位高贵的仆人。

说它高贵,第一是因为它的价格太高,一台能听音乐能传真的多媒体电脑,少说也在万元以上。对于工薪阶层来说,不是个小数目。在某些家庭里,它是身价最不菲的玩意儿,所以说它高贵,不冤枉。

第二是因为它目前还听不懂我们的家常话儿,要用特殊的操作指令,才能指挥得了它,交流起来有一定的难度。好像是一位异邦来客,需要打手势,彼此相处一段时间知晓了性格后,才可融洽。好在它聪明伶俐,脾气温顺,听使唤,随叫随到,不会给主人脸色看,也不叫苦不叫累。你让它干什么,它就干什么,以服从命令为天职,任劳任怨。

电脑就这样或蹑手蹑脚或大手大脚地走进了一个个家庭,潜移默化地改变着我们的生活。在某些人身上,简直引起了生存方式翻天覆地的变化。

一位下肢重残的青年,也许是机体的能量都灌注到上半身来了,他的大脑格外发达。他不甘寂寞,练过书法,试过写作,都成绩平平。爹妈嫌他好高骛远,担忧他这样想入非非,老人一死,靠什么养活自己呢?家人四处寻觅,终于找到了让残疾青年养活自己的招儿——往指甲钳上贴塑料的小装饰物,一天干十几个小时,粘五十把指甲钳,挣的钱够买一个馒头。黏合剂的味道把人熏得双泪直流,泪眼蒙眬中,年轻人好像看到自己暗淡的一生,被一把把指甲钳剪成破碎透明的残渣。他挺直了上半身,心想,一定要把我的聪明才智发挥出来,找一个秀才不出门,可办天下事的行当。他对老爹老妈说,我知道你们为我攒了一笔钱,打算临终的时候交给我,你们好放心地闭眼。可通货膨胀,你们给我留的那点血汗钱,用不了几年,原本买馒头的钱就只够喝粥的了。不如现在拿出来,让我干一件大事。爹妈说,孩子,你一天歪在家里,天下有什么大事,能在床上办呢?残疾青年说,你们给我买一台电脑,然后配上专门的软件,剩下的钱,有多少都投到股市中去。爹妈吓得说,孩子,你以前只是腿脚不便,现在不会是脑子也有病了吧?青年冷笑着说,我以前脑子就好,现在再加上电脑,两个脑子加在一起,你们就等着发财吧!老人们看他狠巴巴的样子,含着泪照办了。崭新的电脑搬回家,软件也装上了,小伙子埋头研究,然后选了一个自以为吉祥的日子,到证券部开了户,联了网,正式参加了炒股大军。他坐在床上,面对计算机屏幕观察股市的行情,专做短线。周一到周五,他一整天目光炯炯地注视着显示屏,随时打入打出。居然就旗开得胜,几乎没有失手,逢到股市大动荡的时候,平均每一个月财产就翻一番。

  他说,有人说中国的股市没规律,世上没有没规律的事情,没规律也是一种规律。股市没有风平浪静的时候,再牛皮的市也有波澜。看到过冲浪吗,只要你抓住浪的规律,总能在波峰浪谷中踏出一条前进的路。股市好就好在一切瞬间的信息都是公开的,电脑里的曲线就是股市的脉搏。我像一个老中医把脉,细心跟踪观察,就能从蛛丝马迹中看出端倪,寻出炒作的题材。大户庄家兴风作浪,你紧紧跟上,就没有不赚的道理。电脑把我和股市连在一起,赚钱变成了斗智斗勇的游戏。有时候,我看出某只股票即将暴涨,除了自己按着电话键,倾其所有大量买进以外,真想把喜悦与人分享,利益与人共沾了。我把消息告诉了所有的朋友之后还不尽兴,会拿着电话,信手胡乱拨一个号码,对他说,你炒股吗?以前多半碰到的回答都是,炒什么股?不懂不懂。我就立刻把电话放下,不再同他啰唆,心想我打算送你一把金钥匙,你却没预备下锁,这就怪不得我,是你没福气啊。我不气馁,再接再厉拨打,我终于会碰到股民,而且这种概率,随着形势的发展,越来越频繁了。当得到肯定的答复以后,我迫不及待地对他说,告诉你一个绝对可靠的消息,买××股票吧,求求你,听我的,没错,你一定会赚一大笔钱的……对方一般会说:神经病!然后嘭地把电话挂断。也有个别懂行的人,会紧紧追问,你是谁?你怎么知道的?听谁说的?是不是有内线?……我回答他,我就是我,是电脑告诉我的……对方就说,电脑我也有,可是它不会说话……逢到这时候,我只有悲哀地把电话放下。他们不懂电脑,电脑是股市上警觉而忠诚的猎狗,嗅觉永不疲倦。计算机鼻子对金钱的灵敏,胜人百倍,没有哪种股价的动荡与起伏,能够逃脱它庞大的监测系统。人啊人,你太小看电脑了。

有一位老奶奶,88岁了,早年进过西洋学堂,性格不甘寂寞。看到孙儿们学习电脑,老人家也跃跃欲试。孩子们捂着嘴笑,又不敢忤了老祖宗的意思,料她不过心血来潮,三分钟的热度,便把一台淘汰了的386搬到她面前说,您就用它练练手吧。老人闹不清电脑的进化史,并不挑剔设备的优劣,端端正正坐到电脑跟前说,你们得派人教教我如何用电脑打汉字,我要用它给你们写信。众人原以为老人家会像敲凤凰琴似的,击击键盘过过瘾就迷途知返、金盆洗手了,不料如此认真,骇然之后,纷纷献计献策,介绍自己所用的汉字输入方法之利弊。老人听了一阵,不耐烦了,说,太复杂的我也记不下,我看这键盘上都是西文,就学一个以拼音为主的输入方法吧。一言九鼎,大家立刻商议派出刚上小学的重孙,教老奶奶学习汉语拼音。小教师殚精竭虑,老学生惨淡经营,终于有一天,满口吴侬软语的老奶奶学会了标准的汉语拼音输入法。老人家在一个清晨,神秘地掩上房门,开始用电脑给她的后代们写信。那封信诞生得很难,几乎用了整整一天。傍晚时分,老人捧着厚厚一沓信封,走出紧闭的房门时,目光中有少年人的活泼。她递给每个孩子一封信,略带羞涩地说,很抱歉,我还没有学会用计算机打出你们的地址和姓名,所以信封上的字,都是手写的。但信瓤儿绝对是电脑打印,请看看吧。孩子们急不可待又极端小心地打开了信封,但见每张洁白的信纸上,都用浓黑的魏碑体字迹打印着:"我爱你。"

那一刻,满堂无声。老人家用她所能掌握的最先进技术,表达了一个最永恒最古老的命题,嘴角露出青春的笑容。

当我见到这位传奇老人时,她已放弃用电脑写信,尽管她现在已能挥洒自如地调遣更多的汉字。"孩子们很古板,说是更喜欢保存我用手写的那种有些抖动的字。怪啦,如今老年人喜欢新潮,年轻人倒喜欢怀旧。"老人家摇晃着满头白发,大惑不解的样子,沉吟片刻后,她又说:"客随主便吧。我的电脑现在最主要的用途不是写字,是玩电子游戏。以前的机器内存太小,速度又慢,许多好玩的游戏都运行不了。他们打算糊弄我呢,被我识破了,对他们说,升级升级!现在,我有一台崭新的奔腾机,可以玩最新版本的游戏了。"老人说着,指指蒙着蓝色蜡染布的电脑,得意之色溢于言表。我笑笑问道:"不知您老的游戏技艺如何?"老人很豪迈地说,"我最近正在研究《三国演义》(四),不必非得用刘备、孙权、曹操、诸葛亮、关羽、张飞这些杰出人物,我可用任何一员战将达到统一中原的目的……"老奶奶目如流星,激动地搓动双手。我注意到,她的手指有一种属于年轻人的柔韧光泽。

我认识一个孩子,12岁,在国内的汉语网络上以化名发表了一系列关于目前学校教育对青少年身心健康影响的论文,观点犀利立论精当,读后有耳目一新之感。特别是他从一个孩子的角度,尖锐地表达一个弱小种类,对这个成人强权世界的激烈看法,令人感慨万分。当我向他表达敬重之意的时候,他荣辱不惊地说:"谢电脑吧。如果不是网络的空间,掩埋住我的身份,让我藏在其中,畅所欲言,传统媒体中,哪有我说话的份?没有刊物会发表我的意见,没有人会听到我的声音。电脑是一种技术,它可以帮助弱小者,谁掌握了它,它就为谁服务,不会因为某种传统的等级观念欺负人。电脑是一种可以用很小力气就能支配的力量,不像大刀长枪,非得身高丈二膀阔腰圆才成。"

"电脑是孩子的朋友。"小小的理论家很深沉地结束了他的谈话。

我举的三个例子,分别是残疾人、老人和小孩,他们是人类柔软而易于受伤的腹部。电脑在这些弱小的人群中,受到出乎意料的爱戴。它改变改善改造着他们的生存状态,将一抹淡青色的曙光,布在他们的天幕上。当一种科学技术,能够普遍地使人类受惠,使人类最需要帮助的那一部分人感觉到自己拥有了支配它的力量,因此觉得自己强大起来,它就是一位高贵而受人欢迎的仆人。

热爱说话

和果的对话,非常轻松。她像是一架话语永动机,不待你发问,就把你想知道的问题都说了出来,比你预计的更要清晰明白。

你说,中国汉字里,使用频率最高的偏旁部首是哪个?这是果对我说的第一句话。

果的身份是一家中外合资的商场董事长,雇用着外方的总经理,一言九鼎,威名赫赫。在果的那座身披玻璃幕墙,金碧辉煌玲珑剔透的大厦里浏览时,你不由自主地会想象它的最高领导人可能是位女王。但此刻的果,安静而有学究气,好像是在大学的小组讨论会上。

我不好意思地说,别看天天和字打交道,还真没这个研究。

可能是"提手"旁吧。记得学《诗经》的时候,老师曾说过,那时诗里就有数十个有关手的动词。再说我们这个民族是崇尚行动尊重实干的,"提手"应该最多。我回答。

错。字典里,"口"字旁和"言"字旁的字加起来,构成了中国汉字部首类里最庞大的家族。果非常肯定地说。

这证明,说话是人生中非常重要的一件事,我们的古人早就发现了这条真理,所以才创造出这么多形容说话的词语。在科学不发达的古代,"说"都傲视群雄,到了现代,信息大爆炸,说话就更具有了凌驾一切的力量。

我说的"说话",是一个广义的概念,包括文字。更宽泛地讲,等同信息之意。比如我们两个坐在这里说话,就是传达彼此隔膜的信息。美国总统在派出特使执行重要公务的时候,最后一个程序就是两人促膝交谈,以便让特使最大限度地正确把握总统的思想……这说明谈话是多么要紧的事情。

我热爱谈话。果一字一句地说。

我有些吃惊,虽然我不拒绝谈话,但好像还是第一次听到热爱谈话。果不理会我的惊讶,按照自己的思路侃侃而谈。

一般来说,服从性强地位比较低下的人,多半意识不到谈话的重要性,因为他更多的是一个执行者,别人说什么,他跟着做就是了,语言好像是多余的。在中国的传统文化里,特别强调"君子讷于言而敏于行",我觉得那是一种上智下愚的思想残余。你若是想让自己智慧起来,并表达这种智慧,让自己的智慧影响更多的人,你必须学会发展、整理、沟通萌芽状态的思想,最简便易行、行之有效的方法就是说话。我给你举一个例子,商场合资以后,外方有许多新的措施,大多数是干了几十年老商业的人,闻所未闻的招数,很多人接受不了。我就把所有中层以上的干部用车拉到一处风景胜地,有美丽的草坪和湖水。我在草坪的中央摆起三张桌子,下面聚了一帮身强力壮的小伙子。大家不知我什么意思,说董事长是不是要我们耍杂技啊?我爬上桌子,站在上面,对大家说,现在,我要背对着大家头朝下地栽下去,下面的警卫战士会接住我……高度只有两米多,接应绝无问题,现在你们看着我操作……说完以后,我就义无反顾地一个倒栽葱折了下来,战士把我接住,一切正常。我对大家说,现在,每个人把我刚才的动作重复一遍吧。

最先走上桌子的,是我方的副总,他年纪比较大了,腿脚哆嗦,求告我说,我老胳膊老腿的,就免了吧。要不你就撤掉一张桌子,把高度降点。再不然,我脸朝前往下跳,眼睛看着下面,万一出点纰漏,我还能有个自卫动作。千万别让我后脑勺对着地,行不行啊?我说,不成。这项操作是安全的,我已经亲身试验了几十次,绝无问题。它就像我们商场就要施行的改革措施,是有把握的。我们不能因为自己以前没有尝试过,就没有勇气去实践。现在我决定,凡是有魄力从这几张桌子上背着身子跳下来的人,就继续留在商场工作。其他的人,请自动离开。我把话说到这个份上,副总还真是好样的,眼一闭,就栽了下来,挺顺利的。后面的人大多数很勇敢,也有个别的,战战兢兢老半天,紫涨着脸总是没动作。我就平静地对他说,你也不必勉强自己,我们马上要进行的改革力度很大,你连这种确有把握的事都做不了,何谈其他?留下来合作是不会愉快的……这次草坪会议以后,那些因循守旧的人走了,改革就大刀阔斧地进行了。

有一个青工,与顾客争吵,还扇了对方一个大嘴巴,我当然不能放过,给了他降级处分和罚款。他不服,扬言要杀我。一天,他举着个沉重的泡沫灭火器,像抡着火药筒,在商场里乱窜,说要灭掉我。大伙都劝我赶快躲躲,说这种亡命徒什么事都干得出来。我说,把他请到我办公室来,我要和他好好谈谈。大家说你就不怕出事?我说,我一个当领导的,被这样的事吓住,以后没法工作了,这才是最大的事呢!

那个青工来了,把灭火器立在我的写字台上,说你不怕死在这屋里?我说,你杀了我,你不值啊!他惊奇道,你是大名鼎鼎的董事长,我不过是小小老百姓,你的命比我值钱多了。我说,你听我算一笔账。我是董事长,不管你的事,我也照常拿我的那份钱,可见我要处分你,是为了钱以外的东西。我明知你要杀我,还把你叫到我的办公室来,并且把左右的人都打发开了,你要动手,现在就是绝好的机会,这说明我不怕死。一个人不为钱不怕死,按你的分析,就一定是为了名了。我死在你的灭火器下,成了当然的烈士,登报扬名,万人瞻仰,后代光荣,那是不必说的了。而你是杀人凶手,万人唾骂,将被处以极刑,父母家人跟着受连累,也是千真万确的事情。你本是恨我,反倒成全了我,你考虑考虑,是不是不合算啊?再者,我判断你不是真心要杀我。真要杀人,为了保证成功率,自然是要被杀的人毫无警觉才好,这就是兵法上的出其不意,攻其不备。像你这样嚷嚷得满天下知晓,哪里是要杀人,不过是恫吓。当然我不排除你的铤而走险,但主要是想把我吓得收回成命,恢复你原有的级别,不罚你,你骨子里想的是尊严和钱的问题。爱面子想挣钱,这是好愿望。只要努力工作,在一个奖惩严明效益优异的商场,机会有的是。但钱和光荣不是从天上掉下来的,是顾客送给我们的。你把顾客打走了,砸了大家的饭碗,却还要抢着和大家吃一样多的饭,那就连乞讨都不如。如果你想挣更多的钱,你必须干得比别人更好,这才是正道。青工长久地说不出话来,过了半天才吭吭哧哧地说,如果我干得好呢……我说,你放心,罚的严厉,奖的必也豪气,希望有一天,还是在这间办公室,我把精神奖励和物质奖励一道交到你手里。当那个青工耷拉着头,抱着灭火器从我的办公室走掉以后,竖着耳朵倾听这屋里动静的人们纷纷跑出来说,董事长,您靠什么化干戈为玉帛?他一路吵嚷,怎么进了你的房门就一声不吭?是不是您会一手美人拳,点了他的哑穴?我说,靠舌头,靠说话啊。世上无数的流血事件,因为误会而生。错误、失误的"误",偏旁是"言"而不是"心",很多时候是话没有说到点子上,心灵因此隔膜。

最困难的谈话是和外方总经理。圣诞节快到了,这些年西风东渐,国人也慢慢重视起这个洋节来。商场的舶来品较多,年底成了销售的黄金季节。恰在此时,那老外递上一纸报告,说要回欧洲与家人团聚,共度圣诞。我毫不迟疑地回答他:No!老外拿来一册他们国家出的日历,指着12月25日的红色数字说,这是法定假日,如果不让他休假,就是侵犯人权,他要控告我。我说,那在你的国家里,是否到了圣诞节,所有的商家一律关门大吉,回家围着圣诞树跳舞?这回轮到他连连说 No 了,告诉我圣诞节是一年当中最大的销售高峰,有许多促销的手段要实施。我说,那您为什么要从工作岗位上向后转呢?老外回答,因为这是在中国,你们与这个世界性的节日无缘,商厦由中国人单独上班就行了。我拿出一本中国出的挂历,指着一个日子对他说,您知道这是什么日子吗?老外看了半天,直把浅蓝色的眼珠瞪成了深蓝,也没弄明白,喃喃地说,它靠近情人节的日期,但我真的不明白它有什么独特的意义。我说,先生,请您清醒地记住它。因为在这个日子和它之后的4天里,您将单独在这座数万平方米的商厦里值班售货。外方总经理急白了脸,说,果董事长,你就是报复我,也不能用商厦的利益作筹码。整整5天,你知道它是什么概念吗?无论对你还是对我的国家来说,那都是成吨的金钱啊!我说,尊敬的先生,让我告诉你,那个日子是中国的春节,中华民族最重要的节日。按照您的逻辑,商厦里所有的中国人都应该回家休假包饺子,否则就是侵犯人权。当然应该由您这样的外国人单独上班了。至于利润,让它见鬼去吧!

老外哭笑不得,只得答应坚守岗位。他对我说的最后一句话是,你知道我是谁?你是否把我当成了你们的共产党?我回答他,我当然知道你是谁。你是总经理,是受雇于董事长的,你很明智地表示服从,这很好。如果你执意不肯,我就要行使命令权或是罢免权了。顺便说一句,要是共产党员遇到这种事,我一句话都不必说,他们知道自己该怎样办。

果的故事,一个个说下去,每一个都很有趣,只是她的声音渐渐嘶哑。我说,休息一下吧。果说,说话就是调整脑筋,一个原本不很清晰的概念,在你描述它的过程当中,它就像花瓣一样盛开了,散发出芳香。有质量的说话当然很累,因为它是思想的结晶。

我认识一位著名的戏剧演员,平时很少吭声,口渴了,也只是写一个"水"字的纸条递给别人,就是为了把胸中之气积攒起来,到了舞台上音韵洪亮直冲霄汉绕梁三日。

我说,有一句古话:日言百句,其气自伤。

果说,生命的过程就像是一盘磁带,录满我们每个人的话语。若生命结束的时候,听到自己一生所说过的话,有用的比没有用的多,那就是无悔的人生了。

触抚绿色

1998年夏天的许多日子,我在大兴安岭穿行。看到的绿色比有生以来见过的所有绿色,叠到一起还要厚。以前曾到过雪原、海洋、大山大川、沙漠旷野……感慨万千。在自然界的雄奇景观中,与原始森林相见如此之晚,快乐中有大遗憾。

从小在城市,水泥丛中的绿色很窄,享受绿色是很奢侈的事。后来当兵去了藏北,高寒缺氧,荒凉无比,除了冰山戈壁,什么也看不到,绿色便成了一个缥缈的梦想。在大森林里,呼吸到汲取到无边无际的绿色,从心灵到皮肤,染成薄荷。

路途艰辛坎坷,几乎是我从高原归来后,最颠簸的一次旅程。乐在思绪轻灵。面对莽莽林海,你会想到远古,祖先曾在这样的密林中生息,飞快地攀援,从猿到人。如今我们会了许多本领,可是我们砍伐森林,恩将仇报。你会想到是做一棵公路边的树,还是做林海中的树?你会想到人也许有前世和再生,也许曾是或将是某种酸甜的野果……

我最喜欢桦木。它的外衣那样洁白,身躯笔直,像一个刚从医学院毕业的实习生,羞怯可爱。后来听说桦木是很低档的材质,除了绿化作用外,早年间最主要的去处是当样子烧火用,就很难过。一种有着那么美丽身段的优雅植物,无声无息地化成烟云,真是对造物主的大不敬。到了木珠厂,看到女工用桦木的下脚料制成独特的工艺品,把一种大自然的气息留住了,方转悲为喜。我向她们讨了十几枚不同颜色的桦木珠,细致地保存起来。每当手指抚摸那些珠子时,有一种白桦舍利的温润漫至血脉。

还在垃圾堆里捡了一块长约尺把的桦树板皮,想把木面磨光,写上"天道酬勤",挂在家中电脑对面的墙上,累了的时候养养眼。不料那桦树皮随着我在林区转移，一路晓行夜宿，竟不知遗落在哪处驿站了，一想起来，好心疼。

森林中密集的红松苗，像毛茸茸的小笤帚，扫得胸中一片清凉。熙熙攘攘又恬恬静静的新生之物，充满了生命的单纯，给人以轻捷明朗的快意。

沿松花江逆水而上，面朝岸边逶迤的青山，无言以对，只是呼吸和感受，兀自交融。古人说仁者爱山，智者爱水。在磅礴秀美的山水之地，触抚绿色，灵性和力量流淌人心。

在满山遍野的野花中，有人惊叫发现了野罂粟，我很快地奔过去，近了才知看差了，那不是罂粟而是芍药，若有所失。好在没过多久，善解人意的野罂粟，就很美丽很俏皮地列队倚在路边。一时大家停步伫望。有人悄声问我：这就是《红处方》中描写的罪恶之花？

我说，先澄清，我不认为罂粟有罪，尤其是野罂粟。它们只是地球上的一种普通植物，生根发芽开花结子。它们无辜，有罪的是人性中的弱点膨胀至邪恶，利用了罂粟。以前只见过人工培植的罂粟，没见过野罂粟，此刻得以亲见，它们和我想象的真是一样，杂在众多的野花中，朴素平凡，并无特别勾引人的妖娆。天地贵公平，赏罚应分明。该是人类自己的责任，就勇敢地承当，理性地解决，不要怪罪无知无觉的植物。

仰望苍莽垂直的绿色，难以抑制地想到培育的艰难。成长一棵树，相当于人的一生。对那些珍贵的树种，这时间还远远不够。在大兴安岭阴坡，一棵樟子松需150年才可成材。毁坏一棵树，只消片刻工夫。无论现代科学技术如何发达，比方能把人类送上火星跳舞，但你绝无妙法在10年之内，把一棵美人松的幼苗，催成一柱栋梁。

大兴安岭名称，也许是"大""兴""安"这几个字，给人豪迈宁静之感，好似钢筋铁骨固若金汤。其实环境链相当脆弱，腐殖土层只有半尺薄。一旦砍去林木，水土暴露在空气中，快速流失，沙石崩塌，遗下一堆堆癞痢头样的岩块，布满苔藓，凄惶得很。看到大兴安岭植被被破坏的情形，心好像被锐指掐住，一缕缕坠血。甚至比看到西北寸草不生的土岭，还要痛楚。那边好歹是旧伤痕，而大兴安岭是新鲜的刚刚骨折的胸膛。

听说世代以打猎为生的鄂伦春人，已决定放下最后的猎枪。伐木工人也要渐渐地转成以种树为主了。一位林业工人说,种一棵树,要百年之后才见钱,那时我早已变成山老鸹了。在我活着的时候,靠什么过好日子呢?都说森林是城市的肺,大兴安岭向整个北半拉子中国供气,北京人是不是该给我们付些制氧费?

于是想到格拉丹冬雪山,孕育了长江,应该向我们收水费。北冰洋应该向我们收制冷费。太阳应该向我们收取暖费和照明费。

苦难不是牛痘疫苗

1997至1998年,几乎成了我的说话年。北京大学、清华大学、北京师范大学、北京外国语大学、中国协和医科大学、北京科技大学、首都师范大学、中医药大学……还有女子中学和北京八中的少年班,从北京到新疆,我都曾去和他们聊过天。

我之所以不喜欢把这种形式称作讲演,是因为自己的心理障碍。我害怕那个"演"字,觉得有几分虚拟与矫情。也许对在舞台上的演员,是正常事情,但对以笔为幕的我来说,更习惯在黎明或是夜半,独自枯索。

生平不会表演,也未曾当过教师。面对许多人说话,提前就会感到莫大压力。每逢答应了,要在某时某刻与众人会晤,前一天就惶惶不可终日。夜里也睡不好觉,仿佛面临一场莫测的考试。有时直到赶赴会场的路上,都不晓得自己将如何开头。

其实这种场合,拒绝是最简单的方法,过去多年,我恪守着说"不"。除非极熟识的朋友托到头上,百推无效,否则绝不答应出席。一天,女作家赵玫,一句话改变了我的看法。她说,不要拒绝大学生,他们是希望。

这种集体聊天大致分为两部分。前三分之二时间,由我主说。题目通常是"文学与人生"这类大得吓人的题目。题目大了,其实有好处,就是无论你怎样说,都不会跑题。我私下里以为,同学们对从作家那里能听到些什么,期望值并不很高,一般来说比较宽容。我也乐得撒开来谈了。

后三分之一的时间,一般留作大家对话。纸条不断从会场的不同角落传上来,形态各异。有写满了字的整张作业纸,也有寥寥数语窄如柳眉的短笺。我满怀兴致地阅读它们,好像你对着大山呼唤了一声,片刻后收获连绵不绝的回音。每次讲演回来,都有成包的各色纸条回馈,纷纷扬扬。好似你从飘飘洒洒的冬夜,掬回一捧雪花。

我很喜欢这些字条,里面蕴涵着信息和挑战。时间久了,纸条聚得如小山,偶尔翻看,仍会感到灼热与激荡。那是一些年轻的心的切片,固定着那些难忘的夜晚。不论日子过去多久,依然显示着清晰的思想脉络和蓬勃的生命力。

我也常常反思,自己在当时的氛围和倚马可待的回答中,是否诚挚友善和机智?

现在,我把一些字条,直录在这里。然后是我的回答。基本上是当时的想法,也许经过时间的沉淀,更条理了一些。

问:您不愿当医生,可我最爱看您笔下的医生,这也曾让我一度非常想当医生。您笔下的医生医术都很高超,我觉得您当医生,也一定是个好医生。我总为您感到后悔。想问两个问题。(1)您后悔吗? (2)您认为作家是最适合您的职业吗?

此条来自清华大学。他们的纸条和别的大学的纸条有些微不同。基本上都用整张的纸,字也写得较大,感觉较为豪放。文科校所用的纸条多半细小精致,字也文秀些。

答:我当医生的时候,医术一般,但我是一个比较负责任的医生。医生是一个对责任感要求非常严格的职业,甚至可以说,责任感与医术,是一个好医生飞翔的双翼。我当医生时,有一个习惯,也许可以算作爱好吧——愿意和病人谈话,耐心地倾听他们对自己痛苦的倾诉。我不喜欢那种医生,把诊断搞清后,就不屑于理睬病人,觉得病人只是一个悬挂疾病的衣架。我愿意尽我的所能,和气地深入浅出地向病人解释他的病情,同情他的疾苦……这不是很难的事情,但有些医生忽略了。

不当医生,我不后悔。因为这是我在没有外力胁迫的情况下,自觉自愿做出的选择。人一生能够从事自己所热爱的事业,是一种奢华的好运气。

问:您为什么没有起一个笔名?您若会起一个笔名,将是什么样的?

此条来自北京大学。我直觉感到这是一个有志从事文学创作的女孩子。她的提问很内行,富有技术性。

答:在我还没有做好小说能够发表的心理准备的时候,它就发表了,多少有些令我措手不及。当时杂志社并没有人问我要不要用一个笔名,我也就不便说请把原稿上我的本名涂掉,换一个笔名,私下觉得那太给人添麻烦了(其实不复杂,但我不好意思说)。于是以精心策划的笔名面世的机会,稍纵即逝。当然到了发表第二篇稿子的时候,已从容些,有机会缓缓思忖一个笔名。但一旦开始具体操作,深深的忧虑攫住我——换了一个崭新的笔名,我的父母在感情上是否会接受?承认那个铅字组成的陌生字眼,就是他们原装的女儿?我拿不定主意,也没有勇气问他们,事情一耽搁,机遇就又过去了。我从小是一个很乐意让父母高兴的孩子,为了这份不完全空穴来风的忧虑,我终于坚定地不用笔名了。

如果我要起笔名的话,我要用一种矿物质或是金属的名称做笔名。我喜欢那种在亿万斯年的大自然当中,凝结的精华与漠然的力度的感觉。而且我觉得金属有特殊的壮丽。

问:您经历了那么多的坎坷,可无论是您的文学和您的话语,所表达的都是对生活的乐观和轻松。您认为这是一种经历了太多苦难后的宽容和超越,还是您并不认为有必要感受沉重?

这个纸条,记得是来自一位医学生,好像还是博士班的。我当时有些踌躇,不知如何解答是好。因为他(或她)似乎比我考虑得更成熟了。

答:我很坎坷吗?我不觉得啊。现在很多人讲到坎坷的时候,多用一种夸耀的口气或是潜藏着求人怜悯的企图,使我不爱说这个词,坎坷和顺利,似乎是反义词,其实都是生命的相对状态。至于顺利是否就是和快乐相连,坎坷是否就一定指向沉重?我以为并非必然。我们可以在顺利的时候愁容惨淡,也可以在苦难的时候欢颜一笑,关键在于我们把握命运的定力。

我不喜欢模拟苦难,无论是从理论上还是从实践上。我对人为地自造苦难,以考验他人的做法,深恶痛绝。人生的苦难,不是像牛痘疫苗一样的病毒提取物,植入皮肤,就可以终身预防天花了。我所看到的更多的事实是,苦难磨秃了人对美好事物的细腻感受力,削尖了利己损他的恶性竞争意识,使人变得粗糙和狠毒。苦难浪费了时间,剥夺了原应更富创造力的年华,迟滞了我们的步伐。

如果苦难一定要扑面而来,那就得镇静迎战了。这另当别论。

我所遇到的最好玩的一些问题,比如未来和幻想,事无巨细的提问和随心所欲的对话,来自少年们,特别是北京八中。那是一些十六七岁的男孩女孩,智商很高,天性活泼生动。马上就要参加高考了,竟然还有兴致邀我对话,说读过我的作品,想交流一下感受。

我力拒,理由很简单。我想象不出这些非凡的孩子会是怎样的精灵,不知和太聪明的孩子该如何讲话。万一不妥,戕害了祖国花朵,还是一些很优良的大花骨朵。闹得不好,我前脚刚走,后脚人家就得消毒。

但校方力邀,那位音色有些苍凉的老师,一口一个"不是我请您,是我的孩子请您"。

做了母亲的人,听不得人家说——我的孩子想如何如何……我痛苦地答应了。

所幸那是一群非常机灵可爱的少年,知识面极广,天上地下金戈铁马。我们讨论了很多问题,留下深刻记忆的是这样一张字条。

问:我考上大学一点问题都没有,但我不喜欢这件事,今年7月,我不想考啦!背许多没用的东西,瞎耽误工夫。顺便问您一句,您第一次稿费,钱多吗?干什么用了?

答:人一生,要干许多自己不喜欢的事。这一规则,以我的岁数和经历来看,可以倚老卖老地向你们说——是一条铁律。世上有些事,不是因为我们喜欢才去做,而是从长远看、从责任看、从发展看,必须做。我同意你的观点,上大学没什么了不起。但它是一张门票,你领略更广阔的景色,你得有入场券。不必将它看得过重,也不可掉以轻心。你既然一点问题都没有,不妨轻松过关,然后再按自己的意志,努力向前,走自己的路。

第一笔稿费钱不多,几万字的稿子,几百块钱,我把其中的一半寄给我父母,另一半买了书。妈妈说,汇款单到的那一天,她正在小路上散步,听人喊,你女儿把稿费寄来了,几乎流下眼泪。

为白海鸥签名

数十位作家通力合作,缩写了若干本世界名著。历时一年,终于成为装进淡蓝色封套的精装八大卷书册。出版社来电话,说1994年春夏季北京书市,在劳动人民文化宫隆重开幕。特邀各位执笔作家,轮流莅临书市,签名售书。

因别人有事,第一日就轮到了我。

常有人把书比作作家的孩子。这套书就相当于幼儿园的一个班了。

那天收拾停当,早早到了书市。与两位年长作家,在一棵大松树下,排开一溜桌椅。像乡下邮局前代人书写家信的老先生,端正地摆了笔,等待购书者。

时辰尚早,游人不多,一时间桌前冷落。我等有一句没一句地聊着天,心也惴惴。寻思若是一直白白坐着,浪费了自己的工夫不说,今天是出版社第一天开张,倘若始终一套书卖不出,岂不晦气?

于是大家纷纷出主意,说写张大字招贴,注明这是世界名著精选,看能否招徕顾客。再就是在桌面上摆起一套样书,让高雅美丽的封面,裸露在炎热的阳光下,现身说法,以利销售。

海报贴了,标本也展览了。便有三三两两的顾客驻足,却只是看,翻着翻着就随意地合上,不回头地走了。

心里焦虑。

我觉得这和签名售自己的书,感觉不同。

卖自己的书,更多一种死生由命、相逢必是有缘的恬淡。悠闲地坐着,充满宿命的安宁。从不向看客游说,心中坦然。

但今天的情形,有些特别。这是众人的孩子,还倾注了出版社的巨大心血。人可以不夸自己的孩子好,但不能不夸大家的孩子好。

应该说点什么。我想。

一位中年妇女走近来,后面跟了一个女孩。

女孩很素洁的样子,停下脚步,用纤长的手指抚弄着书皮,发出类似松针折断的细微响声。

于是我说:"这真是很好的一套书呢。名著,都是经过历史淘洗的真金。又经作家很用功地缩写了一遍,值得一看的。"

女孩听了我的话,端起一部书,仔细地看起来。

我耐心地等着她。我知道买书这件事,征服了孩子就征服了妈妈。

没想到女孩并没有看书里面藏着的美丽的故事,而是迅速把书掉了过去,看了后面的价钱。

她的妈妈也凑了过去。

我镇定地等着她们的反应。

"哎呀!这么贵呀!要一百多块钱啊!"女儿和妈妈一齐说。

"是啊!是够贵的啦!"我叹了一口气,"可是现在什么不贵呢?一斤大饼都要近两块钱了。这么精致的书,成本很高的。"我用手指弹了弹坚硬的书面,它发出三合板一样沉着的回响。

"看一件东西贵不贵,首先是看它值不值这个钱。"我接着说,"一百多块钱就可以买到几十位世界级的大师和严肃的中国作家的心血,我觉得合算的。"我很诚恳地说。这真的不是促销的策略,而是我的心里话。

妈妈若有所思地点点头。

女孩指点着书皮说:"这一本我看过原著了。"

我说:"那你可以不买这一本的。但是,要是我,我就把它们都买下来。"

"为什么呢?"女孩瞪着蝌蚪一般活泼的眼睛说。

"因为它们是一套啊。我喜欢成套的书,摆在书架上,像是一排很强壮的兄弟。"我说。

在我们交谈的时候,母亲飞快地翻着书,似乎在挑选有没有错页、漏页,略有点心不在焉的样子。我知道她在作抉择,主妇们在最后决定一件物品的取舍时,常常有片刻间的恍惚。

突然她说："不买了。好吗？咱不买了。走吧。"母亲说着，牵了小姑娘的手，立马要走。

我不知这书哪里得罪了她，也不好相劝，只是静静地看着母女俩。

女孩的上身被母亲拽歪了，脚却牢牢地戳在地上，好像一棵被风吹斜了的小树，倔强地保持着直立的根。

我悄然笑了。依我的经验，那位妈妈若不使出极端的措施，目的怕难以得逞。

小姑娘也不说话，只是用大大的黑眼珠望着我，无声地求援。

我将她诱导到这个地步，不能撒手不管。就对妈妈说："看，多清秀的小闺女。"

妈妈的手腕立时松了。天下没有哪一位母亲，不在夸赞自家孩子的话语面前停下脚步。

"她肯定会弹钢琴的。"我说。

"哎呀呀！是的。可是您是怎么看出来的？到底是作家啊！"女人叹息起来，不知是感慨作家的眼力，还是惊喜女儿的音乐修养，已到了遮掩不住的地步。

"看气质啊，" 我说，"弹过钢琴的女孩和没有弹钢琴的女孩是不一样的。"

母亲笑了。疲倦与欢欣，像两种名贵的闪光漆，敷在她略显苍老的脸庞上，使每一丝纹理熠熠生辉。

女孩注意地听我们交谈，忘了往脚下使劲，妈妈趁机拉动了她。

妈妈向我点点头，就要离去了。

我并不挽留，只轻轻说了一句话。

母亲像被施了定身法，僵在那里。

我的话是："读过名著的女孩和没有读过名著的女孩，是不一样的。"

母亲慢慢地回过头来，说："那我可以到图书馆去借。"

我并不在意她的态度。我知道，她是在同心里的另一个声音对话。

我眼睛看着别处说："是啊，我们可以去借。但是，你借来书的时候，孩子可能恰恰没有时间。等她有时间的时候，您又可能借不到那本书。图书馆的书毕竟是人家的。假如有能力，还是做书的主人最好。"

女人的心似乎有些动了,但思忖了一下,轻声说:"我的女儿还小呢。"

女孩拧着手指说:"我不小啦!老妈!"

我对母亲说:"是啊。孩子还小。可是他们总会一天天地大起来,是不是啊?"

不等她回答,我又接着说:"我们不知道他们会在哪一个早晨开始阅读名著,就像我们不知道今年冬天的第一场雪,会在哪个早上飘下。什么时候想读名著了,只有孩子自己知道。家里的书架上有这本书,也许从今天晚上就会开始阅读。假如书架上没有这些书,一切都无从谈起。"

她深深地吸了一口气,果决地说:"那我们要看也看原著。不看缩写。"

这真是一位很有文化的母亲。

我说:"您说得太对了。所有打算从事写作和终身热爱文学的朋友,完全不必看这种书。你必须去看原著。原著是活蹦乱跳的鱼,而再精彩的缩写,也是烤焦了的鱼片。但是,对一些不以文学为生的人,这套书就是很好的帮手了。现代生活节奏这样快,生存的空间又是这样狭小,对普通人来说,几十套文学名著的原作,该是多么庞大的一堆?买它要花费多少银钱?摆它要占去多少场地?读它要耗去多少时间?"

那位母亲没有说话。我也不再说什么。我觉得自己已说得太多。并不是急着推销,只是在这一柄夏天的树荫下,心里涌出许多话。

"我想让女儿学理科……"母亲犹豫地说。

"你从来没有跟我说过的啊!"女儿大叫。

"无论将来您的女儿是做一位经理、一位科学家还是一位实业家,她都应该了解世界名著。那是一代代最优秀的人类编织的智慧的花冠。任何一个卓越的知识分子,都应该把它戴在自己的额头。"我已经说得很疲倦了,但为了那个女孩,我还要说下去。

母亲静默着,孩子已经利用这个空隙开始了阅读。

女人吞吞吐吐地说:"东西是好东西……按说这么华丽的书,价钱也不算贵的……只是对我们来说,它真的不便宜啊……买钢琴我们就凑了很久很久……"

我陪着她叹息。"假如实在是买不起，也就算了。借书读也是一样的。"我劝她。

谁知她反倒笑了，说："也没那么严重。总是下不了这个狠心。"

我正色道："现在的事，假若你认定这是一个好东西，只要自己能掏得起钱，就毫不迟疑地把它买下来。要不，越来越吃亏了。"

"为什么呢？"女人不解。

"怕涨价啊！好的东西是一定要涨价的。"

"那倒也是……不过，等等看，也许会有更好的版本呢？"她同我商量。

我笑了。没有镜子，我不知自己脸上是怎样的笑容，大概很落寞吧？

"也许会有！只是，我觉得很难有更好的版本了。"我说。

连女儿也停止了翻书，疑惑地望着我，要我说个明白。

"缩写名著是件非常吃力的事情。打个比方吧，什么叫名著呢？名著就是服装大师精工细做的西服。缩写是什么呢？就是要你把西服改制成一件得体的中式对襟小袄。您试试看吧，哪位裁缝师傅愿意接这样的活计？前几年，还在责任与道德的旗帜下集合起了一批严肃的作家，大家认认真真地完成了这项工程。现如今，作家下海的下海，改行的改行。就是依旧当着作家，也多半写电视剧去了。种庄稼的农夫都走了，还能指望打出更多的粮食吗？"

说完了这些话，我突然变得很宁静。在同这陌生的母女的交谈中，我已经忘记了自己销书的初衷，变成心灵的自白。

妈妈笑了。笑得很开心，好像影片中用特技拍下的花朵开放的镜头，此时快速播出，十分绚烂。

"您不用再说了。我买下这套书。"她郑重地开口。

"啊！好啊！妈妈答应买书啦！"女孩高兴得大叫。

我们头上的松针摇曳着，把阳光的辫子，缠在我们身上。

"您仔细挑挑，不要有什么错漏之处。"我很负责地把书递过去，同她们一道把书翻得哗哗响。

母亲逐本检查了书的质量，付了款。她抱着业已确实属于她家的书，顷刻间腼腆起来。

"您……能不能……给我的孩子在书上写一句话？"她怯怯地问。

我略略为了一下难。因为这是众人的书,我一个人签字,合适吗？

女人误解了我的迟疑,恳求地说:"孩子会记得您的,我想给她一个纪念……"

我说:"好吧,我就在我缩写的那本书上给你写一句话。"我面向女孩,"你想要一句什么样的话呢？"

女孩只是笑,不肯说。

妈妈说:"您看。您是作家,您写什么都行。都好。"她眼巴巴地看着我,一反刚才的苛求。我懂得这样的女人,她们肩负着生活的重担,在选择之前,再三挑剔。一旦确定了,就钟情不渝。

我旋开笔帽,问小姑娘:"你叫什么名字？"

女孩还是笑个不停。像所有这个年纪的女孩一样,羞于在生人面前呼唤自己的名字。她拈起我的笔,细心地在白纸上写下三个字:

——白海鸥。

我想了片刻。其实在我看到女孩名字的一刹那,那句话就浮出来了。但我不愿随随便便地写,怕白海鸥小朋友以为我不认真呢！

我写道:愿你在蔚蓝色的海与天中飞翔。

女孩接过去看了,嘻嘻笑,牙齿在红红的唇中闪耀。她说:"请作家爷爷也为我写句话。"

两位先生,欣然命笔。

一位写道:海鸥,注意不要让大人折断了你的翅膀！

另一位写道:海鸥,你一定会过得比我好。

妈妈站在作家们的对面。因为方向逆反,她不由自主别着下巴,口唇微微翕动,随着作家们的笔锋,默念着龙飞凤舞的字……她的眼光渐渐湿润,被题字中蕴涵的拳拳爱意所感动。

女孩和她的母亲,提着沉重的书,走了。我们突然无话。也许话语也像香水,在炎热的夏风中,缓慢地挥发掉了。轮到彻底打开瓶盖的时候,只剩透明的包装。

A 老作家说:"我们一天会卖出多少套书呢？"

B 老作家说:"书不像别的。一定要把书卖给爱书的人。不爱的人,就是把书买回去，放在书架上接灰，那也是书的不幸。所以卖书不可急。"

我说："不敢太乐观，也不必太悲观。我想，我们今日，每人卖出一套书，就算可以了。"

A老作家说："我赞成这个指标。"

B老作家说："也就是说，一个人卖出一套。那么，刚才卖出的一套算不算呢？"

A老作家说："当然算的了。"B老作家就问："那么刚才卖出的那一套，算是谁的呢？"

我们还没来得及答话，B老作家就说："算我的吧。咱们序齿，我最年长的。"

我忙赞成说："B老，那套书就是您卖出的了。再卖出一套，就是A老的。然后再是我的，谁让我最年轻呢。"

大家举起晶莹的矿泉水瓶子，碰得扑扑响，就算说定了。

随着太阳渐渐升起，人气聚集起来，买卖兴旺了。

日当午时，已经卖出了十几套。

午饭招待我们吃的盒饭，一边吃，一边为读者签名。记得当年在田间拔麦子，也是这样边吃边劳作的。

吃了饭，有了片刻的歇息。我们三个溜出了签名售书的桌台，浏览别的书摊。在如山的书堆中彳亍。做一个普通读者，买自己喜欢的书；对自己不喜欢的书，放肆地指指点点，煞是得意……

逛得兴起，突然听到出版社的店员招呼：真不好意思，打搅了。又有几位顾客要买那套书，等着您三位签名呢……

我们急急往自家的台子前赶。

听到有人小声嘀咕：跑得这么快，该不是他们的书摊着火了吧？

友情如鞭

一次，一个陌生口音的人打电话来，请求我的帮助，很肯定地说我们是朋友（我们就称他 D 吧），相信我一定会伸出援手。我说我不认识你啊。D 笑笑说，我是 C 的朋友。我不由自主地对着话筒皱了皱眉，又赶紧舒展开眉心。因为这个 C 我也不熟悉，幸好我们的电话还没发展到可视阶段，我的表情传不过去，避免了双方的尴尬。

可能是听出我话语中的生疏，D 提示说，C 是 B 的好朋友啊。

事情现在明晰一些了，这个 B，我是认识的。D 随后又吐出了 A 的姓名，这下我兴奋起来，因为 A 确实是我最要好的朋友之一。

D 的事很难办，需用我的信誉为他作保。我不是一个太草率的人，就很留有余地地对他说，这件事让我想一想，等一段时间再答复你。

想一想的实质——就是我开始动用自己有限的力量，调查 D 这个人的来历。我给 A 打了电话，她说 B 确实是她的好友，可以信任的。随之 B 又给 C 作了保，说他们的关系非同一般，尽可以放心云云。然后又是 C 为 D 投信任票……

总之，我看到了一条有迹可循的友谊链。我由此上溯，亲自调查的结果是：ABCD 每一个环节都是真实可信的。

我的父母都是山东人，虽说我从未在那块土地上生活过，但山东人急公好义的血浆，日夜在我的脉管里奔腾。我既然可以常常信任偶尔相识的路人，又有什么理由不相信自己朋友的朋友呢？

依照这个逻辑，我为 D 作了保。

结果却很惨。他辜负了我的信任，是个见利忘义的小人。

愤怒之下，我重新调查了那条友谊链，我想一定是什么地方查得不准,一定是有人成心欺骗了我。我要找出这个罪魁,吸取经验教训。

调查的结果同第一次一模一样,所有的环节都没有差错,大家都是朋友,每一个人都依旧信誓旦旦地为对方作保,但我们最终陷入了一个骗局。

问题出在哪里呢? 我久久地沉思。如果我们摔倒了,却不知道是哪一块石头绊倒了我们,这难道不是比摔倒更为懊丧的事情吗?

那条友谊链在我的脑海里闪闪发光,我终于怀疑起它的含金量来。

这世上究竟有多少东西可以毫不走样地一代一代地传递下去? 嫡亲的骨肉,长相已不完全像他们的父母。孪生的姊妹,品行可以天壤之别。遗传的子孙,血缘能够稀释到 1/16、1/32。同床的伴侣,脑海中缥缈的梦境往往是南辕北辙。高大的乔木,因为环境的变迁,异化为矮小的草丛。橘树在淮南为橘而甜,移至淮北变枳而酸。甚至极具杀伤性的放射元素,也有一个不可抗拒的衰变过程,在亿万年的黑暗中,蜕变为无害的石头……

人世间有多少不以人的意志为转移的规律,其中也包括了我们最珍爱的友谊。

友情不是血吸虫病,不能凭借口口相传的钉螺感染他人。兵无常势,水无常形。变是常法,要求友谊在传递的过程中,像复印一般的不走样,原是我们一厢情愿的幼稚。

道理虽是想通了,但情感上总是绾着大而坚硬的疙瘩。我看到友情的传送带,在寒风中变色。信任的含量,第一环是金,第二环是锡,第三环是木头,到了 C 与 D 的第四环,已是蜡做的圈套,在火焰下化作烛泪。

现代人的友谊如链如鞭。它羁绊着我们,抽打着我们。世上处处是朋友,我们一天在各式各样友情的旋涡中浮沉。几乎每一个现代人,都曾被友谊之链套牢,都曾被友谊之鞭击打出血痕。

于是我常常在白日嘈杂的人群中厌恶友情,羡慕没有友谊只有利益的世界。虽然冷酷,然而简洁。

到了月朗星稀的夜半,当孤寂的灵魂无处安歇时,我又如承露的铜人一般,渴盼着友人自九天之上洒下琼浆。

现代人的友谊,很坚固又很脆弱。它是人间的宝藏,需我们珍爱。友谊的不可传递性,决定了它是一部孤本的书。我们可以和不同的人有不同的友谊，但我们不会和同一个人有不同的友谊。

友谊是一种易变的东西，假如它不是变得更好，就是不可抑制地变坏了，甚至极快地消亡。有时，在很长一段岁月里，友谊似乎是一成不变的，保持很稳定的状态。这是友谊正在承受时间的考验。

这个世界日新月异。在什么都是越现代越好的年代里，唯有友谊，人们保持着古老的准则。朋友就像文物，越老越珍贵。

友谊是一种生长缓慢的植物，砍伐它只需要一斧一瞬，培育它则需一世一生。当然，也有在刹那间酿出友谊的醇酒的，但那多需要极严酷的环境，或是泰山压顶，或是血刃封喉，于平常人是不大相干的。

友谊说起来是极宽广极忠厚的襟怀，其实又是很自私的。它的不可转让性就是明证。它只是一个个体对另一个个体单枪匹马的承诺，时间地点都有严格的限制，馈赠不得的。

在老家是朋友，到了深圳就不一定是朋友。穷的时候是朋友，富了以后很可能就谁也不认识谁了。小的时候是朋友，老的时候或许形同陌路。不信掏出我们每个人的电话簿，你就会发现，前些年经常联系的友人，现在已不知他们飘零何方。有些人已经反目，我们甚至不愿意再看到他们的名字。

友谊还需滋养。有的人用钱，有的人用汗，还有的人用血。友谊是很贪婪的，绝不会满足于餐风饮露。友谊最简朴同时也是最奢侈的营养，是需要用时间去灌溉的。友谊必须述说，友谊必须倾听。友谊必须交谈的时刻双目凝视，友谊必须倾听的时分全神贯注。友谊有的时候是那样脆弱，一个不经意的言辞，就会使大厦顷刻倒塌。友谊有的时候是那样容易变质，一个未经证实的传言，就会让整桶牛奶变酸。

友谊之链不可继承，不可转让，不可贴上封条保存起来而不腐烂，不可冷冻在冰箱里永远新鲜。

正确地讲，友谊是没有链的，有的只是一个个孤立的小环。它为我们度身而做，就像神话中的水晶鞋，换一只脚就套不进去。它是一种纯粹个人栽植的情感树，树上只结一个果子，叫作信任。

红苹果只留给灌溉果树的人品尝。

别的人摘下来尝一口，很可能酸倒了牙。

男妇产科医生

他坐在我对面,十分庄重。

他是一位男妇产科医生,在这个岗位上已经度过了三十多个春秋,从翩翩少年到德高望重的医学权威。

全中国大约有九万名妇产科医生,其中男医生不到10%。也就是说,在我们广阔的国土上,只有几千名男妇产科医生在这一特殊领域,专心致志地为女性工作着。也许比搞原子弹和航天飞机的人还少吧?

我只能用庄重这个词形容他,虽然我刚开始想用"慈祥"或是"温和"。不,慈祥太衰迈乏力了,而他不但叫人感觉到无惧、可亲,还有一种很内敛的力量蕴涵其中,预备着在危难中给你以期望和能够兑现的光明。

至于"温和"。他毫无疑问是和蔼的,但"温和"似乎太单纯平淡了一些,面对这样一位深谙生死和女性秘密的科学家,你断定自己将得到哲学和生命的启迪。

对话。我的问题时有冷僻和挑战,但他始终是从容不迫和安详的。于是我想,在鲜血淋漓的手术台上,面对泛滥的癌肿,他一定也这般神闲气定。

问:作为一名男性,您为什么挑中了妇产科?好奇还是组织决定?

答:那时我是刚刚毕业的大学生,当实习医生。当征求去向的时候,我填写了外科和妇产科。我比较喜欢外科的手起刀落,更爽快和当机立断,有间不容发的治病救人的成就感。

我在国外研究的时候,看到过麦多先生的一句话。"有两种男人做了妇产科医生。一种是对妇女有一种特殊的敏感和关心的人,另一种则是十分谨慎的人。因为要判断病人是很困难的。换言之,他们处理的每个病例和操作,都不会发生在他们自身。当他帮助病人度过分娩阵痛、卵巢瘤、乳腺癌的时候,他可能存在一定的隔距,因为他知道,他是绝不会蹈此覆辙的。"

我想我是属于非常谨慎的那一类人。但我并不认为医生治病的经验仅仅来自感受。你没有得艾滋病,但你要摸索出治疗它的方法。要是只有得过很多病的人才可以当医生,那么医生早就死光了。

问:随着社会的进步,越来越多的女人要求在手术时,保留她们的子宫。您怎么看?

答:以前的病人很惧怕医生,基本上是医生说什么,她们就服从。但是现在不一样了,病人常常提出她们特别的想法。子宫是一个很不平凡的器官,它既关系到本人的机体,也关系到后代。有没有孩子这件事,会影响女人、男人,甚至上下几代人,娘家婆家……所以这是一个很慎重的问题。我认为,医生不是修理机器的管道工,面对的不仅仅是一个生了病的器官,而是一个完整的、有血有肉和周围有着千丝万缕联系的活生生的人。摘不摘除子宫,我主要是依据病情,综合家庭、生育情况、年龄等等因素。昨天一个病人强烈要求保留子宫,对我说要是切掉了子宫,她就得崩溃……我说,你留下它,就是在身体里埋下一颗定时炸弹。作为医生,我无法答应这种请求。但是你可以到其他医院再看看,听听别的医生的建议。

我的实际意思是——如果你要坚持保留,可以另请高明。因为这也关系到我作为一个医生的原则问题。但话不能那样说,不委婉,对病人太刺激了。当医生的,也应该是语言大师。后来她思索再三,还是接受切除子宫的手术。我不是一个手术狂。切除是破坏,当可以避免或是能缩小它的危害时,我必尽力而为。曾经为一个病人在子宫里切除了二百多个肌瘤,剔出那些大大小小的颗粒,当然比一揽子切除子宫费时费力。操作很麻烦,像在一团海绵状的橡胶里抠除豌豆。这个项目的世界纪录,由英国医生保持着,从子宫里一下切除了三百多个肌瘤,我们还不曾打破它。

问:在医院,谁是中心?病人还是医生,或者护士?

答:现在提倡在医院里,病人是中心。我以为这是一种奇怪的说法。据说医务人员态度不好,可以到消协投诉。这很可笑。医生不能等同于饭店服务员、汽车售票员。他所提供的服务,不是普通的商品,而是一种极为特殊的,和鲜血生命联系在一起的宝贵物质。我在报纸上看到,有的医院开始手术明码标价,这非常可笑。手术是千变万化的,在手术前怎么可能完全预计到呢?

医生作为一个行业,是十分崇高的。当然这并不是看不起普通劳动者。以前那个卖糖的张秉贵老人活着的时候,我常到他的柜台前站着,并不买糖,只是远远地看他举手投足。微笑着向顾客问好,优美地一抄手,把顾客要的糖,一块不多一块不少地抓到秤盘里。那种严丝合缝劲儿,叫你涌出许多感慨,精致的包扎,微笑着送给你……动作的连贯流畅,叫你痛悟工作是一种享受,敬业有一种美丽和庄严。

问:当您在台上做手术的时候,是什么感觉?

答:我渴望手术。那种充满血腥和药气的氛围,极端安静。没有电话、聊天、无关的话题。没有敲门声。不会有人无端地闯进来,用莫名其妙的事干扰你。你全神贯注,被一种神圣感涨满,很纯净,没有丝毫犹疑,就是全力以赴地救治手术单覆盖着的这条生命。主刀的时候,妙不可言。所有的人以你为核心,完全服从你的指挥,没有讨论和敷衍,不扯皮。你甚至是很武断的,像至高无上的船长,其余的人,只是水兵。遇到危险,你必须当机立断,操纵着潜艇,在血泊里航行,威武豪迈,有一种"得气"的感觉。

我觉得"给医生送红包,医生就好好手术,反之,就不负责任"的说法,很难想象,在技术上几乎不成立,因为无法操作。别的行业可能会有一个尺寸,一个波动的范围。给了钱,我就尽心尽力给你办,不给钱,就拖着不办。医生只要一上了手术台,是没有选择的。起码在技术上无法掌握这个幅度。不可能故意不给病人好好做手术,给他点厉害瞧瞧,恰到好处地增添某种痛苦,并不危及他的生命……不,手术远无法那么精确地控制,吉凶未卜,台上什么事都可能发生。

问:对于毫无背景的病人,您能否一视同仁?

答:你说的是关系户吧?在我们的登记卡片上,有一行小小的注释,标明这个病人是某某介绍来的,那个是谁谁的门路。我有的时候很奇怪,怎么几乎所有住院的病人,都能通过各种关系找到内部的人呢?例外也是有的,有时我会在卡片上看到一位老太太,名字下有一片空白,就是说,没有任何人打过招呼,完全是因为病情笃重,自己住进来的。我就说,现在我同你们打招呼,她没有关系,我给她一个关系——就是我。请特别关照。

当然,我也碰到过给首长的夫人做手术,被人反复叮嘱的时候,我只能回答说我会特别当心,不要出什么技术事故。我能做到的就是这些。

问:您当了这么多年的医生,经历了无数的生死,对人生怎么看?

答:我是一个宿命论者。几乎是生死由命的响应者。死和病,都不是可以预防、可以选择的。有的时候,一切人力都无效,生命自有它的轨道。我经常写一些科普著作,当然我在书里不会这样说。我会告诫大家减肥,不要养成某些不良习惯,比如酗酒抽烟等等。但我自己从来不吃什么补品,病人送给我的补品,多转送他人。因为自己不喜欢补,所以也不愿用它送人,时间长了,就生出蚂蚁。我也没有特殊的保健措施,不抽烟,是因为不喜欢那气味。如果接受那味,也许会抽的。我喜欢紧张的活动,白天很忙,几乎没有思索的工夫。我的格言是——紧张有力量。晚上下班回家的路上,是我一天最惬意的时候,骑一辆26型女车,充气不足……

问:是特意不把气打足,还是车胎慢撒气?

答:故意不把气打足。这样骑不快,有利于想事。我的很多文章,都是在路上慢慢酝酿出来的。

问:您提到病人送礼品,您是否经常需要病人的感激?当然我指的不是纯物质上的。

答:我通常不接受病人的礼品,但不绝对。比如一个病人出院几个月后,请我吃一顿便饭,我会接受。从医这么多年,从病人的一个眼神、一个动作,能看出他是否真心诚意感谢你。医生的劳动需要别人的承认和肯定,需要病人由衷的感激。我不喜欢那些表层的感谢之词,哪怕是很贵重的礼物,如果里面没有蕴涵真挚的情感,我也不看重。医生在高强度的生死搏斗中,和病人是战友,他需要病人对花费在他身上的心血和劳动予以理解和敬重。

问:如果有来世,您还会再做医生吗?

答:会。我的两个孩子都不做医生,他们说,不要说自己干,就是从小到大,看着你这般辛苦,看也看得累了。医生每天看到的是痛苦和呻吟,听到的是烦人的倾诉,承担的是责任和压力,医生的工作是很枯燥的。但我会继续做医生,我从这个行业里,学到了很多哲学,懂得了如何尊重人。科学家也许更多地诉诸理智,艺术家也许更多地倾注感情,医生则必须把冷静的理智和热烈的感情寄予一身。

问:我想提一个比较敏感的问题,做妇产科医生,接触的是女性特殊部位。作为男性,是否经受特别的考验?

答:这个问题还从未有人问过我。

在生活中,我是一个和常人一样的男子。当我穿上白衣,就进入了特殊的角色。我是一名医生,我会忘记我的性别,或者说,我成了中性人。白衣有效地屏蔽了世俗的观念,使我专心致志地面对病人。白衣对我有象征的意义,是一身进入工作状态的盔甲。当然,还有一些特别需要注意的规矩,比如,为病人检查的时候,必须有其他女医务人员在场。从来不同病人开玩笑,哪怕彼此再熟,也要矜持把握。

对于女性的生殖系统,当我工作的时候,只把它看作是一个器官,仅此而已。这对一个敬业的、训练有素的医生来说,不是很困难的事。就像一个口腔科医生,让女病人张开嘴,想看的只是她的牙齿,而不是要和她接吻。这些年来,我看过无数的病人,年轻的年老的,好看的丑陋的,妙龄少女或是白发苍苍的老妪……在我眼里,她们都是一样的,都是我的病人。

问:妇产科的男医生,会不会碰到障碍?

答:有些女病人不愿找男医生,这在我年轻的时候,感觉比较明显。现在年纪大了,在大城市里,不成为很大的问题了,我刚当医生的时候,战战兢兢,因为没有经验。但病人把希望寄托在医生身上,使人压力很大。你比她年纪小,初出茅庐,但她依旧毫不犹豫地把你当成上帝。病人把年轻的医生当成长者,把平庸的医生当成圣人。后来有几年,有了一些经验,胆子大一些了。但医生当得年头多了,又战战兢兢起来,感到生命脆弱,责任重大,医生被赋予上帝的角色,但我知道自己不是。好像一个怪圈,又回到了原地。

问:您治疗了多少病人?做过多少手术?

答:不知道。没计算过。有人会精确地计算,有人大略地估计,比如一天大致做了几例手术,一年大约多少天,算出总数。我从来没有计算过。

问:您见过那么多女人,您以为对女人来说,最高贵的品质是什么?

答:(毫不迟疑地)善良。其次是美丽。

问：最后有一个纯属私人的问题，请教于您。我有一位关系密切的女友，各方面条件都很好，大龄未婚。有人给她介绍了一个男友，也是处处优异，工作为妇产科医生。她无法接受，理由是他对女人懂得太多了，没有神秘，就没有幸福。我觉得这有些先入为主，劝她，她说，你又不是那种男医生，你如何知道他们的心。

答：幸福和神秘画等号吗？什么东西最神秘？是肉体吗？我以为最神秘的是人的思想，身体没有什么可神秘的。女人只靠身体的神秘吸引男人吗？当身体不再神秘以后，幸福存在何方？人的感情是最神秘的，有感情才有幸福。

曼德拉的铅笔

女友自南非旅游归来,送我两件礼物。第一件,花锡箔包着,缎带系着,体积圆圆,若二两重的芝麻烧饼。我说,这是什么呢?南非特产?该不是送我这样大的一块钻石吧?

她轻声道,比钻石还要宝贵。

看女友轻柔的样子,好像锦盒之中藏着一只冬眠的蝴蝶。很想把这份神秘感带回家,隔山买牛细细猜测。但时下西风东渐,兴的是当面锣对面鼓地敲开礼物,然后受礼者做出兴奋得昏过去模样,夸张地赞叹,于是主客皆大欢喜。

只好将美丽的包装撕开。一坨晶莹剔透的玻璃芯,果真有一种未知物的标本,静静地潜伏在胆内。绿灰色、丝缕状、螺旋形,有依稀的纤维纹路浮现着,仿佛一圈华贵的水藻,凝固于北极寒冰中。无法判断它的属性。急翻背面的说明签,看到一行触目的英文——BULLSHIT!

无论怎样顾及礼貌,我还是难以掩饰大惊失色。我们常常在电影斗殴里,听到这句粗口,它的大致含意是——粪便!

朋友说:这是野生的非洲大象的粪便。由于象群越来越少,它也成为奇特的纪念品。大象这种地球陆地上最庞大的生物,只因为牙的精美,被人们无穷无尽地猎杀,陷入灭顶之灾。据说大象为了维持自身的安全,它们的牙已缩得越来越短。不知道造化的法则,能否给象族以足够的时间,使它们在人类的枪口击毙最后几对象夫妇之前,让祖传的长牙完全消失?那虽然顿减壮美,好歹保下种群的延续。可怕的是,也许到了下一个世纪,我们的后代会对着这盒标本说,哈!这是什么?……不可能!哪一种动物会有如此粗大的排泄物?必是外星人遗下的无疑!

物种的生命之链,比钻石要宝贵千倍啊。

朋友又拿出一沓照片,指点着给我讲南非的桌山和迷城,讲原名叫作"风暴角",后来为了讨吉利,改叫"好望角"的非洲最南端。讲曼德拉所在的总统山和他曾被监禁的鲁宾岛……你看,这就是总统府啊,很平和的样子,是不是?曼德拉上班的时候,就把一面南非国旗,从办公室窗户里探出来,表示他正在此处理公务,老百姓要是有什么事,可以约了去见他。如果国旗不飘了,说明曼德拉这会儿暂时不在……喏,我把一支曼德拉国度的铅笔送给你。

我接过第二件礼物。它没有包装,裸着身肢,外观同所有铅笔一样,纤细挺秀,掂在手里,却颇有几分重量。前半部很普通,木质包裹着石墨芯,常规模样。后半截却首尾相异,改成塑料造的中空管,管里灌满了南非岩石的碎渣滓,五颜六色,绚丽多彩。一块小小的橡皮头,堵住了塑料管开口处。既是塞子,又可涂擦纠错,保留了古典铅笔的功能。

我捏着铅笔,赞道:很好的纪念品。

女友说,其实这种铅笔最大的价值,在于保护树木。要知道,没有人能把一支传统的铅笔,从头用到尾,分毫不剩。发明了铅笔帽,可能好一点,但还是没法百分之百地利用铅笔。无数木材,就这样被短短的铅笔头吞噬掉了。人们对这个问题,置若罔闻了多少世纪,森林越来越少,今后再不能继续下去了。

分手的时候,女友讲了个小小的细节让我猜。

在南非最大的自然保护区——克鲁格国家公园,我们坐着车观赏野生动物。莽原上出没着犀牛、狮子、大象和豹,是猛兽天堂。我们被严令告知,万不可擅自下车,并签了生死自负的文书。车在广漠的高原行进,不时听到狮啸,一种远古的恐惧,嗖地袭上心头。我看到剽悍的导游手持长枪,略略放下心,问他,如果我们被猛兽抓到,你会开枪吗?

会。他简短有力地答复。

紧接着,导游又补充了一句话。你猜说的是什么?女友问我。

这如何猜?你还是告诉我吧。我说。

那导游说道,当你被猛兽捕获,以免你遭受更大的痛苦,我们将开枪把你打死。我们的规定,不得射杀动物。

蓝宝石刀

一次朋友聚会,来了几位新面孔。席间,有男士谈起自己新交的女友,说是一位美女。于是不但在座的男子几乎全体露出艳羡之色,就是各个年龄段的女人,也普遍显出充分的向往与好奇。

大家纷说,原以为美女都已随着古典情怀的消逝,被现代文明毒死,不想这厢还似尼斯湖怪般藏着一个。众人正感叹着美女的重新出山,突然从客厅的角落里发出了一个声音:美女是有公众标准的,不是你说她是,她就是的。恋爱的人,眼里出西施。

大家诧然复茫然,想想也有理。先别忙着赞叹,到底是不是个真美女,还有待考察商榷呢!

说这煞风景话的男子,看去细而柔的身材,平淡的五官,但并不虚弱,四肢甚至可以说是有力的。

于是有人对那位与美女交往的男子说,带着照片吗?拿出来让大伙看看嘛!既让我们养养眼,也让蓝刀鉴定一下,到底算不算真美女。

我悄声问身旁的朋友,蓝刀是谁?

他指指细而不弱的小伙子说,他就是。

我说,蓝刀——好古怪的名字!江湖上的?武林高手?

朋友说,他是整形外科的医学博士。因为他常用蓝宝石手术刀,所以圈内人称他蓝刀。

美女之友架不住众人的鼓动,从西服内袋掏出一张照片,姿势娴熟。想来是常常观摩的。

彩照,长跑火炬似的在众人手间传递。几位上了年纪的,还掏出了老花镜。好不容易轮到我。姑娘确实美丽,身材相貌都属上乘,起码不逊于时下影视界的靓丽偶像。

照片最后传到蓝刀手里。不知道是巧合还是大伙等着他一锤定音,喧哗的客厅,悄无声息了。

蓝刀只看了一眼。真的,只一眼,我觉得即使从敬业的角度来说,他也该多看几眼的。后来蓝刀解释,一是将别人女友盯住不放,有失礼仪。再是对于老农来说,庄稼长势如何,一瞄足够。

蓝刀说,总体上,还不错。这是一位 17 世纪的美人形象。

大家驳道,美人又不是瓷器,还有时代限制?

蓝刀正言,时间感很重要。比如盛唐以肥为美,杨贵妃就是个双下巴。连那时的菩萨塑像,也个个超重。而 17 世纪的标准美人是:眼要重睑,也就是平常说的双眼皮。鼻子要从侧面看是微微上翘的,万万不能是鹰钩。嘴唇不可太大,更不可太小。上嘴唇较下嘴唇稍薄,反过来就是败笔。左面的颊上有一个酒窝,要是不幸长在右面就要减分。颈部可以有褶皱,但形状一定要好,如同一圈天然的项链……

大家听到这里就大笑说,真够苛刻,难为女人了。有人起哄道,蓝刀,不要光说好的,来点具有专业水准的。那潜台词是期待蓝刀指出这女子的容貌缺陷。

蓝刀以目光征询美女男友意见。小伙子好像也很想长点知识,做出愿意洗耳恭听的模样。

蓝刀说,既然说到专业,我就再发表点意见,学术研究,没有别的意思。若是冒犯了,请多原谅。这位女性的相貌,从照片上来看,一是从发际到下颏之间的距离,应为本人的三个耳朵的长度。以这个比例要求,似稍嫌长了一点。鼻尖、嘴唇中点和下颏点,应为一直线,此为美人非常重要的一个指标。但这位女士鼻尖稍向右偏了一点,于是面部就有了少许不平衡之感。女性好细腰,但并不是越细越好,从美学角度来看,腰围以头围的 1.618 倍最好……

大家哄笑起来,说,蓝刀,闭嘴吧。照你这样算下去,人间真的没有美女了。蓝刀也就不再就该女士发表意见。但由此引出的话题新鲜有趣,整个晚上,蓝刀成了主角。

一位桥梁工程师说,对不起,不是针对你个人。我倒是很有点看不起整容医生的。

蓝刀很沉着地问,为什么呢?

工程师说,虽然你们是医生,却没有急诊。我不是医生,可我知道,几乎所有的科,都有急诊。比如外科,就不必说了。妇产科、小儿科……就连牙科吧,也有。比如你的腮帮子被人打漏了,你就得上口腔医院马上缝。可有谁急诊整形呢? 它是富贵事,可有可无的。

蓝刀说,你说得对,整形外科没有急诊。但是,一个烧伤的病人,你不为他整容,他就无法回到正常的人群当中。你倒是用急诊把他的生命挽救回来,但他自惭形秽,自暴自弃,再也无法挺胸做人。还有,若是他不整容走到街上,月黑风高,谁要是在胡同拐角处突然看到一个满脸焦疤的人,以为遇到了妖怪,惊恐万状,虚脱休克,人道吗?

听蓝刀这么一讲,大家就觉得整容也是社会发展到高级阶段的产物,医学百花中的一朵。

有人问:什么人适宜做整容?

蓝刀清清嗓子说,我先不回答这个问题。我想说的是——什么人不适宜做整容。

蓝刀说,有八种人我是不给他做整形手术的。

第一种人,天天身上带着一面小镜子,无论何时何地都随手把小镜子拿出来,顾影自怜或自惭形秽的人,不做。

大伙忙问,为什么?

蓝刀说,他认为人世间最重要的事就是他的容貌,自信心和尊严都系此一事。这样的人,无论手术做得怎样成功,他都会认为未能达到目的。所以,我不能自找烦恼。

第二,进我诊所,拿着一本或几本时尚导刊,指着封面或是封底的某明星或歌星的大幅照片说,我的要求不高,就是做成她的那个鼻子加上她的那个嘴巴……

大家笑道,这是不能做。无论如何你无法使她满意。

蓝刀叹气道,我心中常常又好笑又生气,便对来者说,你以为我是谁?上帝吗?可惜,我不是。纵使我能把你修理出那规格的鼻子和嘴巴,你可有那样的才气和奋斗?

第三种不做的人是：头不梳，脸不洗，衣冠不整，浑身散发不洁气息……

不等蓝刀说完，大家打断道，这条好似不合情理吧？正是因为某些人的仪表不良，他们才要求整理容貌，你怎么反而拒之门外呢？

蓝刀说，一个人的容貌可以被毁或是天生缺憾。但爱整洁是教养和习惯问题，不仅是对他人的敬重，更是对自己的珍惜。如果一个人没有这份热爱生命的感觉和精心维持，那么，我就是辛辛苦苦地帮他建设了再好的硬件，软件跟不上，还是没良效的。我尊重自己的劳动，我愿把宝贵的精力放到更善待自己的人身上。

大家默然片刻后表示可以接受。接着问，其他呢？

蓝刀说，第四种，凡来人说，我本人并不想来此做什么整容手术，都是我的家人——丈夫或是男友，要我来做的……这样的人，我也概不接待。

大家说，啊，那么绝对啊？

蓝刀说，是。容貌是自己的内政，无论它怎样丑陋，只要自己接受，别人就无权干涉。如果一个人因为惧怕或是讨好，听命于另外一个人，被迫接受了在自己身上动刀动剪动针动线，那是很不情愿和凄凉的事情。我不愿成为帮凶。

大伙频频点头，表示言之成理。

蓝刀说，第五种，多次在就诊时迟到或无故改变约定的人，不做。

大家说，这倒有些奇怪，你又不是兵营。遵纪守时的问题，和医疗何干呢？

蓝刀说，整形手术须反复多次，其中的艰苦和磨难，超乎想象。手术程序一旦开始，又不可中断。你可能把大腿上的皮瓣做好准备移到脸上，但本人突然不干了……所以，纪律性和承诺感不好的人，我不为他做手术。医生精力有限，我不愿在医疗以外的事情上花费太多的时间。

第六种，对同一问题，反复询问，我这次答复了，下次又问的人，我不做。

大家笑道，蓝刀，脾气够大啊。是不是求你做手术的人太多了，店大欺客啊？

蓝刀说，一个人对自己高度关注的事，况且我反复讲过多遍，还记不住,这是记忆问题吗?不是。是信任问题。他不信任我,所以不厌其烦地追问。好像审讯。我虽可理解这种心情,但我不能给一个不信任我的人动手术。无论是对我还是对他,都不愉快。

大家愣了一下,没人再作声,表示尊重一名资深医生对病人的挑剔。

第七种,态度特好或是态度特不好的病患,对医生满口奉承和送礼的病患,表现得特别合作或是特别不合作的病患,概不做。蓝刀一字一顿很慢地说。

大家道,这一条,能顶好几条。情况却大不一样。态度不好不做,明白;但态度特好的也不做,费解。

蓝刀说,他为什么特别殷勤?后面肯定有这样一个假设——如果他不送礼,我就不会尽心尽力地为他手术。他能奉承我,也就能诋毁我,不过是正反面吧。手术是一件充满概率的事情,即使我惨淡经营殚精竭虑,也不可能百战百胜。为了那个无所不在的概率,我要保留弹性。我需要有医生的安全感和世人对"万一"的理解。得给自己留一条后路。

客厅空气一下子变得有点沉重。

该第八种了。也就是最后一种了。沉默半晌,大家提醒蓝刀。

蓝刀说,这一种,简单。凡是手术前不接受照相的人,不做。

有人打趣道,整形大夫是不是和某影楼联营了,可以提成?要不,为什么有这样古怪的要求?

蓝刀道,一个人破了相,不愿摄下自己不美的容颜,可以理解。但是,为了对比手术的效果,为了医学档案的需要,留有确切的原始记录,总结经验教训,都要保留病患术前的相貌。当然,会做好保密的。但是,有些人说什么也不接受这一合情合理的要求。没办法,既然他连面对真实情形的勇气都没有,怎能设想他和医生鼎力配合呢?所以,只有拒之门外了。

蓝刀说到这里,很有一些痛惜之意。

分手的时候,蓝刀热情地说,欢迎大家到我的诊所做客。大伙回答,蓝刀,我们会去的。不是去整形,是去听你说这些有趣的话。

香橙色的双绉
还是
咖啡色的贡缎……

我吁了一口气,
希望燃烧起来……

只是觉得有一种平淡的家常……

阳光
充足得让人想打喷嚏……

因为细节是最有魅力的……

斯特朗的地毯鞋

这是一家老年人活动站,在新奥尔良。一栋简陋的楼房,早先是黑人的旅馆。进得门来,看到的都是白发苍苍的头颅,不论头发下的面孔是何种颜色,头发统是白而暗的。人的头发真是很奇怪,不管它们年轻的时候是黑的、棕的、黄的……到了尾声,一律都变亚白。我问安妮,白色的头发老了,会是怎样?安妮说,它们依旧是白色,但无光泽。

看来,亮度比颜色更说明一个生命的状况。

很多老人在这里活动,有的打牌有的下棋,还有三三两两的谈天健身。一些人聚在一起,听一位年轻的女孩讲解台风的知识。听众多是一些老女人,耳力不佳,年轻的女孩不得不扯着嗓子反复地重复。

老女人们对台风的兴趣,让我感动。我不知道自己到了这个年纪,还会不会对在远方出没的台风,抱有如此新鲜的兴趣。

在这些垂垂老矣的妇人面前,我觉察到了自己对天气的功利。她们不会上班,不会出差。说一句不好听的话,其中的绝大部分人,今生今世再也没有力气走出新奥尔良的橡树荫了。可她们依旧睁大浑浊的眼睛,努力分辨台风经过的途径,痴心地关注着和自己毫不相干的天气,这也许就是人和自然相濡以沫的渊源。

有一棵树,一棵假树,工艺树,做得很逼真,赭的树干,绿的枝条,大约有一人高,摆在活动站很显著的地方。树上挂着很多树叶,当然也都是人造的。每片树叶上写着一些字,或者是一幅小画。比如一片蜡烛形的叶子上写着:记住我有一只大鼻子的快乐的镶满皱纹的脸……然后是抖动的签名。

我问活动站的站长古薇尔女士,这是什么?

她说,这是曾经在这里活动,现在已经去世的老人,从天堂写给大家的信。

我的头皮轰的一声。死人是不能写信的,这是常识。古薇尔女士已经75周岁了,胸膛饱满如同揣着两个大波罗蜜。她步履弹性很好地走来走去,使人无法怀疑她的说法。

新奥尔良一共有20所这样的老年活动站,每年需经费500万美元,经费的来源主要是四方面,联邦政府、州政府、地方政府一共可拨款400万美元。还有100多万美元的"洞",就要靠自筹和社会捐款来解决。今天来活动的老人共有70多位,但有1000多位老人要求将免费的午餐送到家。所以,活动站的工作量很大。我一边听着她的介绍,一边锲而不舍地惦念着那棵有着奇异叶子的树。

古薇尔女士终于讲到了这棵树。噢,是老人们共同栽下了这棵树。每一位老人都知道自己死后,在这棵树上会有一个位置,悬挂自己的树叶。他们会在生前就写下这片叶子,然后保存在自己的亲人那里,如果他们没有亲人了,那就保存在活动站里。当他们去世之后,他的家人就会把他的叶子送来,挂在这里,永远的。大家常常来看望这些叶子,念着上面的话,有很温暖的蒸汽从这些叶子上蒸发出来,进入我们的眼睛……

古薇尔女士这样说着,我就看到她的眼睛湿润起来。哦,我错了,古薇尔女士久经生死,在说这些话的时候,神采飞扬,很为自己发明了这棵沟通生死的树而骄傲。不是水汽进入了她的眼睛,是水汽进入了我的眼睛。

与楼下的喧闹相比,楼上是静谧和安详的,有几位老人在绣花和织毛线,古老的女红的气息从风烛残年的鼻孔呼出,让人走路和说话都变得叹息般轻轻。

旁边有一个小小的橱柜,陈列着老人们的工艺品。一套极其美丽的婴儿装,雪白的翻卷的绒毛,精美的图案让人爱不释手。我很想买下,但偷偷觑见标价,要50美元,囊中羞涩,不敢问津。但我决定斟酌力量,一定买下一件老人们的产品。不单是留作纪念,也为了尽一点绵薄之力。

一双黄色和蓝色毛线织成的地毯鞋。大而柔软,蓬松得如同两只小哈巴狗。虽然我家并没有地毯,我还是把它们买下来。然后我对古薇尔女士说,我能和"鞋匠"照一张相吗?

古薇尔就拉着我向一位老人走去。

她身材瘦小,坐在轮椅中,在身体和轮椅的空隙中,夹着两团大大的毛绒球。她的手指干枯如藤,但依然很有力地操纵着两根毛衣针。上下翻动。在她的身边,摆着刚完成的一只地毯鞋,红黄相间,鲜艳如枫。

她叫斯特朗。今年86岁了,她患糖尿病很多年了,两条腿都截过了,眼睛已近乎失明……古薇尔介绍说。

我这才注意到斯特朗老奶奶轮椅下的"腿",白色的套鞋中,是冰冷的金属,风在她的腿间,毫无障碍地吹过。

斯特朗老奶奶笑着说,很高兴从中国来的客人喜欢她的地毯鞋。她说,那套美丽的婴儿装也是她织的,只是现今年龄大了,有些力不从心,就专门织地毯鞋了。

我抚摸着一位没有脚的老人织出的精美的地毯鞋,心中充满痛彻的谢意。她把自己对脚的期待,织进鞋里了。

地铁客的风格

挤车可见风格。陌生人与陌生人亲密接触，好像丰收的一颗葡萄与另一颗葡萄，彼此挤得有些变形。也似一个民族刺出的一滴血，可验出那个民族的习惯。

到日本，出行某地，正是清晨，地铁站里无声地拥挤着。大和民族有一种喑哑的习惯，嘴巴钳得紧紧，绝不轻易流露哀喜。地铁开过来了，从窗户看过去，厢内全是黄皮肤，如等待化成纸浆的芦苇垛，僵立着，纹丝不动。我们因集体行动，怕大家无法同入一节车厢，走散了添麻烦，显出难色。巴望着下列车会松些，等了一辆又一辆。翻译急了，告知日本地铁就是这种挤法，再等下去，必全体迟到。大伙说就算我们想上，也上不去啊。翻译说，一定上得去的，只要你想上。有专门的"推手"，会负责把人群压入车门。于是在他的率领下，破釜沉舟地挤车。嘿，真叫翻译说着了，当我们像一个肿瘤，凸鼓在车厢门口之时，突觉后背有强大的助力涌来，猛地把我们抵入门内。真想回过头去看看这些职业推手如何操作，并致敬意。可惜人头相撞，颈子根本打不了弯。

肉躯是很有弹性的物件，看似针插不进水泼不进的车厢，呼啦啦一下又顶进若干人。地铁中灯光明亮，在如此近的距离内，观察周围的脸庞，让我有一种惊骇之感。日本人如同干旱了整个夏秋的土地，板结着，默不作声。躯体被夹得扁扁，神色依然平静，对极端的拥挤毫无抱怨神色，坚忍着。我终于对他们享誉世界的团队精神，有了更贴近的了解。那是在强大的外力之下，凝固成铁板一块。个体消失了，只剩下凌驾其上的森冷意志。

真正的苦难才开始。一路直着脖子仰着脸，以便把喘出的热气流尽量吹向天花板，别喷入旁人鼻孔。下车时没有了职业推手的协助，抽身无望。

车厢内层层叠叠如同页岩,嵌顿着。只能从人们的肩头掠过,众人分散在几站才下了车,拢在一起。从此我一想到东京的地铁,汗就立即从全身透出。

美国芝加哥的地铁,有一种重浊冰凉的味道,到处延展着赤裸裸的钢铁,没有丝毫柔情和装饰,仿佛生怕人忘了这是早期工业时代的产物。

又是上班时间。一辆地铁开过来了,看窗口,先是很乐观,厢内相当空旷,甚至可以说疏可走马,必能松松快快地上车了。可是,且慢,厢门口怎么那样挤?仿佛秘结了一个星期的大肠。想来这些人是要在此站下车的,怕出入不方便,所以早早聚在出口吧。待车停稳,才发现那些人根本没有下车的打算,个个如金发秦叔宝,扼守门口,绝不闪让。车下的人也都心领神会地退避着,乖乖缩在一旁,并不硬闯。我拉着美国翻译就想窜入,她说再等一辆吧。

眼看着能上去的车,就这样懒散地开走了,真让人于心不忍。且于是者三。我说,上吧。翻译说,你硬挤,就干涉了他人的空间。正说着,一位硕大身膀的黑人妇女,冲决门口的阻挠挺了上去,侧身一扛就撞到中部敞亮地域,朝窗外等车者肆意微笑,甚是欢快。我说,你看你看,人家这般就上去了。翻译说,你看你看,多少人在侧目而视。我这才注意到,周围的人们,无论车上的和车下的,都是满脸的不屑,好似在说,请看这个女人,多么没有教养啊!

我不解,明明挤一挤就可以上去的,为何如此?翻译说,美国的习俗就是这样。对于势力范围格外看重,我的就是我的,神圣不可侵犯。来得早,站在门口,这就是我的辖地。我愿意让出来,是我的自由。我不愿让,你就没有权利穿越……

北京地铁的拥挤程度,似介于日本和美国之间。我们没有职业的"推手"。

会不会挤车,是考量北京人地道与否的重要标志之一。单单挤得上去,不是本事。上去了,要能给后面的人也闪出空隙,与人为善才是正宗。只有民工才大包小包地挤在门口处。他们是胆怯和谦和的,守门不是什么领地占有欲,而是初来乍到,心中无底,怕自己下不去车。他们毫无怨言地任凭人流的撞击,顽强地为自己保有一点安全感。在城里待久了,他们就老练起来，一上车就机灵地往里走，用半生不熟的普通话说着：劳驾借光……车厢内膛相对松快，真是利人利己。北京的地铁客在拥挤中，被人挤了撞了，都当作寻常事，自认倒霉，并不剑拔弩张。比如脚被人踩了，上等的反应是幽默一把，说一句"对不起，我硌着您的脚了"。中等的也许说"倒是当心点啊，我这脚是肉长的，您以为是不锈钢的吧？"即便是下等的反响，也不过是嘟囔一句："坐没坐过车啊，悠着点，我这踝子骨没准折了，你就得陪我上医院 CT 去！"之后一瘸一拐地独自下车了。

人与人的界限这个东西，不可太清，水至清则无鱼，到了冷漠的边缘。当然也不可太近，没有了界限也就没有了个性没有了独立。适当的"度"，是一种文化的约定俗成。

还是喜欢中庸平和之道。将来有了环球地铁，该推行的可能正是北京这种东方式的弹性距离感。

华尔街的少女

我在华尔街上行走,四周都是身着黑色西装的绅士,面无表情地出入于磐石垒起的证券交易所森冷的铁门。他们的身后,留下美元的脚印。我问翻译,今天的安排是了解美国对女孩的性启蒙教育情况,为什么来到了世界金融的心脏?翻译说,性和金钱其实有着太密切的关系。

走进一座豪华的建筑,机构名称叫作"少女"。一位身穿美丽的粉红色中国丝绸的夫人接待了我们。她晃着金色的头发说,对女孩子的性教育,要从6岁开始。我吃了一惊,6岁?是不是太小?我们的孩子在这个年纪,只会玩橡皮泥,如何张口同她们谈神秘的性?这位美国慈善机构的负责人说,6岁是一个界限。在这个年龄的孩子,还不知性为何物,除了好奇,并不觉得羞涩。她们是纯洁和宁静的,可以坦然地接受有关性的启蒙。错过了,如同橡树错过了春天,要花很大的气力弥补,或许终身也补不起来。

我点头,频频的,觉得她说得很有道理。但是,究竟怎样同一双双瞳仁如蝌蚪般清澈的目光,用她们能听得懂的语言谈性?我不知道。我说,东方人讲究含蓄,使我们在这个话题上,会遇到更多的挑战和困难。不知道你们在实施女性早期性教育方面,有哪些成功的经验抑或奇思妙想?

丝绸夫人说,哦,我们除了课本之外,还有一个神奇的布娃娃。女孩子看到这个娃娃之后,她们就明白了自己的身体。

我说,可否让我认识一下这个神通广大的娃娃?

粉红色的夫人笑了,说,我不能将这个娃娃送给你,她的售价是100美元。

我飞快地心算,觉得自己虽不饱满的钱包,还能挤出把这个负有使命的娃娃领回家的路费。我说,能否卖给我一个娃娃？我的国家需要她。

粉红色的丝绸夫人说,我看出了你的诚意,我很想把娃娃卖给你。可是,我不能。因为这是我们的知识产权。你不可仅仅用金钱就得到这个娃娃,你需要出资参加我们的培训,得到相关的证书和执照,你才有资格带走这个娃娃。

她说得很坚决,遍体的丝绸都随着语调的起伏簌簌作响。

我明白她说的意思,可是我还不死心。我说,我既然不能买也不能看到这个娃娃,但是我可不可以得到这个娃娃的一张照片？

粉红色的夫人迟疑了一下,说,好的。我可以给你一张复印件。

那是一张模糊的图片。有很多女孩子围在一起,戴着口罩(我无端地认定那口罩是蓝色的,可能是在黑白的图片上,它的色泽是一种浅淡的中庸)。她们的眼睛探究地睁得很大,如同嗷嗷待哺的小猫头鹰。头部全都俯向一张手术台样的桌子,桌子上是千呼万唤始出来的布娃娃——她和真人一般大,躺着,神色温和而坦然。她穿着很时尚和华美的衣服,发型也是流行和精致的。总之,她是一个和围观她的女孩一般年纪一般打扮能够使她们产生高度认同感的布娃娃。老实说,称她布娃娃也不是很贴切。从她颇有光泽的脸庞和裸露的臂膀上,可断定构成她肌肤的材料为高质量的塑胶。

围观女孩的视线,聚焦在娃娃的腹部。娃娃的腹部是打开的,如同一间琳琅满目的商店。里面储藏着肝脏、肺管、心房,还有……惟妙惟肖的子宫和卵巢。

我带着一张娃娃被人围观的照片的复印件,离开了华尔街,后来又回国。我没有高质量的塑胶,但我很想为我们的女孩制造出一个娃娃。期待着有一天,能用这具娃娃,同我们的女孩轻松而认真地探讨性。思前想后,我同一位做裁缝的朋友商量,希望她答应为我定做一个娃娃。

听了我的详细解说并看了图片之后,她说,用布做一个真人大小的娃娃？亏你想得出！

我说,不是简单的真人大小,而是和听众的年纪一般大。如果是6岁的孩子听我讲课,你就做成6岁大。如果是16岁,就要身高1.60米……

朋友说,天啊,那得费我多少布料？你若是哪天给少年体校女排女篮的孩子们讲课,我就得做一个1.80米的大布娃娃了!

我说,我会付你成本和工钱的。你总不会要到827块钱一个吧(当天的人民币对美元汇率)?

朋友说,材料用什么好呢?我是用青色的泡泡纱做两扇肺,还是用粉红的灯芯绒做一颗心?

我推着她说,那就是你的事了。为了中国的女孩们,请回去好好想吧。

朋友想的结果是至今那娃娃还没有诞生。她说未曾学过医,对于内脏的分布没有把握。作为娃娃的妈妈,她需要学习,而学习需要时间。有时半夜她会打来电话,说,嗨!我正在想,娃娃的子宫和卵巢,是用香橙色的双绉还是咖啡色的贡缎缝制?

我想想,慢吞吞地说,我建议就用玫红色的棉布吧,柔软而温和。

第 6000 次回答

某机构驻北京办事处的首席代表,是一位外籍女华人。

一次聊天,她说,本公司待遇优厚,事业发展很有前途,因此每次招聘白领,硕士博士云集,真像一句北京土话形容的——可用簸箕论堆撮。好中选优,我的用人标准,非常简单。开始阶段,完全唯文凭是举,而且一定要名牌大学的高才生。

我说,这样做,是否有遗珠之憾?自学成才的也大有人在,俗话说包子有肉不在褶上,路遥知马力,日久见人心啊。

首席代表点头道,你讲的也有几分道理,但现代社会如此快节奏,哪有时间像个老农似的,慢慢考察马的能力?我没有火眼金睛能看穿人的心肺,只有凭借他的历史。如果是匹千里马,早该穿云破雾战功赫赫。馅里藏着很多肉的包子,必会油汪汪香气扑鼻,不能等咬了一口才知道。

名牌大学的学生,当然也非个个金刚不坏,但杰出人才的保险系数大一些。你想啊,重点大学的学生,一般来自重点中学,重点中学来自重点小学……据说一个小学生,大约要考 500 次试。念到博士毕业,便经历了成千上万次考试。都说现在学生压力大,精神负担重,能在大负荷下,成绩优等,不曾考试昏倒,没有长期失眠,精神无分裂,身体未崩溃……不正说明了他毅力顽强,心理素质稳定,是可堪造就的人才吗?

再者,我喜欢名牌大学生的自信和优越感,那是一种从小积攒起来的雄厚功力,和接受了某种训练,培育出的虚张声势型的自信,内在质量不一样。后头这种东西,一般的场合下还可凑合,但到关键时刻,需要大胆魄大气概时,就易溃败崩解。现代商战很残酷,谁能在气势上压倒对方,进退有度,坚持到最后一分钟,才能成为长远的赢家。当然,衡量人的整体素质,是综合指标,但我哪有那么多时间——鉴定?只有忙中取巧,简化约分,把复杂的问题程式化。打仗时,大家挑选勇敢的人。和平年代,人们便用名牌大学这孔筛子,作为人的初步甄别。

我说,您这套观点,和现在的素质教育不符啊。人才应该是一个更广博的概念。

首席代表说,我也是无奈。除了分数,中国现在还有哪种比较公平公开而又负责任的评定指标,可供用人单位参考?国外是有这种标准的。

我女儿和她伙伴,都特别踊跃参加志愿者服务队伍。工作是义务的,没有报酬,但登记处表格摞得天高。孩子们要是得知申请获得接受,被指派了为公众服务的机会,会非常高兴。动机并不完全出于无私的爱心,关键在于活动结束后,用人部门会出示对志愿者能力和责任感的评语。此种经历和得分,对于就业极为重要。

女儿领受任务回家,对着镜子不停地咧着嘴笑。她平常性格内向,不大动表情。那一天,直笑得腮帮上的肌肉都哆嗦起来,好像白天跑了太多的路,睡觉时小腿抽筋一样。我说,艾尼卡,你这是怎么啦?按照中国话说,是吃了笑婆婆的尿了吗?女儿说,妈妈,我被分到一家像迪斯尼乐园样的游乐城,将穿着员工的制服,站在一个岔路口,为游人指路。经过测算,游人从进园,玩到我所站立的地方,有三分之一的人,会有需要方便的念头。虽然标有显著的卫生间指示牌,但仍有很多人会四处张望,向服务人员打听——洗手间在哪里?这个时候,我的工作,喏,就是一边打手势,一边笑容满面地回答:请往这边走。

工作基本就是如此,很简单,很单调,但是必不可少。今天,公园服务总管问我,你知道每天要说多少遍"请往这边走"吗?我说,不知道。总管说,要回答6000遍。这句话,我相信你在说第一遍的时候,会亲切可人,温柔有加。说到1000次的时候,也还算彬彬有礼。但你能保证在每天第6000次重复它时,依旧脸上是真切的笑意,口气中没有一丝厌倦的情绪吗?如果你做不到,现在离开还来得及。

我心中一抽,女儿个性强,能承担如此乏味的工作和持续地善待他人吗?没有把握啊。忙问,艾尼卡,你怎样回答?女儿说,我想这是一个培养爱心、锻炼耐力的好机会,再说为了得到一个就业参考的好分数,就咬牙答应下来了。您没看我正在练习微笑吗?

艾尼卡真的说到做到了。我曾在游乐园快下班的时候偷窥过她,那大概已经是她当天的第 5000 多次微笑了,依旧纯真善良,举止到位,无一敷衍。以至义务劳动结束时,她说,妈妈,我已经忘记如何表示愤怒了。当然,她得到了很好的评语。

听完首席代表的话,我说,您这样一讲,我是又明白又糊涂了。明白的是,艾尼卡是一个好孩子。糊涂的是,既然人的优良品质是培养出来的,这不又和您的天生自信学说矛盾了吗?

首席代表笑起来说,不要钻我的空子啊。天生素质当然最好,如果不具备,就只好退而求其次。好比天然的大虾捕捞光了,人工养殖的也行啊。天才加上训练,就更棒啦!

机场悬红

我和安妮每人得到一沓厚厚的机票本,好似一本有着细腻文字的质地很好的天书。在一个月内,我们要有数十次的飞行,穿梭于美国这块辽阔的大陆。每当我们上天的时候,就从本册上撕下一张来喂给钢鸟,它吃下去才肯驮我们远行。

那一天,要从纽约飞往佛罗里达。头晚看天气预报,电视画面上一个巨大的涡旋,铁环似的掠过美国的南部。心房乱颤起来,怕浓烟滚滚的台风,搅乱了我们精确设定的日程。第二日,早早地便起床了。我至今还保持着一个糟糕的习惯——每当要出远门的时候,心就无端地惴惴,好像要有什么祸事即将发生。早先窃以为自己具有神秘的第六感,能预知未来。后来屡屡失算,才晓得不过是杞人忧天,没多少准头。这一次,异国他乡的,但愿我那脆弱的直觉,早就因为水土不服昏睡过去了,此刻只是从未出过远门的乡下农妇式的多疑。在狠狠地自我批评之后,心中方稳定一些。

吃了早餐,在饭店大堂等待出租汽车到来的时候,有一个短暂的空隙。我迟疑着对安妮说,有一个小小的请求,不知当不当说。安妮非常体贴地说,毕老师,你有什么想法尽管提。如果是合理的,我做得到,我会尽力。如果我做不到,我会坦率地告知你。这就是我的工作,你不必客气。

我说,安妮,你说得这样诚恳,那我就直说了。我在纽约待了这许多日子,走访了很多非常重要的机构,受益匪浅。但是,我没有到过任何一家博物馆,甚至,连自由女神也没见上一面。今天就要走了,博物馆自然是来不及了,等以后再有机会到美国来时弥补吧。我不知今天我们到机场的路上,能否看到自由女神?如果不顺路,可否和司机商量,请他绕道,让我一睹自由女神的丰采?

安妮思忖片刻道:我很愿意帮助毕老师满足这个心愿,但要看出租汽车司机是否答应。因为机场与女神并不顺路,要特地拐往自由岛,需要足够的时间。再者,因为这是你个人的额外要求,需要你自己支付这一部分的车费。

我说车费我可以出。

剩下的事,就是盼望派来的出租汽车司机是个爱赶早的人,有事好商量的人。在某种程度上,是一个爱赚小钱的人,为了挣我多付出的那一部分车费,愿意额外绕路。

司机来了。一个高大的黑人。安妮说了我们的要求。他点头答应了。于是我成功地看了一眼自由女神。这一眼,价值12美元。

到了机场,时间已很紧张。我们推着行李,好不容易排到柜台跟前,方被告知预定的航班被取消了。

我说,是不是因为台风?

安妮说,不是。是因为罢工。

罢工在我们的字典里,一直是个正面的词汇。比如安源煤矿大罢工、京汉铁路大罢工……都是劳动人民扬眉吐气对付资本家的有效手段。现在可好,我作为普通民众,领略了罢工的厉害。

怎么办呢? 安妮说,因为我们的安排十分紧凑,今天必须赶到美国最南端的基纬斯特岛。所以,只有改签其他航空公司的飞机。于是安妮同机场的工作人员交涉。

在中国,机场工作人员基本上都是年轻人,俊男靓女手脚灵便。态度不一定好,但耳聪目明是没问题的。如果他不搭理你,那是他成心冷落你,并非是反应迟钝。但在美国,机场工作人员中,实在是不乏步履蹒跚耳聋眼花的大爷大妈。态度不错,但效率甚慢。安妮交涉了很久,当值的黑人老大爷愁肠百结的样子,不是他不愿帮我们换航班,而是在浩如烟海的航班中,他找不出合适的方案。最后,他把硕大的头颅摇得风摆荷叶,苦笑着起身找来了一位女士。好像是他的上级。

我嘘了一口气,希望燃烧起来。这是一位穿着非常合体的黑人女士。我想,一个女人,可以把统一发放的制服,收拾得这般妥帖精当,想必她在处理其他事务的能力上,也有过人之处。果然,她飞速地击打着电脑键盘,一会儿工夫就很利索地安排好了我们新的航班。只是,要到另外一个机场去,而且,时间很不宽裕了。

我拎着箱子就想飞跑,不料安妮依然沉着同她交涉,甩我在一旁焦急。机场女士认真地听着安妮的陈述,间或有一两句插言,好像在讨论和争辩。最后,看来是和安妮达成了某种协议,大家友好地告别。

我问安妮,有什么麻烦吗?看你寸土不让的样子。

安妮说,我在索赔呢。

我说,索什么赔?不是已经安排好了新的航班了吗?

安妮说,我要求了四项赔偿。

我吓了一跳,心想,人家没误了咱今天的航程,感谢都来不及。天灾人祸,有什么办法。还赔偿,且是四项,真有本事。

安妮说,第一条,因为我们马上要赶到另一家机场,这里需支付咱们的出租汽车费。第二条,现在就要到吃午餐的时候了,按照原来的安排,我们的这顿午餐是在飞机上免费享用的,现在由于你们的失误,让我们不得不自己支付午餐费,所以,要给补偿。第三条,我们的朋友已经在目的地准备接站,现在打了电话通知他们改变时间,这笔电话费,应由你负责。第四条,这边的行李搬运出机场和到达那边机场后的行李搬入以及小费,都是由于你们的责任造成我方的额外付出,所以,你们也要补偿……

我先是目瞪口呆,然后是心悦诚服,最后是感叹不已。我说,那个美丽的女人把这一笔笔的钱,都给你了吗?

安妮说,OK!只是因为午餐的数量难以衡量,她给了我两张机场餐厅的免费用餐券,再有出租汽车费用也不好确定,她安排机场的车送我们。至于其他的钱,都已打入我的信用卡,等一会儿,由我来支付这些费用。

我颇多感慨。想起在国内多次被延误航班的经历,蜷缩在大厅的地上苦苦等候。记忆中最好的一次待遇——无端的8个小时的苦等,凭着机票排队。一位面无表情的小姐,在机票上狠狠地打了一个勾之后,我领到了一小瓶矿泉水。又一想,古话说他山之石,可以攻玉。只怕他山之玉再美,但石头顽固,久攻不下。

吃了机场的午餐,坐着机场的车,到了新的机场。在候机的队伍里,突然看到一男子龇着牙向我们友好地笑。我说,安妮,他好像认识我们。安妮说,是啊,刚才他也在那个机场候机,也被改签到这里了。同病相怜,狭路相逢,所以微笑。

我说,你问问他得到了多少赔偿?

安妮问过之后,对我说,他一项赔偿也没有得到。因为他没要求,人家给他签了字,他就扭身走了。

于是,我就坐在机场宽大的皮椅子上呆想。原来,这他山之玉,也并非那么玲珑剔透,也有看人下菜碟一说,遵循的是"告诉了才处理"的原则。如果没有安妮的据理力争,我们也是两手空空。想想,不禁又生疑虑和悲哀。当然我不知道那位未获得丝毫赔偿的先生,是否真的不需要赔偿,单从他悻悻的脸色来看,似乎也有不满。消费者的利益,能否从商家那里得到充分的保护,看来和自我的捍卫能力有很大的关联。

下了这一趟飞机,换乘的时候,听到机场的播音员用很焦灼的声音,一遍又一遍地播送紧急通知。我问安妮,是不是台风的消息?我们今夜能否平安到达基纬斯特?

安妮笑说,毕老师,咱们要不是今晚必须到达基纬斯特,眼下倒是有一个发一笔小财的机会。

我说,讲来听听。

安妮说,刚才的通知是:此地有两个人急着要到基纬斯特岛去,但今天的小飞机已经满额。那二人悬红说,如果谁愿意把飞机票出让,他们愿意以每席250美元酬谢。并负责出让者今晚明晨在这里的宿费餐费。

一个很有趣也很有用的方法。冥思苦想搜索记忆,在我的经验中,国内的机场,从未有过这样的悬红方式。当我们被告知某班的机票售罄,除了自认倒霉就是找领导或是熟人,看有无后门可开。如果没有,就无计可施了。其实乘客的情况千变万化,有的人十万火急,须立即到某地去,有的人却优哉游哉,早一天晚一天无所谓。如果能以时间换金钱,去留两相宜,何乐而不为? 只是,我们的机场广播员肯播出这样的启事吗?

播音员念了一遍又一遍……后来,突然就不念了。

待我们坐上飞往基纬斯特的小飞机时,我好奇地张望了一下周围。不知道那两个有急事的人,是否已换到了这架飞机上?他们会是坐在我身旁的这两位喜气洋洋的男子吗?

全职主夫

早上,告别伊利诺伊州的小镇,出发到芝加哥去,我和安妮要到附近车站乘大巴。从小镇到距离最近的罗克福德车站有一个半小时的车程。真够远的了。我们在岳拉娜老奶奶家吃了早饭。安坐着等待车夫到来。沿途的接送都是由志愿者负责,今天我们将有幸见到谁?

几天前,从罗克福德车站到小镇来的时候,是一对中年夫妇接站。丈夫叫鲍比,妻子叫玛丽安。他们的车很普通,牌子我叫不出来,估计也就是相当于国内的"夏利"那个档次。车里不整洁也不豪华,但还舒适。我这样说,一点也没有鄙薄他们财力或是热情的意思,只是觉得有一种平淡的家常。

丈夫开车,车外是大片的玉米地。玛丽安面容疲惫但很健谈,干燥的红头发飘拂在她的唇边,为她的话增加了几分焦灼感。我说,看你很操劳辛苦的样子,还到车站迎接我们,非常感谢。

玛丽安说,疲劳感来自我的母亲患老年性痴呆14年,前不久去世了。都是我服侍她的,我是一名家庭主妇。我知道陪伴一名老人走过她最后的道路是多么艰难的过程。母亲去世了,我一下子不知道干什么好了。照料母亲成了我生命的一部分。现在,我干什么呢?虽然我有家庭,鲍比对我很好……

说到这里,开车的鲍比听到点了他的名,就扭过头,很得意地笑笑。

玛丽安说,孩子也很好,可这些都填补不了母亲去世后留下的黑洞。这一段经历,我不想让它轻易流失。你猜,我选择了怎样的方式悼念母亲?

我说,你要为母亲写一本书吗?这的确是我能想出的最好的悼念母亲的办法了。玛丽安说,不是每个人都有能力写书的。我想出的办法是竞选议员。

我的眼睛睁圆了。当议员可比写书难多了,不由得对身边的玛丽安刮目相看,议员是谁都当得了的?这位普通的美国妇女,消瘦疲倦,眼圈发黑,看不出有什么叱咤风云的本领,居然就像讨论晚餐的豌豆放不放胡椒粉那样,淡淡地提出了自己的宏大理想。玛丽安沉浸在对自我远景的设计中,并未顾及我的惊讶。她说,我要向大家呼吁,给我们的老年人更多的爱和财政拨款。服侍老人不但是子女的义务,而且是全社会的代价高昂的工作。这不但是爱老年人,也是爱我们每一个人。我到处游说……

我忍不住问,结果怎么样?你有可能当选吗?玛丽安一下羞涩起来,说,我从没有竞选的经验,准备也很不充分。当然,财力也不充裕。所以,这第一次很可能要失败了。但是,我不会气馁的,我会不懈地争取下去,也许你下次来的时候,我已经是州议员了。

玛丽安说到这里,鲍比就把汽车的喇叭按响了。宽广的道路上没有一个人,也没有任何险情,喇叭声声,代表鲍比的喉咙,为妻子助威。我对玛丽安生出了深深的敬佩,怎么看她都不像是一个能执掌政治的女人,但是谁又能预计她献身政治后的政绩,不是辉煌和显赫的呢?因为她的动机是那样单纯和坚定。

有了来时和这位"预备役议员"的谈话,我就对去时与谁同车,抱有了浓烈的期待。

车夫来了。一个很高大而帅气的男子,名叫约翰。一见面,约翰连说了两句话,让我觉得行程不会枯燥。第一句话是:出远门的人,走得慌忙,往往容易落下东西,我帮你们装箱子,你们再好好检查一下,不要遗漏了宝贝。在他的提醒下,我迅速检点了一番自己的行囊。乖乖,照相机就落在了客厅的沙发上。在整个美国的行程中,我只这一次丢了东西,还被细心的约翰挽救了回来。约翰的第二句话是:你的箱子颜色很漂亮。它不是美国的产品,好像是意大利的。我惊奇了。惊奇的是一个大男子汉,居然在记忆中储存有关女士箱子的色彩和款式的资料,并把产地信手拈来。我说,谢谢你的夸奖。你对箱子很了解啊。能知道你是做什么工作的吗?我猜想他可能是百货公司的采购员。

约翰把车发动起来,他的车非常干净清爽。他一边开车一边回答:我的工作吗，是足球教练。

我自作聪明地说：赛球的时候走南闯北的，所以你就对箱子有研究了。约翰笑起来说，我这个足球教练，只教我的三个孩子。我有三个男孩，他们可爱极了。他说着，竟然情不自禁地减速，然后从贴身的皮夹里掏出一张照片，三个如竹笋一般修长挺拔的孩子踩着足球，笑容像新鲜柠檬一样灿烂。约翰说，我的工作，就是照顾我的三个孩子。我接送他们上学，为他们做饭，带他们游玩和锻炼。我的邻居看到我把自己的孩子带得这样好，就把他们的孩子也送到我这儿训练，我就多少挣一点小钱。但绝大多数时间，我是挣不到一分钱的，因为我不好意思领工资，我是全职的家庭主夫啊。

我赶快把自己的脸掉向窗外，因为我无法确保自己的五官，不因巨大的愕然而错位。令我惊奇的不仅是这样一个正当壮年的健康男子，居然天天在家从事育子和家务劳动，更重要的是他在讲这些话的时候，那种安然的坦率和溢于言表的幸福感。我从来没有见过一个男子说到自己的职业是——家庭主夫时，如此的心平气和。

我变得小心翼翼起来。我怕我不合时宜的语调，出卖了我的惊讶。我说，你的妻子是做什么的？约翰说，法官，她是法官，在我们这一带非常有名气。我说，那你这样……没有工作，对不起，我的意思是在家里……的工作……她心理平衡吗？

约翰很有几分不解地说，平衡？她为什么不平衡呢？这是一种多么好的组合！她喜欢她的孩子，可是她要工作，把孩子交给谁来照料呢？当然是我了，她才最放心。

话说到这个份上，我顾虑再追问下去，是否有些不敬，但我实在太想知道答案了，只好冒着得罪人的危险说，要是您不介意，我还想问问，您心理平衡吗？约翰说，我？当然，平衡，我那么爱我的孩子，能够整天和我的孩子在一起，我是求之不得的。世上不是每个男人都有这样的福气的。他们不一定能娶到我夫人这样能干的女子，我娶到了，这是我天大的运气啊！

交流到这个程度，我心中的问号基本上被拉直，变成惊叹号了。我只有彻头彻尾地相信，世界上有一种非常快乐的家庭主夫生活着，绽放着令世界着迷的笑脸。

到了车站,当我和安妮把行李搬了下来,和约翰友好地招手告别,突然安妮一声惊叫:天啊,我的手提电脑……落在岳拉娜家了!

　　那一瞬,很静。听得见枫树摇晃树叶的声音。从车站到我们曾经居住的小镇,一来一回要三个小时,约翰刚才还说,他要赶回去给孩子做饭呢!我们看着约翰,约翰看着我们。气氛一时有些微妙和尴尬。临行之前,他再三再四地叮嘱我们,现在不幸被他言中,现在距离吃午饭的时间非常近了。

　　约翰是很有资格埋怨我们的,哪怕是一个不悦的眼神。出于不得不顾及的礼节,他可以帮助我们,但他有权利表达他的为难和遗憾。

　　但是,没有,他此刻的表情,我真的无法形容,原谅我用一个不恰当却能表达我当时感觉的词——他是那样的"贤妻良母",真正的温和温暖的笑容,耐心而和善。好像是一个长者刚对小孩子说过:你小心一点,别摔倒了。那孩子就来了一个嘴啃泥。他的第一个反应不是埋怨和指责,而是本能地微笑和照料。他很轻松地说,不要紧。出门在外的人,这样的事情常常发生。你们不要着急,我这就赶回小镇。照料完我的孩子们的午饭,我就到岳拉娜家取电脑,然后立即赶回这里。等着我吧。在这段时间里,你们看看美丽的枫树。只有伊利诺的枫树是这样冷不防地就由黄色变成红色的了,非常俏皮。离开了这里,你就看不到如此美丽的枫树了。

　　约翰说着,挥挥手,开着车走了。我和安妮坐在秋天的阳光下,看着公路上约翰的车子变成一只小小甲虫,消失在远方。我们什么也不说,等待着他亲切的笑容在秋阳下重新出现。

海明威的最后一分钱

基纬斯特是美国本土最南端的一个小岛。东西长约5.5公里,南北宽约2.5公里。像一条胖而舒适的卧蚕,睡在蔚蓝的海中。战争年代,由于基纬斯特独特的地理位置,这里是兵家必争之地。

我选择到基纬斯特一游,不是因为战争。或者说,也是因为战争——一位擅长描写战争的伟大作家曾在这里生活过,他就是欧内斯特·海明威。

半个多世纪以前,名声初起的海明威,厌倦了大城市的繁华生活,想换换口味。小说家约翰·帕索斯向他推荐了佛罗里达州的小岛基纬斯特。这个岛距美国大陆的距离比离古巴的距离还要远。地处墨西哥湾和大西洋交汇的水域,岛上长满了红树林、棕榈、胡椒、椰子、番石榴……天空飞翔着蓝色和白色的海鸟,云彩堆积着,巍峨得好像奇异的山峦。海水由于深邃和清澈,变得近乎紫色,赤红色的水母遨游着,和天边的霞光呼应,构成了诡异的光柱。岛上居住着西班牙和古巴的渔民,是早年捕鲸人的后代,民风淳朴。海明威欣喜若狂地说,"这是我到过的地方中最好的一个。我一点也不留恋大城市的生活。纽约的作家,那都是装在一个瓶子里面的蚯蚓,挤在一起,从彼此的接触中吸取知识和营养,我想躲开他们。"

基纬斯特岛的确非常美丽,让人沉醉而迷惑。但我想不通,在如此妖媚的阳光下,海明威哪里来的心境去描写流血的战争?我有个不登大雅之堂的心得,总觉得作品是某种地理时空的产物,就像野菊花是旷野和秋天的合谋。可能为了迅速纠正我的谬误,夜里,就让我见识到了一场加勒比海骇人的风暴。暴烈的阴云和能够置人于死地的狂雨让我明白了这里的天空和海洋,可以比拟任何战争与和平。

海明威在这个小岛上,写下了《永别了,武器》《午后之死》《胜利者无所获》《非常青山》《有的和没有的》《第五纵队》《西班牙的土地》以及《丧钟为谁而鸣》的一部分……这些小说,凿成一级级花岗岩阶梯,送海明威到达了不朽的山巅。

海明威来到基纬斯特定居以后,先是住在西蒙通街,后来搬到了怀特理德街907号,现在对游人开放的就是907号故居。它坐落在一条短短的安静的小街上,回想半个多世纪以前,这里一定更为清冷。宽大的庭院,一栋白色的二层楼房。绿得不可思议的树和曲折的小径。走进故居,首先接触到的是无数只猫以豹子般勇敢的身姿,在你脚下乱箭般窜动。这可能是世界上最无人管教的家猫了。还有一些猫不成体统地睡在小径的中央,袒胸露乳放荡不羁。刚开始我几乎以为它们是死猫,它们委实睡得太沉醉了。别看这些猫其貌不扬(以我有限的知识,觉得它们是一些平凡的猫,绝无名贵之种),但它们的血统直接来自海明威当年豢养过的猫,个个是正牌后裔。它们气定神闲为所欲为,赋予海明威故居以勃勃生机。它们是大智若愚的,对所有的访客不屑一顾,心知肚明自己的祖上,才是这厢真正的主人。

我在海明威的故居内轻轻地呼吸。

这套房子是海明威的第二任妻子波琳的叔父于1931年送给波琳的礼物,海明威在这里生活了8年。原先是座西班牙风格的古典建筑,年久失修,门槛腐朽,墙皮脱落,房顶和窗户也有很多破损。海明威着手组织工匠把房子从里到外来了个大改造。这不是项小工程,尤其是设计方案,有很多是海明威自己完成的。

现在看起来,这是一套舒适而井然有序的房子。我原来以为海明威的写作间是阔大的,按照房屋的规模与格局,他完全有能力为自己做这样的安排。室内的陈设,估计很可能是凌乱的。但是,我错了。工作间异常整洁,面积也不算很大。铺着黄色的木质地板,齐胸高的白色书架靠在墙边,古典的西班牙式的圆形写字台摆在地中央,阳光充足得让人想打喷嚏。在介绍海明威的书籍里,写着海明威习惯站着写作,他常常把打字机放在书架的最上一层。但在海明威的故居中,我看到的打字机还是规规矩矩地放在写字台上。

海明威还有一个我觉得很女性化的小习惯，就是爱收藏小动物玩具。比如铁乌龟，背后插着钥匙的玩具熊，小猴子和长颈鹿造型的小工艺品……我在一些名人故居看到的经常是名贵的收藏品，显示着主人的身份。但是，海明威不是这样的，他让人看到的是一个大作家的率性和真实。

让我特别留下印象的——是海明威孩子的卧室，地砖的颜色如同韭黄般鲜嫩。解说员告知，这间房屋的设计是海明威亲自完成的，铺地的材料，是海明威专门从法国订购来的。

我偷偷笑笑。平心而论，和整套住宅华贵精致的风格相比，海明威为自己的孩子所设计的卧室，谈不上出色。不敬地说，甚至有支离破碎的堆砌之感。但我想，他一定是倾注了极大的爱心，单是把那些颜色暖亮得如同咸鸭蛋黄的瓷砖，颠沛流离地运到这个小岛屿上来，就让人的心情从感动演化成嫉妒。不是嫉妒海明威的富有，是嫉妒那孩子所得到的眷爱。

海明威的庭院里，有一座露天游泳池。出门就是天然浴场的岛屿，从咸水的怀抱里掬出一座淡水游泳池，即使在今天，也是奢侈。更不消说，海明威是在半个世纪以前，一举完成此项工程。那时，这颗淡绿色的葡萄，是整座岛上的唯一。

在更衣室和游泳池之间的水泥地上，有一块灰暗的玻璃，落满了尘土。解说员将浮尘拭去，让游客看到一枚硬币镶嵌在水泥中央。由于年代的久远，币面显出苍老的棕绿。

这就是那著名的一分钱了。在观光手册上写着，"海明威曾用两万美元修建这座全岛唯一的淡水游泳池。他说过，要用尽最后一分钱来建造。他做到了，于是在完工的时候，他就把自己的最后一分钱，镶嵌在了水泥地上。"

浪漫而奢华的故事。海明威一掷千金为博红颜一笑，有点帅哥的味道。我却多少有些不明白。既然是求奢华享受，就不要这样捉襟见肘。就算捉襟见肘，也不要公告天下。就算要公告天下，也要做得好看一些。这枚锈绿的硬币，歪斜着，尴尬着，好像一张肿了的苦脸。

我把自己的想法对解说员谈了。那是一个被热带阳光晒出一身麦黄肤色的青年。他说，自己祖居基纬斯特，对海明威很了解。

那一分钱的真相是这样的。他陷入了沉思。

海明威的妻子波琳执意要建造岛上第一座淡水游泳池。在她,这不但是一种享受,更是一种地位和财富的象征。海明威出于爱,答应了这个请求。家中当时并非富有,两万美元不是一个小数字,海明威抖空了钱袋的缝隙。施工很混乱,预算一再突破。有一阵,几乎要半途而废。海明威殚精竭虑,把最后一分钱都榨了出来,才艰难地完成了这座划时代的游泳池。为了表达这份艰窘和来之不易,海明威把一枚硬币镶嵌在这里。

海水拍打着珊瑚礁。往事已经湮灭在不息的浪花之中。我不知道在众多的海明威传记当中,还有没有更权威更确切的说法,关于这一分钱,关于这个来之不易的游泳池。

从故居走出,我们在海明威生前最爱去的那家酒吧,点了一种海明威最爱喝的酒,慢慢呷着。我想,我愿意相信解说员的解释。因为他那麦黄色的皮肤,是一个强有力的注脚。从依然明亮的瓷砖到早已暗淡的游泳池,我在那座葱绿的院子里,除了记住了海明威旷世的才华,还感受着他的率真和独特的个性。

消音器和指示针

在美国的一些心理机构访问,礼节性的交谈之后,我总是提出实地参观一下他们的心理辅导室。

让人意外的单面镜

美国的心理服务机构,一般都会很热情地满足我的要求。有的时候,他们也会很抱歉地说,对不起,我们的心理医生正在工作当中,不能打扰他们,咱们只能在心理辅导室的单面镜后面看一下。

单面镜这种东西,在一般人的印象中似乎不怎么好,多半和鬼祟与阴谋联系在一起。人们通常是从间谍影片中认识单面镜的。一个男人,对着镜头刮胡子,龇牙咧嘴的,做着一些只有一个人独处的时候才有的怪样子,甚至干脆自得其乐地挤出一泡尿……待观众们看得云山雾罩,镜头才缓慢地摇移,出现了一块晶莹的玻璃,在玻璃的这一面,聚结着一伙居心叵测的人,正在仔细地研究刚才那个人的一举一动一颦一笑。观众们这才猛然省悟,原来隔开双方的不是一块普通的玻璃,而是单面镜。单面镜的奥妙就在于被观察的那一方,完全无知无觉,以为是面对真空,但实际上,他的所有活动都被众多的火眼金睛所监测。

和单面镜打过一次交道。某方邀请专家组讨论问题,我也忝为一员。记得意见分歧较大,争论煞是激烈,场上两方,各不相让。战火中,突然款款进来一位小姐,托着一个精致的盘子,盘子上有一封折叠的信。会议的主持者打开了信,看着。那一瞬,所有的舌头都被冻住,视线都被这个奇怪的纸条锁定。主持者看完纸条说,讨论就进行到这里,因为领导层已经清楚了大家的看法,觉得很受启发。他们的意见倾向于某一方面,希望大家沿着这个方向,再进一步地深入下去。

领导层发了话,原先的争论就打住了,大家就新的问题再起唇枪舌剑。领导的倾向,正是我所坚持的那个方向,按说己方意见受到了重视,该是高兴的。但那天,我精神萎靡,继续讨论的兴趣散失殆尽。总在想,场外的领导,是怎么知道场内的情形的?在会议过程中,并没有任何一个人走出过会场啊。

怀揣种种猜测的,绝非我一人,证据是后来的讨论,全都心不在焉。疑问像铁钩,坠着大家的肝肠。会议结束后,不知道是主办者为了答疑还是偶然,把与会人员带到了相邻的房间。一进门,大家全都噤了声。一面和墙壁等宽等高的单面镜,矗立在刚才研讨的那间房子和现在这间房子中央。只允许光线单方面地进出——从这面看那面,洞若观火,千变万化尽收眼底。从那面看这面,铁壁合围,渺无声息波澜不惊。

与会的诸君,面面相觑,什么也没说。看来不是没什么好说的,是不知如何说好。锲进来的一扇单面镜,就好像夜半有一只猫头鹰,悄然地打量着你,那感受令人不舒服。也许,暗中的窥探引发的不安全感,来自远古的忧患,和这面高科技的镜子本身并无太大的关联。

还是回到美国的心理辅导室吧。我们凑到单面镜前,看到在室内坐着若干人,围成一圈,正在说着什么。临床心理医生介绍道,这是一个专为忧郁症病人开设的小组,他们每周活动一次,已经有几个月了。我一边观察,一边低声问道,哪一位是组长呢?临床心理学家笑起来说,您不必那么小心。这里的隔音设备是一流的,我们可以非常清晰地听到他们的对话,但我们无论怎样喧哗,他们是听不到的。至于谁是组长,我先不告诉您。请您不妨猜猜看。

我看到一个中年男子,神采奕奕,腰背挺得笔直,就指点着说,他大约是组长吧。

临床心理医生笑起来说,错了。他不是组长,他是组员。我要把你猜错的结果告诉我的同伴,也就是真正的组长。这说明他的小组的治疗是很有成效的。是的,这个人已经从忧郁的状态中走出来了,不但你看着他不像个病人,我看也不像呢。

我说,那么谁是真正的组长呢?

临床心理医生指着一个人说,他就是。

从单面镜后面看过去,只见那个人眉头紧锁,面容忧戚,肩膀下垂着,嘴角抿得紧紧。

我说,这个组长的神情倒是很像个忧郁症患者呢。

心理医生说,他一投入工作,就是这副神情。我们也常常说他,在你的小组里,你是最像忧郁症的一个人了。这也许正是他的敬业。

临分手的时候,我问,辅导室有单面镜这件事,你们告知来访者吗?

心理医生回答,我们告知他们。我们说这个设备对你们的治疗是有利的。每次做治疗时,我们都有督导在镜子这面观察,每隔一段时间,治疗师都要从室内走出来就治疗过程与督导探讨,这样对治疗有很大帮助。而被治疗者,刚开始或许有些顾忌,但随着治疗的深入,很快就进入情况,忘记了镜子的存在了。

我的一颗心这才放下来。

美妙的消音器

我在美国所见到的心理辅导室,房间都不很大,甚至可以说是相当狭小的。屋内陈设简单,一般只有两只低背的沙发,彼此呈45°角摆放着,中间没有茶几阻隔。有几个柔软的棉布垫子散乱地放在一边,有家的温暖的味道,但并不过分的温馨豪华。有一个朴素的花瓶,有一点并不喧宾夺主的花,不是很鲜艳,但绝对是生机勃勃的。墙壁的颜色很柔和,但没有很多的装饰品。灯光是属于明亮偏暗的那种,清静而不炫目。门窗的密闭性能很好。总之,所有的陈设都有一个基本的出发点,那就是简洁宁静亲切而富有人性,适宜进行推心置腹的谈话。

后来我还到过一家有着多位心理医生的诊所。在每间辅导室的地面,都有一个类似蚊香盒的东西。一般摆在门后,塑料的外壳,看得出是个电器玩意儿。我问,这是什么?

主人说,这是消音器。说着,就把它打开了。原来,这是一架录好了某种特定声音的小仪器。打开来,拨到不同的频道,它就可以发出特定的声音。比如,类乎鸟鸣,类乎溪水,类乎风声……音量不大,音色柔和,尽职尽责并持之以恒。

为了让来访者最大限度地得到安全感,谈话开始之前,心理医生会征询来访者的意见,是否需要打开消音器。如果需要,消音器的声音就会在整个谈话期间,弥漫在小小的辅导室内。这样,会让来访者更安心,觉得即使有什么人有意无意地从门外偶然走过,听到的也是经过干扰的声音,谈话的内容就更加私密了。

五颜六色的指示针

我还看到辅导室外的门框上,有一组五颜六色的指针。有点像国内生产的晾晒毛巾的架子,聚拢起来是一把,散开来就像伞骨。

我问,这是干什么用的?

主人明显地兴奋起来,说,这可是我的专利。你知道,我们这里有若干位心理医生,但是并没有那么多相应的心理辅导室。就是说,每个人的工作场所是不固定的。我们这里工作繁忙,经常有来访者预约或是突发情况,都需要精确地知道某位医生此时此地在做什么。但心理辅导中有一条规则是很严格的,那就是医生在和来访者交谈的时候,不可打扰。为了来访者的利益,这是非常必要的。一边是不可打扰,一边是需要知道医生的状态,是个大矛盾。怎么解决呢?我就发明了这组指示针。我请每个医生为自己挑选一根针,比如我自己,就选了一根粉红色的针,很醒目,是不是?有的人选了绿的,有的人选了蓝的,随你的便,都登记在册,大家彼此都记得别人的颜色。你注意到了这根黑色的针吗?这就代表着来访者。黑色是庄重和严肃的颜色,代表着神圣不可侵犯。如果是我在此和来访者交谈,我就会把粉红色的指针和黑色的指针一同竖起来。那么,除非是有十万火急的情况,否则谁也不可推开这扇门,谁也不可打扰我们。如果只是我借用这间房间阅读或是工作,那么,我就把粉红色指针单独竖起来,情况就要简单一些。你可以斟酌,是不是敲开这扇门,对我们来说,黑色,也就是来访者的利益,是最最重要的。

这些话,让我感动了许久。

以上说的,是一些琐碎事情,写在这里,因为细节是最有魅力的。叶子的繁茂,是决定一棵大树盎然生长或是轰然倒地的要素之一。

走的路远了,
便有了跋涉的痛苦……

我们修补,
是因为
我们怀有深情……

理智上惭愧,
手心却跃跃欲试地潮湿……

有很多人终身困顿在他们自己的茧里……

在明月的照耀下,
我看到她脸上的清泪……

婚姻鞋

婚姻是一双鞋。

先有了脚,然后才有了鞋。幼小的时候光着脚在地上走,感受沙的温热、草的润凉,那种无拘无束的洒脱与快乐,一生中会将我们从梦中反复唤醒。

走的路远了,便有了跋涉的痛苦。在炎热的漠地被炙得像鸵鸟一般奔跑,在深陷的沼泽被水蛭蜇出肿痛……

人生是一条无涯的路,于是人们创造了鞋。

穿鞋是为了赶路,但路上的千难万险,有时尚不如鞋中的一粒沙石令人感到难言的苦痛。

鞋,就成了文明人类祖祖辈辈流传的话题。

鞋可由各式各样的原料制成。最简陋的是一片新鲜的芭蕉叶,最昂贵的是仙女留给灰姑娘的那双水晶鞋。

不论什么鞋,最重要的是合脚,不论什么样的姻缘,最美妙的是和谐。

切莫只贪图鞋的华贵,而委屈了自己的脚。别人看到的是鞋,自己感受到的是脚。脚比鞋重要,这是一条真理,许许多多的人却常常忘记。

我做过许多年医生,常给年轻的女孩子包脚。锋利的鞋帮将她们的脚踝砍得鲜血淋淋。粘上雪白的纱布,套好光洁的丝袜,她们袅袅地走了。但我知道,当翩翩起舞之时,也许会有人冷不防地抽搐嘴角:那是因为她的鞋。

看到过祖母的鞋,没有看到过祖母的脚。她从不让我们看她的脚,好像那是一件秽物。脚驮着我们站立行走。脚是无辜的,脚是功臣。丑恶的是那鞋,那是一副刑具,一套铸造畸形残害天性的模型。

每当我看到包办而蒙昧的婚姻,就想到祖母的三寸金莲。

幼时我有一双美丽的红皮鞋,但鞋窝里潜伏着一只夹脚趾的虫。每当我不愿穿红皮鞋时,大人们总把手伸进去胡乱一探,然后说:"多么好的鞋,快穿上吧!"为了不穿这双鞋,我进行了一个孩子所能爆发的最激烈的反抗。我始终不明白:一双鞋好不好,为什么不是穿鞋的人具有最后否决权?!

旁的人不要说三道四,假如你没有经历过那种婚姻。

滑冰要穿冰鞋,雪地要着雪靴,下雨要有雨鞋,旅游要有运动鞋。大千世界,有无数种可供我们挑选的鞋,脚却只有一双。朋友,你可要慎重!

少时参加运动会,临赛的前一天,老师突然给我提来一双橘红色的带钉跑鞋,祝愿我在田径比赛中如虎添翼。我褪下平日训练的白网鞋,穿上像橘皮一样柔软的跑鞋,心中的自信也突然溜掉了。鞋钉将跑道锲出一溜齿痕,我觉得自己的脚被人换成了蹄子。我说我不穿跑鞋,所有的人都说我太傻。发令枪响了,我穿着跑鞋跑完全程。当我习惯性地挺起前胸去撞冲刺线的时候,那根线早已像绶带似的悬挂在别人的胸前。

橘红色的跑鞋无罪,该负责任的是那些劝说我的人。世上有很多很好的鞋,但要看适不适合你的脚。在这里,所有的经验之谈都无济于事,你只需在半夜时分,倾听你脚的感觉。

看到那位被称为"赤脚大仙"的参加世界田径大赛的南非女子的风采,我报以会心一笑:没有鞋也一样能破世界纪录!脚会长,鞋却不变,于是鞋与脚,就成为一对永恒的矛盾。鞋与脚的力量,究竟谁的更大些?我想是脚。只见有磨穿了的鞋,没见有磨薄了的脚。鞋要束缚脚的时候,脚趾就把鞋面挑开一个洞,到外面去凉快。

脚终有不长的时候,那就是我们开始成熟的年龄。认真地选择一种适宜自己的鞋吧!一只脚是男人,一只脚是女人,鞋把他们联结为相似而又绝不相同的一双。从此,世人在人生的旅途上,看到的就不再是脚印,而是鞋印了。

削足适履是一种愚人的残酷,郑人买履是一种智者的迂腐;步履维艰时,鞋与脚要精诚团结;平步青云时切不要将鞋儿抛弃……

当然,脚比鞋贵重。当鞋确实伤害了脚,我们不妨赤脚赶路!

家　问

家是什么?

家会很小很小,螺蛳壳是蜗牛的家。家会很大很大,宇宙是星星的家。

家会很轻很轻,像一粒浮尘,被人一指掸掉,不留一丝痕迹。家会很重很重,像一座铅山,压在脊上,寸步难行。

家会很快乐很幸福,像一眼不老的喜泉。家会很凄楚很悲凉,像一汪深不可测的泪潭。

问年轻人:家是什么?

他们回答:家是粉红色的玫瑰,有刺更有蕾。家是甜蜜的吻、热烈的拥抱、柔情似水的情话和思念时的邮票。

问中年人:家是什么?

他们回答:家是心灵与肉体的港湾,能停泊万吨巨轮也能栖息独木小舟。家是无私的付出与接纳,家是脱去疲劳的热水澡。家是一个苹果,你一大口,我一小口。家是一副重担,我愿这边的力臂短,你那边的力臂长。

问老年人:家是什么?

他们回答:家是黄昏湖边的搀扶,家是灯下互相剪去丝丝白发。家是一件旧风衣,风也是它雨也是它。家是虽非一见钟情,却望白头偕老的漫漫旅程。家是墓前的一枝黄菊。

问孩子:家是什么?

他们回答:家是妈妈柔软的手和爸爸宽阔的肩膀,家是一百分时的奖赏和不及格时的斥骂。家是可以耍赖撒谎当皇帝,也是俯首听命当奴隶的地方。家是既让你高飞又用一根线牵扯的风筝轴。

问情人:家是什么?

他们回答:家是舔着伤口的两只狼,家是荷尔蒙的汹涌分泌。家是一日不见,如隔三秋。家是猜忌、争执、思恋、指责的杂耍场。家是枕边泪窗前月,家是今夜你会不会来?

问养家的人:家是什么?

他说,家不是勋章,你挂在胸前,别人也看不见。家是一条暗地里逼你不断挣钱的鞭子,直抽得你遍体鳞伤。

问弃家的人:家是什么?

她说:家是一种能力,一种学习。我自忖无力从那里毕业,就中途逃亡了。

问无家的人:家是什么?

他说:家是羁绊,家是约束,家是熄灭人创造激情的沼泽地,家是一种奢侈的靡费。

问恋家的人:家是什么?

她说:家是树上的喜鹊窝。纵然世界毁灭了,只要家在,依然有一切。

问恨家的人:家是什么?

他说:家是爱情的终点,家是英雄的坟墓。家是累赘,家是负担。家是挂在你项上的枷锁,家是你出卖自身的契约。

我不知世上还有另外的场所,会如此众说纷纭,褒贬不一。

综观家庭,是大千世界的缩影。人们在家中卸去重重角色的面具,露出天然嘴脸,最坦率最赤裸。人性的善与丑,方寸之间,纤毫毕现。一代伟人,能治理好一个国家,未必能调理好一个家。能统率千军万马的将军,可能是妇孺裙钗下的败将。

有人以为家是最自由最放任的所在,可以放荡不羁。其实,家是最考验责任感的圣坛。对一个你所挚爱的人都不忠诚,你还能为世人所信吗?对一个托付终身的人都无法负起责任,你还能承诺他人的期嘱吗?连自己的一脉血缘都不能照料和抚育,你还能爱国爱民吗?在家中,我们看到了太多的丑恶。对亲人施暴的人,不可能对他人仁慈。在家中阴郁的人,不可能对太阳微笑。在家中诡计多端的人,不可能真诚对待友人。在家中粉饰虚伪的人,不可能直面惨淡人生。

如果没有准备好,请不要撕下走进家庭的门票。如果没有爱自己也爱他人的能力,请不要构造家庭的地基。

很多人抱着从家庭掠取支援的动机,匆匆为自己寻一个可供汲取能量的后勤仓库,殊不知,家庭不是无中生有变出魔力的黑斗篷。家庭的温暖先要无私无偿的培养和付出,然后才像春草,毛茸茸地生长起来,一旦失去爱情的滋养,再稳固的家也会很快风化。爱的力量,有时很巨大,有时很贫瘠,全看你是否以心血灌溉。

家庭里如果没有神圣感和勇气,请别要孩子。家庭缔结之时,并不是简单男女人数相加,而是诞生了另样的结构,一个崭新的物种。这个物种的花朵和果实,就是孩子。

一花一世界,一家一宇宙,婴儿降临世上,家是包裹他的蛹壳。倘若家中注满健康的爱的花粉,他就吸吮着它,用爱滋养构建着自己的听觉嗅觉知觉,渐渐地酿成心中小小的蜜盏。在爱中长大的孩子,爱是他的羽衣,爱是他的长矛。在爱中蓬勃成长的孩子,他看天下,就比较的明朗。他看人性,就比较的乐观。他看自身,就比较的尊严。他看他人,就比较的客观。他看丑恶,就比较的勇敢。他看前途,就比较的光明。他看事物,就比较的冷静。他看死亡,就比较的泰然。

在纷乱和丑恶的气氛中成长的孩子,是伪劣家庭的痛苦产品。他们在家中最先看到并习得的待人处世经验,是破碎疏离和粗暴残酷。他们是那样幼小,缺乏分辨的能力,以为这就是人世间的模型。当他们走进社会的时候,会不由自主地以不良家庭的模式对待他人,将紊乱与不协传染到更远的范畴。更令人惊惧的是,来自不完美家庭的孩子们,彼此具有病态的吸引力,仿佛冥冥中有一块恶作剧的磁石,牵引性格有缺憾的男女,使他们格外同病相怜,迫不及待地走到一起。病态中建立的家庭,如履薄冰,全是悲剧。如果不能卓有成效地打断铰链,这种会伤人的家庭,就像顽强的稗草,代代相传,贻害无穷。

家可以很单纯,一个人也是一个完整的家。家可以很复杂,整个地球是一个共同的屋顶。

家啊,是理解奉献思念呵护,是圣洁宽容接纳和谐,是磨合欣赏忠诚沟通,是心心相印浪漫曲折生死相依海角天涯。

修补爱情

东西用得久了,便会磨损。小到一双鞋子,大到整个天空。于是诞生了修补这个行当。从业人员从街头古朴的老鞋匠,到谁都未曾谋面的一位叫作女娲的神仙。

只有珍贵的东西,才需要修补。我们不会修补一次性的筷子和菲薄的面巾纸,但若损坏的是一双象牙筷子和一幅名贵字画,又是家传的珍宝和友人的馈赠,那就大不一样了。你会焦灼地打探哪里有技术高超的工匠,为了让它们最大限度地恢复原貌,不惜殚精竭虑。

我们修补,是因为我们怀有深情。在那破损的物件的皱褶里,掩藏着岁月的经纬和激情的图案。那是情感之手留下的独一无二的指纹,只属于特定的人和特定的刹那。

考古人员修复文物,所费的精力,绝对大于再造一件新品。比如一个陶罐,掉了耳朵,破了边沿,漏了帮底,假若它是新出厂的,肯定扔在垃圾箱里,但在修复者眼里,它们是不可替代的唯一。于是绞尽脑汁,将它复原到美轮美奂。陶罐里盛着凝固的历史和永恒的时间。

修补是一个工程,需要大耐心、大勇气、大智慧。耐心是为了对付那旷日持久的精雕细刻,勇气是为了在漫长的修复过程中,坚定自己的信念和抵御他人的不屑。智慧是为了使原先的破损处,变得更加牢靠而美观。

人们常常担心修补过的器物,是否还有价值。也许在外观上会遗有痕迹,但在内在品质上,修补处该更具强韧的优势。听一位师傅说,锔过的碗,假如再摔于地,哪怕别处都碎成指甲盖大的碗碴,但被锔钉箍过的磁片,依旧牢牢地拢在一起。

爱情是我们一生中最需精心保养的器皿,它具备可资修补的一切要素。爱是珍贵的,爱是久远的,爱是有历史的,爱是渗透了情感的,爱是无价之宝。

爱情的修理工,不能假手他人,只能是我们自己。当我们签下爱情契约的时候,也随手填写了它的保修单。我们既是爱情的制造者,也是它的使用者和维修者。这种三合一的身份,使人自豪幸福也使人尴尬操劳。爱情系统一旦出了故障,我们无法怨天尤人,只有痛定思痛地查找短路,更换原件,改善各种环境和条件……

古书上说,假如宝玉有了裂纹,可用锦缎包裹,肌肤相亲,昼夜不离身,如此三年。那美玉得了人的体温滋养,就会渐渐弥合,直至天衣无缝,成为人间至宝。

不知这法子补玉是否灵验?若以此法修补爱情,将它放进两颗胸膛,以血脉灌溉,以精神哺育,以意志坚持,以柔情陶冶,它定会枯木逢春,重新郁郁葱葱。

成千上万的丈夫

有成千上万的男人,可能成为某个女人的好丈夫。

这句话,从一位做律师的女友嘴中,一字一顿地吐出时,坐在对面的我,几乎从椅子上滑到地上。

别那么大惊小怪的。这话也可以反过来对男人说,有成千上万的女人,可以成为你们的好妻子。你知道我不是指人尽可夫的意思。教养和职业,都使我不会说出这类傻话。我是针对文学家常常在作品中鼓吹的那种"唯一",才这样标新立异。女友侃侃而谈。

没有唯一,唯一是骗人的。你往周围看看,什么是唯一的?太阳吗?宇宙有无数个太阳,比它大的,比它亮的,恒河沙数。钻石吗?也许有一天我们会飞到一颗钻石组成的星球上,连旱冰场都是钻石铺的。那种清澈透明的石块,原子结构很简单,更容易复制了。指纹吗?指纹也有相同的,虽说从理论上讲,几十亿上百亿人当中,才有这种可能性。好在我们找丈夫不是找罪犯,不必如此精确。世上的很多事情,过度精确,必然有害。伴侣基本是一个模糊数学问题,该马虎的时候一定要马虎。

有一句名言很害人,叫作:每一片绿叶都不相同。我相信在科学家的电子显微镜下,叶子间会有大区别,楚河汉界。但在一般人眼中,它们的确很相似。非要把基本相同的事物,看得大不相同,是神经过敏故弄玄虚。在森林里,如果戴上显微镜片,去看高大的乔木,除了满眼惨绿,头晕目眩,无法掌握树林的全貌,只得无功而返。也许还会迷失方向,连回家的路都找不到了。

婚姻是一般人的普通问题,不要人为地把它搞复杂。合适做你丈夫的人,绝非前无古人后无来者的异数。就像我们是早已存在的普通女人,那些普通的男人,也已安稳地在地球上生活很多年了。我们不单单是一个人,更是一种类型,就像喜欢吃饺子的人,多半也热爱包子和馅饼。科学早就证明,洋葱和胡萝卜脾气相投,一定会成为好朋友。大豆和蓖麻天生和平共处。玫瑰花和百合种在一起,彼此都花朵繁茂,枝叶青翠,但甘蓝和芹菜相克,彼此势不两立。丁香和水仙花,更是水火不相容。郁金香干脆会致毋忘草于死地……如果你是玫瑰,只要清醒地坚定地寻找到百合种属中的一朵,你就基本获得了幸福。

当然了,某一类人的绝对数目虽然不少,但地球很大,人又都在走来走去,我们能否在特定的时辰,遭遇到特定的适宜伴侣,也并不是太乐观的事。

相信唯一,你就注定在茫茫人海东跌西撞寻寻觅觅,如同一叶扁舟想捕获一条不知潜在何处的鳟鱼,等待你的是无数焦渴的黎明和失眠的月夜。

抱着拥有唯一的愿望不放,常常使女人生出组装男友和丈夫的念头。相貌是非常重要的筹码,自然列在前茅。再加上这一个学历高,那一个家庭好,另一个脾气柔雅,还有一个事业有成……女人恨不能将男人分解,剩下各自最优异的部分,由女人纤纤素手用以上零件,黏合成一个美轮美奂的新男人,该是多么美妙!

只可惜宇宙浩渺,到哪里寻找这样的胶水!

这种表面美好的幻想,核心是一团虚妄的灰雾在作祟,婚姻中自然天成的唯一佳侣,几乎是不存在的。许多婚礼上,我们以为天造地设的婚姻,夭折得如同闪电。真正的金婚银婚,多是历久弥新的磨合与默契。

女人不要把一生的幸福,寄托在婚前对男性千锤百炼的挑拣中,以为选择就是一切。对了就万事大吉,错了就一败涂地。选择只是一次决定的机会,当然对了比错了好。但正确的选择只是良好的开端,即使航向对头,我们依然还会遭遇风暴。淡水没了,船橹漂走,风帆折了……种种危难如同暗礁,潜伏于航道,随时可能颠覆小船。选择错了,不过是输了第一局。开局不利,当然令人懊恼,然而赛季还长,你可整装待发,蓄芳来年。只要赢得最终胜利,终是好棋手。

在我们人生旅途中,不得不常常进入出售败绩的商场。那里不由分说地把用华丽外衣包装的痛苦，强售给我们。这沉重惨痛的包袱，使人沮丧。于是出了店门，很多人动用遗忘之手，以最快的速度把痛苦丢弃了。这是情绪的自我保护，无可厚非。但很可惜，买椟还珠，得不偿失。付出的是生命的金币，收获的只是垃圾。如果我们能够忍受住心灵的煎熬，细致地打开一层层包装，就会在痛苦的核心里，找到失败随机赠送的珍贵礼品——千金难买的经验和感悟。

如果执着地相信唯一，在苦苦寻找之后一无所获，或是得而复失，懊恼不已，你就拿到了一本储蓄痛苦的零存整取存单，随时都有些进账可以添到收入一栏里记载了。当它积攒到一笔相当大的数目，在某个枯寂的晚上，一股脑儿齐提出来，或许可以置你于死地。

即使选择非常幸运地与"唯一"靠得很近，也不可放任自流。"唯一"不是终身的平安保险单，而是需要养护需要滋润需要施肥需要精心呵护的鲜活生物。没有比婚姻这种小动物，更需要营养和清洁的维生素了。就像没有永远的敌人一样，也没有永远的爱人。爱人每一天都随新的太阳一同升起。越是情调丰富的爱情，越是易馊，好比鲜美的肉汤如果不天天烧开，便很快滋生杂菌以致腐败。

不要相信唯一。世上没有唯一的行当，只要勤劳敬业，有千千万万的职业适宜我们经营。世上没有唯一的恩人，只要善待他人，就有温暖的手在危难时接应。世上没有唯一的机遇，只要做好准备，希望就会顽强地闪光。世上没有唯一只能成为你的妻子或丈夫的人，只要有自知之明，找到相宜你的类型，天长日久真诚相爱，就会体验相伴的幸福。

女友讲完了，沉思袅袅地笼罩着我们。我说，你的很多话让我茅塞顿开。但是……

但是……什么呢？直说好了。女友是个爽快人。

我说，是否因工作和爱人都不是你的唯一，所以才这般决绝？不管你怎样说，我依然相信世界上存在着"唯一"这种概率。如同玉石，并不能因为我们自己不曾拥有，就否认它的宝贵。

女友笑了，说，一种概率若是稀少到近乎零的地步，我们何必抓住苦苦不放？世上有多少婚姻的苦难，是因追求缥缈的"唯一"而发生啊！对我们普通的男人和女人来说，抵制唯一，也许是通往快乐的小径。

孝心无价

听一位研究古文字的教授讲，"孝"这个字在甲骨文里的写法，是一个少年人牵着一位老人的手，慢慢地在走。"孝"字从右上到左下那长长的一撇，便是老人飘荡的胡须……

不知这说法是否为史学家定论，是否无懈可击，但它以一种恒远的温馨，包含着淡淡的苦楚沉淀我心，感到一种人类对自身生命的感怀，一种更为年轻的个体对即将逝去的年华无微不至的关顾与挽留。

"孝"是东方文化灿烂的遗产，但在我们这个国度里，身份却很有几分可疑。和它们比肩的"忠"的地位，则要光辉伟大得多。国家、民族、政党、军队……都是需要"忠"的，而在"忠孝不能两全"这句话的阴影下，"孝"好像成了"忠"的对立面，冰炭不相容。

和忠比起来，孝的范围似乎比较窄。前者面对的是众人，后者大约只包含自己的家人。回顾中国的近代史，国家民族奋战的艰难历程，在浸透血与火的车辙里，难得有"孝"的位置。先驱的革命者，从域外窃得种子，带回这块苦难的大地。他们是有知识的年轻人，之所以曾受到良好的教育享有文化，多半和富裕的家境不可分，但他们义无反顾地向父辈的剥削阵营开火了。在黑暗的日子里，他们一定经历了心灵的分裂与决斗，最终决定背叛自己的阶级。于是在漫长的革命生涯中，他们缄口，不再谈"孝"。

参加革命的穷苦人，投了红军，当了八路，上了战场……他们走了，永不回头，但他们的父母留在饥寒交迫之中，饱受欺凌压迫，许多人被敌人残酷地杀害了。革命者不会后悔自己的选择，只有战斗才有胜利，这是唯一正确的道路。但我相信生者在每年中秋，仰望圆圆的明月，低下头都会黯然神伤。尽管有无数的理由，尽管责任完全不在个人，但在潜意识里，他们永不为自己辩解,苛刻地认定自己不孝。于是,他们也拒不谈"孝"。

　　新中国成长起来的这一代人,在他们风华正茂的时候,开始了"文化大革命"。几乎每一个人都向自己的父母造过反。在青春勃发期关心国家大事的同时,意外地从家里找到了火山的爆发口,以自己的父母为第一目标,那时曾多么兴高采烈,遗下的却是永久的悔恨。待到狂潮退去,知识青年上山下乡,凄凉地告别父母,远赴边陲,有的是身不由己的流放感,再没了丝毫选择的余地。即使有谁想到了"父母在,不远游",在那样的日子里,几乎相当于一句反动口号了。

　　后来他们返城。没有地方住,龟缩在父母的小屋,给已经年迈的父母更添一份烦乱。不要说尽孝了,还要垂垂老矣的父母为自家操心不已。薪水低少,需要父母补贴。没有房子住,和父母挤在一起。无人做饭,父母就是当然的炊事员。孩子无人照管,父母就是最好的保姆……多少次悄悄接过父母接济的银钱,理智上惭愧,手心却跃跃欲试地潮湿。太多的贫困,吞噬掉了儿女的自尊心,如果我们注定得接受馈赠,还是接受来自父母的施舍吧。在我们的内心深处,尚潜伏着一个善良坚定的愿望,爸爸妈妈,终有一天,一切都会好起来。我会将你们付给我的爱,加倍地偿还,让我们一道期待那一天吧。

　　现在天下太平,人间和睦,世道安宁,人们大胆地可以言孝了。"孝"里当然有糟粕,有可笑以至可恨的迂腐气息,但其合理的内核却值得我们长久咀嚼。

　　我不喜欢一个苦孩求学的故事。家庭十分困难,父亲逝去,弟妹嗷嗷待哺,可他大学毕业后,还要坚持读研究生,母亲只有去卖血……我以为那是一个自私的学子。求学的路很漫长,一生一世的事业,何必太在意几年蹉跎?况且这时间的分分秒秒都苦涩无比,需用母亲的鲜血灌溉!一个连母亲都无法挚爱的人,还能指望他会爱谁?把自己的利益放在至高无上的位置的人,怎能成为为人类献身的大师?

　　我也不喜欢父母重病在床,断然离去的游子,无论你有多少理由。地球离了谁都照样转动,不必将个人的力量夸大到不可思议的程度。在一位老人行将就木的时候,将他对人世间最后的希冀斩断,以绝望之心在寂寞中远行,那是对生命的大不敬。

我相信每一个赤诚忠厚的孩子，都曾在心底向父母许下"孝"的宏愿，相信来日方长，相信水到渠成，相信自己必有功成名就衣锦还乡的那一天，可以从容尽孝。

可惜人们忘了，忘了时间的残酷，忘了人生的短暂，忘了世上有永远无法报答的恩情，忘了生命本身有不堪一击的脆弱。

父母走了，带着对我们深深的挂念。父母走了，遗留给我们永无偿还的心债。你就永远无以言孝。

有一些事情，当我们年轻的时候，无法懂得。当我们懂得的时候，已不再年轻。世上有些东西可以弥补，有些东西永无弥补。

"孝"是稍纵即逝的眷恋，"孝"是无法重现的幸福。"孝"是一失足成千古恨的往事，"孝"是生命与生命交接处的链条，一旦断裂，永无连接。

赶快为你的父母尽一份孝心。也许是一处豪宅，也许是一片砖瓦。也许是大洋彼岸的一只鸿雁，也许是近在咫尺的一个口信。也许是一顶纯黑的博士帽，也许是作业簿上的一颗红五分。也许是一桌山珍海味，也许是一只野果一朵小花。也许是花团锦簇的盛世华衣，也许是一双洁净的旧鞋。也许是数以亿万计的金钱，也许只是含着体温的一枚硬币……

在"孝"的天平上，它们等值。

只是，天下的儿女们，一定要抓紧啊！趁你父母健在的光阴。

蚕是被自己的丝裹住的

蚕是被自己的丝裹住的,这是一个真理。每一个养过蚕的人和没有养过蚕的人,都知道这件事。蚕丝是一寸一寸吐出来的,在吐的时候,蚕昂着头,很快乐专注的样子。蚕并没有意识到,正是自己的努力劳动,才将自己的身体束缚得紧紧。直到被人一股脑儿丢进开水锅里,煮死,然后那些美丽的丝,成了没有生命的嫁衣。

这是蚕的悲剧。当我们说到悲剧的时候,不由自主地持了一种观望的态度。也许,是"剧"这个词,将我们引入歧途。以为他人是演员,而我们只是包厢里遥远的安全的看客。其实,作茧自缚的情况,绝不如想象的那样罕见,它们广泛地存在于我们周围,空气中到处都飘荡着纷飞的乱丝。

钱的丝飞舞着。很多人在选择以钱为生命指标的时候,看到的是钱所带来的便利和荣耀的光环。钱是单纯的,但攫取钱的手段却不是那样单纯。把一样物品作为自己奋斗的目标,它的危险,不在于这桩物品的本身,而在于你是怎样获取它并消费它。或许可以说,收入钱的能力还比较地容易掌握,支出它的能力则和人的综合素质有极大的关系。在这个意义上讲,有些人是不配享有大量金钱的。如同一个头脑不健全的人,如果碰巧有了很大的蛮力,那么,无论是对于他本人还是对于他人,都不是一件幸事。在一个社会财富和个人财富飞速增长的时代,钱是温柔绚丽的,钱也是飘浮迷茫的,钱的乱丝令没有能力驾驭它的人窒息,直至被它绞杀。

爱的丝也如四月的柳絮一般飞舞着,迷乱着我们的眼,雪一般覆盖着视线。这句话严格说起来,是有语病的。真正的爱,不是诱惑,是温暖。只会使我们更勇敢和智慧,但的确有很多人被爱包围着,时有狂躁。那就是爱得没有节制了。没有节制的爱,如同没有节制的水和火一样,甚至包括氧气,同是灾难性的。

水火无情,大家都是知道的。但是谈到氧气,那是一种多么好的东西啊。围棋高手下棋的时候,吸氧之后,妙招叠出,让人疑心气袋之中是否藏有古今棋谱。记得我学习医科的时候,教授讲过这样一个故事。一名新护士值班,看到衰竭的病人呼吸十分困难,用目光无声地哀求她——请把氧气瓶的流量开得大些。出于对病人的怜悯,加上新护士特有的胆大,当然,还有时值夜半,医生已然休息。几种情形叠加在一起,于是她想,对病人有好处的事,想来医生也该同意的,就在不曾请示医生的情况下,私自把氧气流量表拧大。气体通过湿化瓶,汩汩地流出,病人顿感舒服,眼中满是感激的神色,护士就放心地离开了。那夜,不巧来了其他的重病人。当护士忙完之后,捋着一头的汗水再一次巡视病房的时候,发现那位衰竭的病人,已然死亡。究其原因,关键的杀手竟是——氧气中毒。高浓度的氧气抑制了病人的呼吸中枢,让他在安然的享受中丧失了自主呼吸的能力,悄无声息地逝去了……

很可怕,是不是？丧失节制,就是如此恐怖的魔杖。它令优美变成狰狞,使怜爱演为杀机。

谈到爱的缠裹带给我们的灾难,更是俯拾即是。放眼观察,会发现很多。多少人为爱所累,沉迷其中,深受其苦。在所有的蚕丝里面,我以为爱的丝,可能是最无形而又最柔韧的一种。挣脱它,也需要最高的能力和技巧。这当中的奥秘,需每一个人细细揣摩练习。

还有工作的丝,友情的丝,陋习的丝,嗜好的丝……或松或紧地包绕着我们,令我们在习惯的窠臼当中难以自拔。

逢到这种时候,我们常常表现得很无奈很无助,甚至还有一点点敝帚自珍的狡辩。常常可以听到有人说,我也知道自己的毛病,也不是不想改,可就是改不掉。我就是这样一个人了……当他说完这些话的时候,就好像对自己和对众人都有了一个交代,然后脸上就显出安坦无辜的样子,仿佛合上了牛皮纸封面的卷宗。

每当这种时候,我在悲哀的同时,也升起怒火。你明知你的茧,是你自己吐的丝凝成的,你挣扎在茧中,你想突围而出。你遇到了困难,这是一种必然。但你却为自己找了种种的借口,你向你的丝退却了。你一面吃力地咬断包围你的丝，一面更汹涌地吐出你的丝，你是一个作茧自缚的高手，你比推石头的西西弗斯还惨。他的石头只是滚下又滚下，起码并没有变得更大更沉重。你的丝却在这种突围和分泌的交替中，汲取了你的气力，蚕食了你的信心，它令你变得越来越不喜爱自己，退缩着，在茧中藏得更深更严密更闭锁更干瘪了。

我们每个人都有一些茧。这些茧背负在我们的身上，吸取着我们的热量，让我们寒冷，令前进的速度受限。撕碎这茧，没有外力和机械可供支援，只有靠自己的心和爪。

茧破裂的时候，是痛苦的。茧是我们亲手营造的小世界。茧的空间虽是狭窄的，也是相对安全的。甚至一些不良的嗜好，当我们沉浸其中的时候，感受到的也是习惯成自然的熟络。打破了茧的蚕，被鲜冷的空气，闪亮的阳光，新锐的声音，陌生的场景……刺激着，扰动着，紧张的挑战接踵而来。这种时刻的不安，极易诱发退缩。但它是正常和难以避免的，是有益和富于建设性的。你会在这种变化当中，感受到生命充满爆发的张力，你知道你活着痛着并且成长着。

有很多人终身困顿在他们自己的茧里。这是他们自己的选择，当生命结束的时候，他们也许会恍然发觉，世界只是一个茧，而自己未曾真正地生活过。

爱无专利

爱是人们常常谈论的话题，因为在空气、水分、食物和安全之后，就是我们的爱了。比如安全这问题，表面上看来是对环境的要求，其实是一种爱的深化，我们只有在爱中，才感觉自己是有价值，是值得爱护保护珍惜和发展的。一个丧失了安全感的人，是无法从容爱自己和爱世界的。比如人际关系，更是爱的浓缩和放大。难以设想，一个不爱他人的人，会有广泛的朋友和良好的社会关系。当然，他的身旁可能会聚集着一些人，但那不是心灵的需要，只是利益的驱使。谈到自我实现，更是爱的高级阶段。因为你的爱，超越了一己的范畴，才扩展到更广阔的人和事物。在这种升腾与弥散的过程中，爱变成一种柔和的光芒，从一个核心的晶体稳定地散发着，把温暖和明亮播扬到远方。

但是，当人们议论起爱的时候，却有着许多混淆和迷乱的地方。爱成了一个花脸，大家都随心所欲地涂抹着它的面孔，把自制的油彩敷在它的嘴角和眉梢。爱于是变得面目诡谲和莫测起来。

比如，爱和年龄有关吗？

这是人们通常不付诸书面，但却彼此心照不宣的概念。具体意思是——只有年轻人才享有充沛富饶的爱意，它的浓度随着年龄的增长而逐步递减，从高耸的爱的山峰萎缩至贫瘠的爱的荒原。由于这一假设的存在，年轻人因此而沾沾自喜，觉得自己仿佛享有一个爱的太平洋，可以不加计算地挥霍爱意。上了年龄的人则很气馁，当谈到爱的时候，很有一些王顾左右而言他的窘迫。爱的门扉已经像一间到了下班时间的商场，缓缓关闭。店员们带着疲惫的笑容在重复着"谢谢光临"，你也花光了所有的积蓄，即使别人不翻白眼，自己也无颜再耽搁，只有缩起脖子夹着尾巴却步抽身,才是明智之举。

有一种影响约定俗成——那就是——爱似乎是年轻人的专利,或者只有他们才有深入探讨的必要。当人们说到中年人或老年人的爱意时,会扭扭捏捏地觉得那是一种爱的残次品,不那么正宗,不那么地道。比如在形容青年以上年纪人的爱情的时候,基本不会用"火热"这个词,而只以"温馨"替代。毋庸置疑,温馨比火热的温度要差着好几个数量级呢。

在人们约定俗成的看法中,爱是有年龄限制的。它大量地存在于生命旺盛的青少年,而较少地分泌于生命渐趋平稳和衰落的成熟期和晚期。

这岂止是谬误的,首先是奇怪的。它把爱这种密切属于人类的高等和神圣的感情,简化到相当于睾丸素、黄体酮之类内在的荷尔蒙分泌物和诸如皱纹和胡须这种简单的外在指标了。

这必然首先牵涉到,爱是一种生理现象还是一种精神现象?

持年轻人拥有最多的爱意的看法的人,其实是把爱定位在激素、特别是性激素的产量上了。如果这样来看,年轻人是一定会把老年人打败的。但不幸或者是有幸的是,爱是一种精神的状态,是一种需要不断修炼和提高的艺术,是一种积累经验审视自我的完善过程。因此,爱不是某一年龄的专利。

证据就是,爱可以在年轻人那里发生,也可以在老年人那里发生。从有人类以来的无数故事和历史可以证明,爱不是年龄的产品,它是心灵的能力。

握紧你的右手

常常见女孩郑重地平伸着自己的双手，仿佛托举着一条透明的哈达。看手相的人便说：男左女右。女孩把左手背在身后，把右手手掌对准湛蓝的天。

常常想世上可真有命运这种东西？它是物质还是精神？难道说我们的一生都早早地被一种符咒规定，谁都无力更改？我们的手难道真是激光唱盘，所有的祸福都像音符微缩其中？

当我沮丧的时候，当我彷徨的时候，当我孤独寂寞悲凉的时候，我曾格外地相信命运，相信命运的不公平。

当我快乐的时候，当我幸福的时候，当我成功优越欣喜的时候，我格外地相信自己，相信只有耕耘才有收成。

渐渐地，我终于发现命运是我怯懦时的盾牌，当我叫嚷命运不公最响的时候，正是我预备逃遁的前奏。命运像一只筐，我把对自己的姑息、原谅以及所有的延宕都一股脑儿地塞进去，然后蒙一块宿命的轻纱。我背着它慢慢地向前走，心中有一份心安理得的坦然。

有时候也诧异自己的手。手心叶脉般的纹路还是那样琐细，但这只手做过的事情，却已有了几番变迁。

在喜马拉雅山、冈底斯山、喀喇昆仑山三山交汇的高原上，我当过卫生员，在机器轰鸣铜水飞溅的重工业厂区里我做过主治医师。今天，当我用我的笔杆写我对这个世界的想法时，我觉得是用我的手把我的心制成薄薄的切片，置于真和善的天平之上……

高原呼啸的风雪，卷走了我一生中最好的年华，并以浓重的阴影，倾泻于行程中的每一处驿站。

岁月送给我苦难,也随赠我清醒与冷静。我如今对命运的看法,恰恰与少年时相反。

当我快乐当我幸福当我成功当我优越当我欣喜的时候,当一切美好辉煌的时刻,我要提醒我自己——这是命运的光环笼罩了我。在这个光环里,居住着机遇,居住着偶然性,居住着所有帮助过我的人。

而当我挫折和悲哀的时候,我便镇静地走出那个怨天尤人的我,像孙悟空的分身术一样,跳起来,站在云头上,注视着那个不幸的人,于是我清楚地看到了她的软弱,她的懦怯,她的虚荣以及她的愚昧……

年近不惑,我对命运已心平气和。

小时候是个女孩儿,大起来成为女人,总觉得做个女人要比男人难,大约以后成了老婆婆,也要比老爷爷累。

生活中就像没有无缘无故的爱一样,也没有无缘无故的幸运。对于女人,无端的幸运往往更像一场阴谋一个陷阱的开始。我不相信命运,我只相信我的手。

因为它不属于冥冥之中任何未知的力量,而只属于我的心。我可以支配它,去干我想干的任何一件事情。我不相信手掌的纹路,但我相信手掌加上手指的力量。

蓝天下的女孩儿,在你纤细的右手里,有一粒金苹果的种子。所有的人都看不见它,唯有你清楚地知道它将你的手心炙得发痛。

那是你的梦想,你的期望!

女孩,握紧你的右手,千万别让它飞走!相信自己的手,相信它会在你的手里,长成一棵会唱歌的金苹果树。

性别按钮

假如我们身上有一个按钮,可以随时改变我们的性别,我将在一生的许多时候使用它,让我们假设按钮的颜色,男性为红女性为绿吧,因为我们这个民族素有红男绿女这样一个成语。

我想象自己的身体也许像交通繁忙的十字街头,红红绿绿闪烁个不停。

当我还是一个胎儿的时候,我选择女性。因为根据最新的科学研究证明:在女性特有的那两个 XX 染色体上,除了表示性别,还携带着许多抗病的基因。流产夭折的孩子多半是男婴,就是因了这个缘故。请别谴责我的自私,外面的世界这么喧哗美丽,我这辆小小的跑车,不能还没驶出车站就抛锚。

当降生终于开始的时候,我毫不犹豫地选择男性。我要向人世间发出最嘹亮动人的哭声,宣告一个生命——我的到来。一个理由是女孩子的哭声多半太秀气,自己就听得没情绪。最主要的原因是为了让我的亲人们高兴。无论社会怎样进步,中国人还是喜欢男孩。尤其在产房里的时候,生了男孩的妈妈眉飞色舞,生了女孩的妈妈低眉顺眼……为了能让自己的妈妈理直气壮,为了能让望眼欲穿的爷爷奶奶喜笑颜开,我只好义无反顾地选择男性。这可绝不是向世俗的偏见低头,而只是想在出生的这一个瞬间,带给我的亲人更多的快乐。

我在襁褓中慢慢长大。这期间,做男婴还是做女婴都无所谓。在没有发明舒适的纸尿布以前,我想还是做男孩好一些,享受干爽的机遇比较多。随着科学的不断进步,这件小事不再能左右我揿动按钮。在这段人生最美好的时光里,我男女不辨地随意躺在绵软的带栅栏的小床里,用小手追逐缓缓移动的阳光,学会对着使我们愉悦的事物微笑。我们脱离了母体的温暖,独自面对自然界的风霜。我们尝试着对饥饿和病痛发出抗争,但我们其实很无奈。假如没有亲人的呵护,无论男孩还是女孩,我们都软弱。

像初夏的青苹果,我们缓缓地长大。这段时间如果一定要我选择,我就当女孩吧。因为在这期间,我们会无师自通地学会人世间最重要的知识——语言。女孩的舌头像鹦鹉,她们学话的速度比男孩快多了。虽说中国流传着"贵人语迟"的民谚,但我还是喜欢做个平凡人,早早地学会向他人表达自己的看法。

接着,我们突然像竹笋一样,日新月异地膨胀起来,不断地增长淘气本事。爬高上低,没头没脑地疯跑,在自己的脸上糊上泥,把玩具肢解得遍地都是,从一块石头疯狂地跳上另一块石头,在水里溅起一连串的水花……这都是男孩子的特权啊!我要做个男孩,把身上的红色按钮死死揿下。做男孩可以把鞋子踢烂、把衣服剐破、把手指划出血、把膝盖磕掉皮而不遭家长的斥责。男孩在玩耍上享有天然的豁免权,当他们无意间伤害了别人的财产和自己的身体时,大人们多半会宽容地说,嗨!男孩子嘛,就是这个样子!

女孩子可要倒霉得多。几千年的观念像一张透明的娇柔的网,将你裹得紧紧。你时刻感到不能自由自在地呼吸和手舞足蹈。你看得见外面的一切,却不能随心所欲地飞翔。你抗议的时候,别人会莫名其妙地说,没有呀,没有谁束缚你。真叫你有苦说不出。

开始上学了。我愿意回到女儿身。男孩子太顽劣了,屁股底下像有颗大滚珠,不会安安静静在椅子上待一刻。他们终究会意识到知识的重要,可是距那大彻大悟的关头,他们还要穿过漫长的隧道。在这个觉醒的过程中,他们恶劣的成绩,将被老师斥责,同学耻笑,家长软硬兼施,邻里议论纷纷……这种经历对一个人的心智是大考验。许多男孩就在这种挫折感中,失去了人最宝贵的自尊。而女孩,就比较的平顺,因为她们知道死用功。灵灵秀秀的女孩穿得干干净净,乖乖地举手发言,讨老师的喜欢。下了课,带着平平整整的作业本回家,给爸爸妈妈一个好成绩。小学真是一个女孩的黄金时代,她们像新生的豆荚饱满和嫩绿,充满着勃勃的生机。

到了十一二岁的时候,我要赶快把绿色按钮变换成红色按钮,再迟就来不及了。那位将陪伴每一个女人青春时代的殷红色朋友就要来啦!她每月一次的造访你无法拒绝,陪着她,你困倦激动好哭爱发脾气……惹不起,我们躲得起。

去做男人。

男人此刻异军突起。他们在一夜之间变得强健英俊,仿佛蜕尽了最后一层躯壳的知了,高高地飞到了白杨树梢,向全世界发出尖锐的鸣叫。尽管歌声还不够老练,但他们终究会成熟起来的。这个时期的男性永远是一个谜,你不知道他们是在哪一个早上,突然从男孩变成了男子汉。老天爷的鬼斧神工,毫不留情地把他们大脑的沟壑凿深,雕刻出他们坚毅的下巴和眉宇,慷慨地在制造他们潇洒智慧的同时,随赠了一大包的幽默。仿佛在不经意之间,他们流露出勇气与旷达。当然啦,他们也脆弱,也孤独,也想入非非,也躁动不安,但鹿一般雄壮的气息缠绕着他们,他们在奔跑中不断完善。

岁月的炉火燃烧着,熔炼着男人和女人的金丹。

女人最美丽的季节到了。俗话说女大十八变,最动人的变化悄悄地发生着,我终于忍不住跑回去做女人了。

少女的头发像鸦羽一样闪亮,你盯着看久了,会闪出墨绿的光泽。瞳孔里因为蕴涵了过多的期望而显得秋水淋淋。肌肤像刚刚裱制出的白绸,细腻光滑无一丝波痕。柔曼的腰肢,玲珑的曲线,都带着稍纵即逝的精致。

她们的心绪,像一块绿毡似的秧田。看似平静,其实每一阵微风荡过,都引起所有的枝叶震颤。

草莓红了。芭蕉被雨淋湿。成熟的樱桃想飞到天上去,无所不在的万有引力又使它飘落黄土地。

无论女人有多少瑰丽的想象,她们一生中最重要的事,是寻找那个缺了肋骨的男人,重新嵌进他的胸膛。无论找到找不到,都有无尽的苦恼与欢乐。

男人和女人终于镶在一起了。

在女人行将破裂的那一瞬,我决定逸出她的躯壳,去做一个男人。因为此时的男人好威风啊!

婚后的男人,太累太累。好像追赶太阳的夸父,一头担着事业,一头担着家庭。出于怕苦怕累的天性，又使我翻回头去想做女人，但女人已开始孕育生命。这是充满创造也充满艰险的劳动，简直是女人一生中最大的劫难。

女人变得面目全非，身躯沉重，步履蹒跚。脸上趴着褐色的蝴蝶，曲线被圆弧毫不留情地替代。心脏汹涌地鼓荡着，供给着两个人的血脉。

那是生与死的循环啊。女人或者捧出两条生命，或者与她的婴孩一起沉没海底。

面对生命的链条，我怯懦地闭上眼睛。我真的不知该选择做男人还是做女人，也许人生就是无止尽的苦难，无论怎样巧妙地在礁石上跳来跳去，我们还是得被巨浪浇得透湿。

也许在真正美妙的融合中，男人和女人是一堵砌在高坡上的墙。你不可能将他们分开，你不可能说自己是其中的砖还是泥水。墙矗立着，或者訇然倒塌；或者很有风度地站上一千年，依然像刚完工那般新鲜。

真的，我们不必区分得太分明。一个好的男人和一个好的女人，在共患难的日子里，是一种奇怪的有四只脚和四只手的动物。他们虽然有两颗心，却只有一个念头——风雨同舟地向前。

新的生命诞生了。

从这儿以后，还是坚持做男人吧。哺育的担子太重，社会又对女人提出了太多的角色。在家是举案齐眉的贤妻良母，出外是叱咤风云的巾帼强人。父母膝下返璞归真的孝女，社交场合典雅华贵的夫人……一副副面具需要轮换着镶在脖颈上，深夜里女人会仰天叹息：我在哪里？

做男人就简明扼要多了。他们缓缓地但是坚定不移地向着既定的目标前进，好像一艘巨大的航空母舰。他们的轮廓在岁月中渐渐模糊，但内心仍坚定如铁。失败的时候，他们在人所不知的暗处，揩干净创口的血痕。当他们重又出现在太阳下的时候，除了觉出他的脸色略显苍白以外，一切如常。他们也会哭泣，但流出来的是血不是水。血被风干了，就是美丽的玫瑰花，被他们不经意地夹在成功的证书里。

男人的自由多，男人的领域大。男人被人杀戮也被人原谅，男人编造谎言又自己戳穿它。男人可以抽烟可以酗酒可以大声地骂人可以随意倾泻自己的感情。历史是男人书写的，虽然在关键的时刻往往被一只涂了蔻丹的指甲扭转。那也是因为在那只手的后面，有一个男人微笑地凝视着她。

我懵懵懂懂疲倦地走过了许多年，频繁地选择着性别按钮，连自己也感觉厌烦。似乎每一次选择的动机都是避重就轻，人类的弱点在选择中暴露无遗。

选择的机会不是很多了，我们已经老迈。

时间是一个喜欢白色的怪物，把我们的头发和胡子染成他爱好的颜色。他的技术不是太好，于是我们就变得灰蒙蒙。孩子长大了，飞走了，留下一个空洞的巢穴。由于多年在一起生活，我们吃一样的饭，喝同一种茶叶沏成的水，甚至连枕头的高度也是一致的。我们变得很相像。像一对古老的花瓶，并肩立在博物架上，披着薄薄的烟尘。

我们不可遏制地走向最后的归宿。我们常常亲热地谈起它，好像在议论一处避暑的胜地。其实我们很害怕，不是害怕那必然的结局，是害怕孑然一身的孤独。

我们争论谁先离开的利弊。男人和女人仿佛在争抢一件珍贵的礼物，都希图率先享受死亡的滋味。

在这人生最后一轮的选择中，我选择女性。

我拈轻怕重了一辈子，这次挺身而出。男人，你先走一步好了。既然世上万事都要分出个顺序，既然谁留在后面谁更需要勇敢，我就陪伴你到最后。一个孤单的老翁是不是比一个孤单的老媪更为难？让我嚼这颗坚硬的胡桃到最后吧。

这是生命的分工，男人你不必谦让。

你病了，我会在你的床前，唱我们年轻时的歌谣。我会做你最爱吃的饭，因为你说过，除了你的母亲，这个世界上我做的饭最对你的口味。我们共同回忆以往的时光，把辛苦忙碌一辈子没来得及说的话，借病房的角落全部说完。

其实话是说不完的。

有一天，你突然说要告诉我一个秘密。你说男人都有自己的秘密，你对我这样好，其实我不值得你对我这样好……

你要用秘密回报我的真诚，这样使我在你死后不会太伤心。

我立刻用苍老的手,堵住你的嘴。我说,你别说,永远别说。我们之间没有秘密,最大的秘密就是我们怎样在茫茫人海中相识,从过去一直走到将来。

男人走了,带着他永远的秘密。

现在,我已无法再选择。

那两个红色绿色的按钮,已经剥脱了油彩,像两颗旧衣服上的扣子。

选择性别,其实就是选择命运。男人和女人的命运有那么多的不同,又有那么多的相同。

我最后将两颗按钮一起揿下,我不知道会发生什么样的事情。

它们破裂了,留下一堆彩色的碎片。

我作为一个女人,来到这个世界。我又作为一个女人,离开这个世界。似乎所有的选择都是徒劳。

不。我用一生的时间,活出了两生的味道。

虾红色情书

朋友说她的女儿要找我聊聊。我说,我——很忙很忙。朋友说她女儿的事——很重要很重要很重要。结果,两个"忙"字,在三个"重"字面前败下阵来。于是,我约她的女儿若樨,某天下午在茶艺馆见面。

我见过若樨,那时她刚上高中,清瘦的一个女孩。现在,她大学毕业了,在一家电脑公司工作。虽说女大十八变,但我想,认出她该不成问题。我给她的外形打了提前量,无非是高了,丰满了,大模样总是不改的。

当我见到若樨之后,几分钟之内,用了大气力保持自己面部肌肉的稳定,令它们不要因为惊奇而显出受了惊吓的惨相。其实,若樨的五官并没有大的变化,身高也不见拔起,或许因为减肥,比以前还要单薄。吓倒我的是她的头发,浮层是樱粉色,其下是姜黄色的,被剪子残酷地切削得短而碎,从天灵盖中央纷披下来,像一种奇怪的植被,遮住眼帘和耳朵。以致我在很长一段时间内,觉得自己是在与一只鸡毛掸子对话。

落座。点了茶,谢绝了茶小姐对茶具和茶道的殷勤演示。正值午后,茶馆里人影稀疏,暗香浮动。我说,这里环境挺好的,适宜说悄悄话。

她笑了,是骨子里很单纯的表面却要显得很沧桑的那种。她说,到酒吧去更合适。茶馆,只适合遗老遗少们灌肠子。

我说,酒吧,可惜吵了点。下次吧。

若樨说,毕阿姨,你见了我这副样子,咱们还有下次吗?你为什么不对我的头发发表意见?你明明很在意,却要装出毫不在意的样子。我最讨厌大人们的虚伪。

我看着若樨,知道了朋友为何急如星火。像若樨这般青年,正是充满愤怒的年纪。野草似的怨恨,壅塞着他们的肺腑,反叛的锋芒从喉管探出,句句口吐荆棘。

我笑笑说,若樨,你太着急了。我马上就要说到你的头发,可惜你还没给我时间。这里的环境明明很雅致,人之常情夸一句,你就偏要逆着说它不好。我回应,说那么下次我们到酒吧去,你又一口咬定没有下次了。你尚不曾给我机会发表意见,却指责我虚伪,你不觉得这顶帽子重了些吗?若樨,有一点我不明白,恳请你告知,我不晓得是你想和我谈话,还是你妈要你和我谈话?

若樨的锐气收敛了少许,说,这有什么不同吗?反正您得拿出时间,反正我得见您,反正我们已经坐进了这间茶馆。

我说,有关系。关系大了。你很忙,我没你忙,可也不是个闲人。如果你不愿谈话,那我们马上就离开这里。

若樨挥手说,别别!毕阿姨。是我想和您谈,央告了妈妈请您。可我怕您指责我,所以,我就先下手为强了。

我说,我不怪你。人有的时候,会这样的。我猜,你的父母在家里同你谈话的时候,经常是以指责来当开场白。所以,当你不知如何开始谈话的时候,你父母和你的谈话模式就跳出来,强烈地影响着你的决定,你不由自主地模仿他们。在你,甚至以为这是一种最好的开头办法,是特别的亲热和信任呢!

若樨一下子活跃起来,说:毕阿姨,您真说到我心里去了。其实,您这么快地和我约了时间聊天,我可高兴了。可我不知和您说什么好,我怕您看不起我。我想您要是不喜欢我,我干吗自讨其辱呢?索性,拉倒!我想尽量装得老练一些,这样,咱们才能比较平等了。

我说,若樨,你真有趣。你想要平等,却从指责别人入手,这就不仅事倍功半,简直是南辕北辙了。

若樨说,我知道了,下回,我想要什么,就直截了当地去争取。毕阿姨,我现在想要异性的爱情。您说怎么办呢?

我说,若樨啊,说你聪明,你是真聪明,一下子就悟到了点上。不过,你想要爱情,找毕阿姨谈可没用,得和一个你爱他,他也爱你的男子谈,才是正途。

若樨脸上的笑容风卷残云般地逝去了,一派茫然,说,这就是我找您的本意。我不知道他爱不爱我,我更不知道自己爱不爱他。

若樨说着,从皮夹子里,拿出一张折叠得整整齐齐的纸,递给我。

我原以为是一个男子的照片,不想打开一看,是淡蓝色的笺纸,少男少女常用的那种,有奇怪的气息散出。字是虾红色的,好像是用毛笔写的,笔锋很涩。

这是一封给你的情书。我看了,合适吗?读了开头火辣辣的称呼之后,我用手拂着笺纸说。

我要同您商量的就是这封情书。它是用血写成的。

我悚然惊了一下,手下的那些字,变得灼热而凸起,仿佛烧红的铁丝弯成。我屏气仔细看下去……

情书文采斐然,述说自己不幸的童年,从文中可以看出,他是若樨同校不同系的学友,在某个时辰遇到了若樨,感到这是天大的缘分。但他长久地不敢表露,怕自己配不上若樨,惨遭拒绝。毕业后他有了一份尊贵的工作,想来可以给若樨以安宁和体面,他们就熟识了。在若即若离的一段交往之后,他发现若樨在迟疑。他很不安,为了向若樨求婚,他特以血为墨,发誓一生珍爱这份姻缘。

"人的地位是可以变的,所以,我不以地位向你求婚。人的财富是可以变的,所以我也不以财富向你求婚。人的容貌也是可以变的,所以我也不以外表向你求婚。唯有人的血液是不变的,不变的红,不变的烫,从我出生,它就灌溉着我,这血里有我的尊严和勇气。所以,我以我血写下我的婚约。如果你不答应,你会看到更多的血涌出……如果你拒绝,我的血就在那一瞬永远凝结……"

我恍然刚才那股奇特的味道,原来是笺上的香气混合了血的铁腥。

你现在感觉如何?我问若樨。并将虾红色的情书依旧叠好,将那一颗骚动的男人之心,暂时地囚禁在薄薄的纸中。

我很害怕……我对这个人摸不着头脑,忽冷忽热的……可心里又很有几分感动。血写的情书,不是每个女孩子都有这份幸运的。看到一个很英俊的男孩,肯为你流出鲜血,心里还是蛮受用的。我把这份血书给好几个女朋友看了,她们都很羡慕我的。毕竟,这个年头,愿意以血求婚的男人,是太少了。

若樨说着,腮上出现了轻浅的红润。看来,她很有些动心了。

我沉吟了半晌。然后,字斟句酌地说,若樨,感谢你信任我,把这么私密的事告诉我。我想知道你看到血书后的第一个感觉。

若樨说……是……恐惧……

我问,你怕的是什么?

若樨说,我怕的是一个男人,动不动就把自己的血喷溅出来,将来过日子,谁知会发生什么事?

我说,若樨,你想得长远,这很好。婚姻不是一朝一夕的事情。每个女孩子披上嫁衣的时候,一定期冀和新郎白头偕老。为了离婚而结婚的女人,不是没有,但那是阴谋,另当别论。若樨,除了害怕,当你面对另一个人的鲜血的时候,还有什么情绪?

若樨沉入当时的情景当中,我看她长长的睫毛在急速地眨动,那是心旌动荡的标志。

我感到一种逼迫,一种不安全。我无法平静,觉得他以自己的血要挟我……我想逃走……若樨喃喃地说。

我看着若樨,知道她在痛苦的思索和抉择当中。毕竟,那个男孩迫切地需要得到若樨的爱,我一点都不怀疑他的渴望。但是,爱情绝不是单一的狙击,爱是一种温润恒远。他用伤害自己的身体,来企图达到自己的目的,如果一朝得逞,我想他绝不会就此罢手。人,或者说高级的动物,是会形成条件反射的。当一个人知道用自残的方式,可以胁迫他人按照自己的意志行事的时候,他会受到鼓励。

很多人以为,一个人的缺点,会在他或她结婚之后,自动消失。我觉得如果不说这是自欺欺人,也是一厢情愿。依我的经验,所有的缺陷,都会在婚姻之后变本加厉地发作。婚姻是一面放大镜,既会放大我们的优点,也毫不留情地放大我们的缺点。因为婚姻是那样的赤裸和无所顾忌,所有的遮挡和礼貌,都会在长久的厮磨中退色,露出天性粗糙的本色。

……也许,我可以帮助他……若樨悄声地说,声音很不确定,如同冷秋的蝉鸣。

我说,当然,可以。不过,你可有这份力量?他在操纵你,你可有反操纵的信心? 我们不妨设想得极端一些,假如你们终成眷属,有一天,你受不了,想结束这段婚姻。他不再以血相逼,升级了,干脆说,如果你要离开我,我就把一只胳膊卸下来,或者自戕……到那时,你又该如何应对呢?如果你说,你有足够的心理准备承接危局,我以为你可以前行。如若不是……

若樨打断了我的话,说,毕阿姨,您不要再说下去了。我外表虽然反叛,但内心里却是柔弱的。我没办法改变他,和他在一起的时候,我很不安全。我不知道在下一分钟他会怎样,我是他手中的玩偶。

那天我们又谈了很久,直到沏出的茶如同白水。分手的时候,若樨说,您还没有评说我的头发!

我抚摸着她的头,在樱粉和姜黄色的底部,发根已长出漆黑的新发。我说,你的发质很好,我喜欢所有本色的东西。如果你觉得这种五花八门的颜色好,自然也无妨。这是你的自由。

若樨说,这种头发,可以显示我的个性和自由。

我说,头发就是头发,它们不负责承担思想。真正的个性和自由,是头发里面的大脑的事,你能够把神经染上颜色吗?

校门口的红跑车

女人们对自己的感情经历，大体上可分为三种：一种是讲，逢人就讲，对熟悉她和不很熟悉她的人，甚至车船旅途中的萍客，都可倾诉。一种是不讲，埋得深深，不少人把它像一种致命的病菌一样，带进坟墓。第三种是通常不讲，但在某一特别的场合和时间下，会对人讲。那种时刻，如果我恰巧成为听众的话，常常生出感动。因为我知道，此时一定有什么特别的情形，痛切地触动了她的内心。我也要感激她对我的信任和这一份特别的缘分。

那一夜，月亮非常亮。据说是63年以来，月亮最亮的一个晚上。女孩对我说。

我是师范院校的学生。读师范的女生，基本上都是家境贫寒的，长相通常也不很好。这样说，我的女同学们，可能会不服气，但我说的是实话，包括我自己，相貌平平。大约读大二的时候，我们就可以做家教了。其实那时，我们和普通大学生所上的课，并没有大的区别，还没学到教学教法什么的，也不一定就能当好如今独生子女的小先生。师范院校的牌子挺能唬人的，再说我们特需要钱来补贴。所以，同学们就自己组织起家教"一条龙"服务，每天派出代表，在大街上支个桌子，上书"家教"二字，等着上门求助的家长，接了活儿后再分给大家。谁领到了活儿，会从自己的收入当中，抽一部分给守株待兔的同学——我们称他们为"教提"。

有一天，教提对我说，给你分一个大款的女儿，你教不教？我说，钱多不多？他说，官价。我说，你还不跟大款讲讲价？他苦笑着说，讲了，不成。人家门儿清。我说，好吧，官价就官价。他说，那明天下午四点，范先生驾车到大门口接你。

第二天，我提前五分钟到了学校门口。没人。我正好把自己的服装最后检视一遍。牛仔裤，白T恤——挺得体的，既朴素又充满了活力，而且这是我最好的衣服了。

四点整，一辆我叫不出来名字的红跑车飞驰而来，停在我面前，一位潇洒的中年男人含笑问道：您是黎小姐吗？

我姓李，他讲话有口音，我也就不计较了，点点头。我说，您是范先生吗？他说，正是。咱们接上头了，快请上车吧，我女儿正在家等你呢。

我上了车，坐在他身边，车风驰电掣地跑起来。我从来没有坐过如此豪华的车，那感觉真是好极了。他的技术非常娴熟，身上散发着清爽的烟草和皮革混合的气味，好像是猎人加渔夫。总之，很男人。

他一边开车一边说，女儿的英语基础不是很好，尤其是胆小，不敢会话。口语的声音弱极了，希望我不要在意。我的目光注视着窗外飞速闪动的街景，不停地点头……心想，同样的建筑，你挤在公共汽车上看，和坐在这样高贵的车里看，感受竟有那么大的差别啊。

很快到了一片"高尚"住宅区（我对这个词挺不以为然的，住宅区也不是品质，凭什么分高尚和卑下呢），在一栋欧式小楼面前停下，他为我打开车门时说，我的女儿英语考试成绩每提高一分，我就奖给你一百块钱。

我充满迷惘地问他，你女儿的英语成绩，和我有何相干呢？我是来教历史的。

那一瞬，我们大眼瞪小眼。然后异口同声地说："对不起，错了。"他赶紧带上我，驱车重回校门口，接上那位教英语的黎同学回家，而我找到已经等得很不耐烦的范先生。

说实话，那天我对范先生的女儿很是心不在焉。这位范先生虽说也是殷实人家，但哪能与那一位范先生相比呢？我心里称那位先入为主的为——范一先生。

晚上，我失眠了。范一先生的味道，总在我的鼻孔里萦绕。我想，住在那栋小楼里的女人，该是怎样的福气呢？不过，想来素质也不是怎样的好吧？不然，她的女儿为什么那么胆小？要是我有这样的先生和家业，会多么的幸福啊……

想归想。这年纪的女生,谁没有一肚子的幻想呢?天一亮,我就恢复正常了,谁叫咱是灰姑娘呢!下午四点之前,我又到了校门口,范二先生说好了再来接我。可能因为头天迟到的缘故,我到得格外早。

走近校门,我的心咚咚跳起来——又看到了那辆非凡的红色跑车。我悄悄站在一旁,因为和我没关系。他是来接英语系的黎同学的,这很好理解。

没想到,那辆红跑车,如水鸟一样无声地滑到我面前,范一先生温柔地笑着说,李小姐,你好。

我说,您到得很早啊。

范一说,昨天我正点到时,你已经到了。所以我想你今天还会到得早,果然不错。我喜欢守时的人,咱们走吧。

他说着,打开了车门。

我说,范先生,昨天错了。

他笑笑说,昨天错了,今天就不能再错。我已将黎同学炒了,重新雇用你。

我很吃惊,说,你怎么会知道今天我们能见面?

他说,不要这么惊奇。你惊奇的样子,可爱极了。对于一个商人来说,这点信息有什么难呢? 历史系,一个姓氏和"黎"近似的有着魔鬼身材的女生,现正做着家教……就这样啊。

我扶着车门说,我不是英语系的。

他说,你的大学只要是考上的,就可以教我女儿的英语……上车吧,我女儿已经在等了。

在车上,所有昨天的感觉都复活了。正当我沉浸在速度的快感之中时,范一先生打断了我的美好感受。他说,看来你对自己太不在意了。

我说,此话怎么讲?

他说,你穿着和昨天一模一样的衣服。有你这样魔鬼身材的女孩,应该善待自己才是。

我说,一个穷学生,是无法善待自己的。

他说,我也当过穷学生,你的处境我体会。但是,别忘了,你有资源啊。

我说,我有什么资源啊? 芸芸众生而已。

他说，你的身材非常好，我昨天一眼就被吸引了。一个人，长相好，其实相对来讲比较容易。一张脸，才有多大的面积？对比匀称不算难。就是有些小的瑕疵，比如眼睛不够大，鼻梁不够挺直，做做整容也不难，巴掌大的地方，就那么几组零件，好安排。可一个人的身材，波及全身所有的结构，头颅过大过小都不成，脖子不长不行，脊柱要挺拔，胸腰的比例要适宜，腿更是重中之重，要是短了，纵使闭月羞花也白搭……你呢，刚刚好，所有的搭配都天造地设，你要懂得珍惜啊。而且我提醒你，女性的身材，是很脆弱的结构。上了年纪，就不一样了。锻炼出来的，节食出来的，和天然的，是不一样的……好了，我们到了。

又是那座小洋楼，但我无心观赏它的精致。我的心被范一先生的逻辑催动，变得不安分了。这就像一个穷人，守着自己的几亩薄田苦熬。有一天，突然有人对你说，你田里长的那些草，都是人参啊。你还能心平气和吗？

不过，那天我还是抖擞起精神，辅导范一先生的女儿。我对女主人的羡慕和嫉妒，都不存在了。这是一个没有女主人的家庭，因此，那女孩十分孤独内向。她的英语其实不是很差，只是因为不敢说，成绩才糟。

范一对我很满意，约定以后天天接我来做家教。我说，都是这辆车吗？

他说，你很在意这辆车吗？

我说，不是在意，是它美丽。

他说，我能理解。美丽的东西，人们都想和它在一起。好吧，即使我不能来，我也会派我的司机，开着这辆车来。

我和范一先生的女儿交了朋友，她的胆子渐渐大起来。嘴一敢张开，成绩就突飞猛进。

校门口每天准时出现的红色跑车，让我大出风头。有时候下午有课，我就编谎话请假，总之从未误了范一那边。期末，那女孩的英语成绩提高了二十五分，范一递给了我两千五百块钱。

我就接过来了。心安理得。

后来，他开始给我买衣服，我不要，他说，我是不忍暴殄天物啊。我就收了……直到有一天，他很神秘地拿出一个纸袋，说是托人特地从国外带回来的时装，送给我。那套衣服漂亮得让人心酸，让人觉得自己以前穿过的都是垃圾。

你能今天在我家就把这套衣服穿起来,让我看看吗?你知道,我也很爱美丽的东西啊。范一说。

我本不想答应,但我怕范一不高兴。工钱和奖金,都是我必需的,还有这套华贵的衣服。

我把卫生间里面门上的小疙瘩按死,开始换衣服。正当我把旧衣服脱下,新衣服还没上身的时候,门无声无息地开了。

我想看看自己的眼光,对你的三围的估计准不准?范一说。

我呼救反抗……偌大的房间里,只有我们两人,女孩到同学家去了。暴行之后,范一扔下一笔钱,说,我是很公平的。你们做家教,是按小时收钱,明码标价。我也是。你的每一厘米胸围,我付一笔钱。你的腰围比臀围每少一厘米,我付一笔钱。我可以告诉你,我从来没有给过任何小姐这么多的钱。你真是魔鬼身材啊。

我很想到公安局告他,可我怕舆论。每天招摇的红跑车,让我气馁。我也想把钱扔到他脸上,然后扬长而去。那是电影里常常出现的镜头,但是,我做不到。我缺钱。我已经付出了高昂的代价,我要为自己保存一点物质补偿。

我想,一个人是不是记得住那些惨痛的教训,不在于片刻的决绝,更在于深刻的反省吧。

我再也没有见过范一。有时候,在镜子面前欣赏自己优美的身材的时候,我会想起范一的话。我承认这是一种资源,但是,所有的资源,都需要保护。越是美好的资源,越要珍惜。女人,最该捍卫的,不就是我们的尊严吗?

在明月的照耀下,我看到她脸上的清泪。

蓝色萝卜

有一天，我到商场的玩具柜台，为朋友的孩子过生日准备一份礼物。因总是拿不定主意，挑来选去的很费时间，便听到了如下一番谈话。

一位老妇人，在卖橡皮泥的柜台，转了好几个圈，神色有几分茫然。嘴里小声嘟囔着，哟，这才几年不见，橡皮泥已经变得这样豪华了，好的要上百块钱一套了，记得早先，几毛钱就能买一版，什么颜色都有的……

正值中午，买东西的人不多，女售货员挺清闲的，就同顾客聊开了天儿。

哎，我说这位大姐，您那是什么时候的皇历了？几毛钱一版？少说也是三十年前的事了。现在的橡皮泥，三十六色，花哨着呢，还附带模型，您是想要麦当劳的食品型，还是白垩纪的恐龙型？您叫孙子把橡皮泥往模型里这么一按，再一磕出来，就什么都妥帖了，跟真的一模一样。

那老妇人现出不好意思的神态，说，我不是给孙子买的，是给儿子买的。

售货员并不因自己说差了而尴尬，很快接着话茬儿说，看您这年纪，儿子怕也有三十了吧？您还这么惦记着他，真是个好妈妈啊！

老妇人点点头说，是啊，他大学毕业，已经工作多年了。她边说，边拿起售货员递来的样品，很仔细地端详后，把附有模型的橡皮泥向柜台里面推了推说，我不要这种千篇一律的东西，要那种自己可以随心所欲地发挥创造性的橡皮泥。

售货员热情而久经世故的脸上出现了几丝迷惘，连我也听得起了好奇之心，用余光打量起老人。她衣着很普通，第一印象，几乎要把她归入家庭妇女范畴。但这结尾的话，让人得修改初衷，确认她是受过良好文化熏陶的知识女性。想来那儿子,也已是成年的知识分子了。那么,这玩具的意义何在呢?

售货员不愧见多识广,在短暂的愕然之后,很快就重现成竹在胸的神色,缩窄了喉咙,同情地说,哦,我明白了。您的儿子精神上……是不是有点……那个……我接待过这样的顾客,是安定医院的大夫,也是不要带模型的橡皮泥,因为对病人的思维和手的活动帮助不大,简装的橡皮泥,反倒实用。病人们可以像孩子一样瞎捏,尽情地发挥想象力。听说从他们捏的玩意儿里,还能推断出病情好坏呢……

售货员嘴快手也快,把带有麦当劳和恐龙图案的大盒橡皮泥,麻利地收起来,递过一种色彩艳丽的简装橡皮泥。

老妇人很感激地看着售货员,轻声道着谢,然后细察新品种的成色。

售货员充满同情地叹了一口气。老人露出不很中意的样子说,基本还可以吧,只是有没有更多一些的呢?

售货员恍然大悟道,是这样啊,那我们还有大桶装的,都是专给幼儿园团体购买预备的,够一个班小朋友捏着玩了。说着,她从柜台角落拖出一个铁皮桶,看起来分量不轻。

老妇人再次察看,脸上终于露出满意的笑容,说,谢谢你啦。我儿子个子很高,手也很大,手指也粗,那些专为娃娃预备的橡皮泥,对他来讲,太精巧了些。这种正合适。

老妇人交了钱,把售货员为她精心捆好的橡皮泥桶抱着,预备离去。售货员向她扬扬手说,您老多保重吧。看得出,您那么爱自己的儿子,他得了这样的病,您一定特难过。

老妇人开心地笑了,露出一口极为洁白的牙齿。虽然按她的岁数推算,这是假牙,仍让人感到她按捺不住的快乐。她说,谢谢你的关心。不过我的儿子并没有什么病,他很好,很健康,是个很棒的电脑工程师。

目瞪口呆的不仅是那位热心的售货员,还有在一旁偷听的我。谜团没有解开,越结越死。

老妇人说,事情是这样的。

我儿子小的时候,手很巧。我给他买回各种各样的玩具,让他开发智力。有一次,我买了橡皮泥,就是你说的那种老掉牙的货色——只有十二色的一小盒。他用它们捏小鸭子、小轮船,活灵活现的。有一天,他捏了一个大萝卜,圆圆的,大大的,红红的,上面还长着翠绿的缨子。我喜欢极了,还有骄傲和自豪。我把这个萝卜小心地带到单位,让同事们看。大家都说这不是那么小的孩子能捏出来的,没准是哪个工艺师随手的小品。我听了以后,心中甜似蜜呀。回到家后,儿子跟我要那个萝卜。我说,干吗呀?他毫不在意地说,把它毁了,重捏啊。红色的归到剩下的红泥堆里,绿的归绿的。我很可惜地说,那这个萝卜不就没了吗?他睁大天真的眼睛说,可那些橡皮泥还在啊,我还可以捏别的呀。我说,不成,过几天,就是"六一"儿童节,单位里要是组织展览,这个萝卜就是上好的展品。你不能把它毁了,我要留作纪念。

　　儿子很听话,不再要回他捏的萝卜了。过了一段日子,他悄悄问,你们单位开过展览会了吗?我说,今年没开。你问这个干什么?他说,我想要回那个萝卜,让它回到我那一堆各色的橡皮泥里,这样,我就可以捏其他的东西了。我不耐烦地说,这个萝卜我还想留着呢。你该捏什么就捏吧。儿子又怯生生地说,妈妈,你能不能再给我买一盒新的橡皮泥呢?我说,为什么?原来那盒不是挺好的吗?儿子说,那个萝卜走了,它的颜色就不全了。我敷衍地说,好吧,哪天我得空了,就给你买。那阵子,我一直很忙。更主要的是不把孩子的请求当回事,总是忘。孩子问过几次,我心里烦,就说,你想捏什么就捏什么好了,颜色有什么要紧的?大模样像了就成。我儿子很乖,从此,他再也不提橡皮泥的事情了。

　　大约半年后的一天,我下班回家,在桌子上,看到了儿子用橡皮泥捏的新作品。我不知是不是他特地摆在那儿的——一个胡萝卜,身体是蓝色的,叶子是黑色的。

　　我当时应该警醒的,可惜忙于工作,不愿分心,就装作什么也没有看到。

　　从此,儿子再不捏橡皮泥了,我也渐渐把这件事淡忘了。直到他长大成人,几十年当中,我们都再没提过橡皮泥这个词。

　　前几天搬家,从尘封的旧物中滚出一个铁蛋似的东西,我捡起一看,原来是那个蓝色的萝卜。谁也不知道它是怎样被保存下来的。我把它放在手心,还感到儿子当年的无奈。我从中听到了强烈的抗议和热切的渴望。

我想赎回我当年的粗暴和虚荣，想完成我曾经答应过的承诺……

她说到这里，头深深地埋下了，花白的头发像一帘幕布，遮住了她的眼睛。

老妇人抱着橡皮泥桶，缓缓地走了。我也随之选定了一件礼物，离开了商场。我决定，在送给小朋友生日礼物的同时，送给他的妈妈一个故事。

只听得售货员在后头喃喃地低语，谁知她的儿子还记得这回事不？会原谅他妈妈吗？

青虫之爱

我有一位闺中好友,从小怕虫子。不论什么品种的虫子都怕。披着蓑衣般茸毛的洋辣子,不害羞地裸着体的吊死鬼,一视同仁地怕。甚至连雨后的蚯蚓,也怕。放学的时候,如果恰好刚停了小雨,她就会闭了眼睛,让我牵着她的手,慢慢地在黑镜似的柏油路上走。我说,迈大步!她就乖乖地跨出很远,几乎成了体操动作上的"劈叉",以成功地躲避正蜿蜒于马路的软体动物。在这种瞬间,我可以感受到她的手指如青蛙腿般弹着,不但冰凉,还有密集的颤抖。

大家不止一次地想法治她这心病,那么大的人了,看到一个小小毛虫,哭天抢地的,多丢人啊!早春天,男生把飘落的杨花坠,偷偷地夹在她的书页里。待她走进教室,我们都屏气等着那心惊肉跳的一喊,不料什么声响也未曾听到。她翻开书,眼皮一翻,身子一软,就悄无声息地瘫倒在桌子底下了。

从此再不敢锻炼她。

许多年过去,各自都成了家,有了孩子。一天,她到我家中做客,我下厨,她在一旁帮忙。我择青椒的时候,突然从蒂旁钻出一条青虫,胖如蚕豆,背上还长着簇簇黑刺,好一条险恶的虫子。因为事出意外,怕那虫蜇人,我下意识地将半个柿子椒像着了火的手榴弹扔出老远。

待柿子椒停止了滚动,我用杀虫剂将那虫子扑死,才想起酷怕虫的女友,心想刚才她一直目不转睛地和我聊着天,这虫子一定是入了她的眼,未曾听到她惊呼,该不是吓得晕厥过去了吧?

回头寻她,只见她神态自若地看着我,淡淡说,一个小虫,何必如此慌张。

我比刚才看到虫子还愕然地说,啊,你居然不怕虫子了?吃了什么抗过敏药?

女友苦笑说,怕还是怕啊。只是我已经能练得面不改色,一般人绝看不出破绽。刚开始的时候,我就盯着一条蚯蚓看,因为我知道它是益虫,感情上接受起来比较顺畅。再说,蚯蚓是绝对不会咬人的,安全性能较好……这样慢慢举一反三,现在我无论看到有毛没毛的虫子,都可以把惊恐压制在喉咙里。

我说,为了一个小虫子,下这么大的功夫,真有你的。值得吗?

女友很认真地说,值得啊。你知道我为什么怕虫子吗?

我撇撇嘴说,我又不是你妈,怎么会知道啊!

女友拍着我的手说,你可算说到点子上了,怕虫就是和我妈有关。我小的时候,是不怕虫子的。有一次妈妈听到我在外面哭,急忙跑出去一看,我的手背又红又肿,旁边两条大花毛虫正在缓缓爬走。我妈知道我叫虫蜇了,赶紧往我手上抹牙膏,那是老百姓止痒解毒的土法。以后,她只要看到我的身旁有虫子,就大喊大叫地吓唬我……一来二去的,我就成了条件反射,看到虫子,灵魂出窍。

后来如何好的呢,我追问。依我的医学知识,知道这是将一个刺激反复强化,最后,女友就成了生理学家巴甫洛夫教授的案例,每次看到虫子,就恢复到童年时代的大恐惧中。世上有形形色色的恐惧症,有的人怕高,有的人怕某种颜色,我曾见过一位女士,怕极了飞机起飞的瞬间,不到万不得已,她是绝不搭乘飞机的。一次实在躲不过,上了飞机。系好安全带后,她骇得脸色煞白,飞机开始滑动,她竟号啕痛哭起来……中国古时的"一朝被蛇咬,十年怕井绳"说的也是这回事。只不过杯弓蛇影的起因,有的人记得,有的人已遗忘在潜意识的晦暗中。在普通人看来是微不足道的小事,对当事人来说,痛苦煎熬,治疗起来十分困难。

女友说,后来有人要给我治,说是用"逐步脱敏"的办法。比如先让我看虫子的画片,然后再隔着玻璃观察虫子,最后直接注视虫子……

原来你是这样被治好的啊!我恍然大悟道。

嗨!我根本就没用这个法子。我可受不了,别说是看虫子的画片了,有一次到饭店吃饭,上了一罐精致的补品。我一揭开盖,看到那漂浮的虫草,当时就把盛汤的小罐摔到地上了……女友抚着胸口,心有余悸地讲着。

我狐疑地看了看自家的垃圾桶,虫尸横陈,难道刚才女友是别人的胆子附体,才如此泰然自若？我说,别卖关子了,快告诉我你是怎样重塑了金身？

女友说,别着急啊,听我慢慢说。有一天,我抱着女儿上公园,那时她刚刚会讲话。我们在林荫路上走着,突然她说,妈妈……头上……有……她说着,把一缕东西从我的头发上摘下,托在手里,邀功般地给我看。

我定睛一看,魂飞天外,一条五彩斑斓的虫子,在女儿的小手内,显得狰狞万分。

我第一个反应是像以往一样昏倒,但是我倒不下去,因为我抱着我的孩子。如果我倒了,就会摔坏她。我不但不曾昏过去,神智也是从来没有的清醒。

第二个反应是想撕肝裂胆地大叫一声。因为你胆子大,对于在恐惧时惊叫的益处可能体会不深。其实能叫出来极好,可以释放高度的紧张。但我立即想到,万万叫不得。我一喊,就会吓坏了我的孩子。于是我硬是把喷到舌尖的惊叫咽了下去,我猜那时我的脖子一定像吃了鸡蛋的蛇一样,鼓起了一个大包。

现在,一条虫子近在咫尺。我的女儿用手指抚摸着它,好像那是一块冷冷的斑斓宝石。我的脑海迅速地搅动着。如果我害怕,把虫子丢在地上,女儿一定从此种下了虫子可怕的印象。在她的眼中,妈妈是无所不能无所畏惧的,如果有什么东西把妈妈吓成了这个样子,那这东西一定是极其可怕的。

我读过一些有关的书籍,知道当年我的妈妈,正是用这个办法,让我从小对虫子这种幼小的物体,骇之入骨。即便当我长大之后,从理论上知道小小的虫子只要没有毒素,实在值不得大惊小怪,但我的身体不服从我的意志。我的妈妈一方面保护了我,一方面用一种不恰当的方式,把一种新的恐惧,注入我的心里。如果我大叫大喊,那么这根恐惧的链条,还会遗传下去。不行,我要用我的爱,将这铁环砸断。我颤巍巍伸出手,长大之后第一次把一只活的虫子,放在手心,翻过来掉过去地观赏着那虫子,还假装很开心地咧着嘴,因为——女儿正目不转睛地看着我呢！

虫子的体温,比我的手指要高得多,它的皮肤有鳞片,鳞片中有湿润的滑液一丝丝渗出,头顶的茸毛在向不同的方向摆动着,比针尖还小的眼珠机警怯懦……

女友说着,我在一旁听得毛骨悚然。只有一个对虫子高度敏感的人,才能有如此令人震惊的描述。

女友继续说,那一刻,真比百年还难熬。女儿清澈无瑕的目光笼罩着我,在她面前,我是一个神。我不能有丝毫的退缩,我不能把我病态的恐惧传给她……

不知过了多久,我把虫子轻轻地放在了地上。我对女儿说,这是虫子。虫子没什么可怕的。有的虫子有毒,你别用手去摸。不过,大多数虫子是可以摸的……

那只虫子,就在地上慢慢地爬远了。女儿还对它扬扬小手,说"拜拜"……

我抱起女儿,半天一步都没有走动。衣服早已被黏黏的汗水浸湿。

女友说完,好久好久,厨房里寂静无声。我说,原来你的药,就是你的女儿给你的啊。

女友纠正道,我的药,是我给我自己的,那就是对女儿的爱。

红柳林早已掘净烧光,
连根须都烟消灰灭了……

大大的
葡萄干,
金黄色的,
像远古的琥珀……

他满头白发,
面容黢黑如铁……

母亲的记忆
如雨中砖地上的红叶……

将是怎样一片掠过苍穹的
翠蓝的云……

离太阳最近的树

30年前,我在西藏阿里当兵。

这世界的第三极,平均海拔5000米,冰峰林立,雪原寥寂。不知是神灵的佑护还是大自然的疏忽,在荒漠的皱褶里,有时会不可思议地生存着一片红柳丛。它们有着铁一样锈红的枝干,凤羽般纷披的碎叶,偶尔会开出谷穗样细密的花,对着高原的酷寒和缺氧微笑。这高原的精灵,是离太阳最近的绿树,百年才能长成小小的一蓬。到藏区巡回医疗,我骑马穿行于略带苍蓝色调的红柳丛中,曾以为它必与雪域永在。

一天,司务长布置任务——全体打柴去!

我以为自己听错了,高原之上,哪里有柴?!

原来是驱车百公里,把红柳挖出来,当柴火烧。

我大惊,说,红柳挖了,高原上仅有的树不就绝了吗?

司务长回答,你要吃饭,对不对?饭要烧熟,对不对?烧熟要用柴火,对不对? 柴火就是红柳,对不对?

我说,红柳不是柴火。它是活的,它有生命。做饭可以用汽油,可以用焦炭,为什么要用高原上唯一的绿色!

司务长说,拉一车汽油上山,路上就要耗掉两车汽油。焦炭运上来,一斤的价钱等于六斤白面。红柳是不要钱的,你算算这个账吧!

挖红柳的队伍,带着铁锹、镐头和斧,浩浩荡荡地出发了。

红柳通常都是长在沙丘上。一座结实的沙丘顶上,昂然立着一株红柳。它的根像一柄巨大章鱼的无数脚爪,缠附至沙丘逶迤的边缘。

我很奇怪,红柳为什么不找个背风的地方猫着呢?生存中也好少些艰辛。老兵说,你本末倒置了。不是红柳长在沙丘上,是因为有了这棵红柳,固住了流沙。随着红柳的渐渐长大,流沙被固住的越来越多,最后便聚成了一座沙山。红柳的根有多广,那沙山就有多大。

啊,红柳如同冰山。露在沙上的部分只有十分之一,伟大的力量埋在地下。

红柳的枝叶算不得好柴薪。它们在灶膛里像闪电一样,转眼就释放完了,炊事员说它们一点后劲也没有。真正顽强的是红柳强大的根系。它们如盘卷的金属,坚挺而硬韧,与沙砾黏结得如同钢筋混凝土。一旦燃烧起来,持续而稳定地吐出熊熊的热量,好像把千万年来,从太阳那里索得的光芒,压缩后爆裂出来。金红的火焰中,每一块红柳根,都弥久地维持着盘根错节的形状,好像一个傲然不屈的英魂。

把红柳根从沙丘掘出,蕴涵着很可怕的工作量。红柳与土地生死相依,人们要先费几天的时间,将大半个沙山掏净。这样,红柳就枝丫遒劲地腾越在旷野之上,好似一副镂空的恐龙骨架。这时需请来最有气力的男子汉,用利斧,将这活着的巨型根雕与大地最后的联系,一一斩断。整个红柳丛就訇然倒下了。

连年砍伐,人们先找那些比较幼细的红柳下手,因为所费气力较少。但一年年过去,易挖的红柳绝迹,只剩那些最古老的树根了。

掏挖沙山的工期越来越漫长,最健硕有力的小伙子,也折不断红柳苍老的手臂了。于是人们想出了高技术的法子——用炸药!

只需在红柳根部,挖一条深深的巷子,用架子把火药探进去,人伏得远远的,将长长的药捻点燃。深远的寂静之后,只听轰的一声,再幽深的树怪,也尸骸散地了。

我们风餐露宿。今年可以看到,去年被掘走红柳的沙丘,好像做了眼球摘除术的伤员,依旧大睁着空洞的眼睑,怒向苍穹。但这触目惊心的景象不会持续太久,待到第三年,那沙丘已烟消云散,好像此地从来不曾生存过什么千年古木,堆聚过亿万颗沙砾。

听最近到过阿里的人讲,红柳林早已掘净烧光,连根须都烟消灰灭了。

有时深夜,我会突然想起那些高原上的原住民,它们的魂魄,如今栖息在何处云端?会想到那些曾经被固住的黄沙,是否已飘洒到世界各处?从屋顶上扬起的尘雾,通常会飞得十分遥远。

呵护心灵

那一年我17岁，在西藏雪域的高原部队当卫生兵，具体工作是做化验员。

雪山上的条件很差，没有电，许多医学仪器都不能用。化验血的时候，只有凭着眼睛和手做试验，既辛苦，也不易准确。

一天，一个小战士拿了一张化验单找我，要求做一项很特别的检查。医生怀疑他得了一种很古怪的病，这个试验可以最后确诊。

试验的做法是：先把病人的血抽出来，快速分离出血清。然后在56摄氏度的情形下，加温30分钟。再用这种血清做试验，就可以得出结果来了。

我去找开化验单的医生，说，这个试验我做不了。

医生问：为什么？

我说，你想啊，整整半个小时，要求56摄氏度分毫不差。要是有电暖箱，当然简单了。机器的指针旋钮一应俱全，把温度和时间定死，一按电钮，就开始加温。时间到，红色指示灯就亮了，大功告成。但是没有电，你就抓瞎没办法。我又不能像个老母鸡似的把血标本揣在身上加温。就算我乐意干，人的体温也不到56摄氏度啊。

医生说，化验员，想想办法吧。要是没有这个化验的结果，一切治疗都是盲人摸象。

我是一个好心加耳朵软的女孩。听了医生的话，本着对病人负责的精神，仔细琢磨了半天，想出一个笨法子，就答应了医生的请求。

那个战士胳膊上的血管比红蓝铅笔芯粗不了多少，抽血的时候面色惨白，好像是把他的骨髓吸出来了。

前面的步骤都很顺利,我开始对血清加热。

我点燃一盏古老的印度油灯,青烟缭绕如丝,好像有童话从雪亮的玻璃罩子里飘出。柔和的茄蓝色火焰吐出稀薄的热度,将高原严寒的空气炙出些微的温暖。我特意做了一个铁架子,支在油灯的上方。架子上安放一只盛水的烧杯,杯里斜插一根水温计,红色的汞柱好像一条冬眠的小蛇,随着水温的渐渐升高而舒展身躯。

当烧杯水温到达56摄氏度的时候,我手疾眼快地把盛着血清的试管放入水中,然后双眼一眨不眨地盯着温度计。当温度升高的时候,就把油灯向铁架子的边缘移动。当水温略有下降的趋势,就把火焰向烧杯的中心移去,像一个烘烤面包的大师傅,精心保持着血清温度的恒定……

说实话,这个活儿真是乏味透顶。凝然不动的玻璃器皿,枯燥单调的搬移油灯,好像和一个3岁小孩下棋,你既不能赢又不能输,只能像木偶一样机械动作……

时间艰难地在油灯的移动中前进,大约到了第28分钟的时间,一个好朋友推门进了化验室。她看我目光炯炯的样子,大叫了一声说:你不是在闹鬼吧,大白天点了一盏油灯!

我瞪了她一眼说,我是在全心全意地为病人服务,正像孵小鸡一样地给血清加温呢!

她说,什么血清?血清在哪里?

我说,血清就在烧杯里啊。

我用目光引导着她去看我的发明创造。当我注视到水银计的时候,看到红线已经膨胀到70摄氏度的范畴,劈手捞出血清试管。就在我说这一句话的工夫,原本像澄清茶水一般流动的血清,已经在热力的作用下,凝固得像一块古旧的琥珀。

完了!血清已像鸡蛋一样被我煮熟,标本作废,再也无法完成试验。

我恨不得将油灯打得粉碎。但是油灯粉身碎骨也于事无补,我不该在关键的时刻信马由缰。现在面临的问题是我该怎么办?空白化验单像一张问询的苦脸,我不知填上怎样的答案。

最好的办法是找病人再抽上一管鲜血,一切让我们重新开始。但是病人惜血如命,我如何向他解释理由?就说我的工作失误了吗?那是多么没有面子的事情！人人都知道我是一个尽职尽责的好化验员,这不是自己抹黑吗?

想啊想,我终于设计出了如何对病人说。

我把那个小个子兵叫来,由于对疾病的恐惧,他如惊弓之鸟战战兢兢。

我不看他的脸,压抑着自己的心跳,用一个17岁女孩可以装出的最大严肃对他说:我已经检查了你的血,可能……

他的脸唰地变成霜地,颤抖着嗓音问,我的血是不是有问题?我是不是得了重病?

等待检查结果的病人都如履薄冰。我虽然年轻,也很懂得利用这种心理。

这个……你知道像这样的检查,应该是很慎重的,单凭一次结果很难下最后的结论……

说完这句话,我故意长时间地沉吟着,一副模棱两可的样子,让他在恐惧的炭火中慢慢煎熬,直到相信自己已罹患重疾。

他瘦弱的头颅点得像啄木鸟,说,我给您添了麻烦,可是得了这样的病,没办法……

我说,我不怕麻烦,只是本着对你负责,对你的病负责,还要为你复查一遍,结果才更可靠。

他苍白的脸立刻充满血液,眼里闪出星星点点的水斑。他说,化验员,真是太谢谢啦,想不到你这样年轻,心地这样好,想得这么周到。

小个子兵说着,几乎是迫不及待地撸起袖子,露出细细的臂膀,让我再次抽他的血。

我心里窃笑着,脸上还做出不情愿的样子,很矜持地用针头扎进他的血管。这一回,为了保险,我特意抽了满满的两大管鲜血,以防万一。

古老的油灯又一次青烟缭绕,我自始至终都不敢大意,终于取得了结果。

他的血清呈阴性反应。也就是说——他没有病。

再次见到小个子兵的时候,他对我千恩万谢。他说,化验员啊,你可真是认真啊。那一次通知我复查,我想一定是我有病,吓死我了。这几天,我思前想后,把一辈子的事都想过了一遍。幸亏又查了两次,证明我没病。你为病人真是不怕辛苦啊!

我抿着嘴不吭声。

后来领导和同志们知道了这件事,都夸我工作认真并谦虚谨慎。

在以后很长的时间里,我都为自己当时的灵动机智而得意。

我的年纪渐长,青春离我远去。肌体像奔跑过久的拖拉机,开始穿越病魔布下的沼泽。有一天,当我也面临重病的笼罩,我对最后的化验结果望穿秋水的时候。我才懂得了自己当年的残忍。我对医生的一颦一笑察言观色,我千百次地咀嚼护士无意的话语。我明白了当人们忐忑在生死的边缘时,心灵是多么的脆弱。

为了掩盖自己一个小小的过失,不惜粗暴地弹拨病人弓弦般紧张的神经,我感到深深的懊悔。

假如今天我出了这样的疏忽,我会充满歉意地对小个子兵说,对不起,因为我的粗心,那个试验做坏了。现在我来重新做。

我想他也许会发脾气的,斥责我的不负责任。按照四川人的火暴脾气,大骂几句也有可能。我会安静地倾听他的愤怒,直到他心平气和的那一瞬。我相信他还会撸起袖子,让我从他的胳膊上抽血……也许他会对别人说我是一个蹩脚的化验员,我会微笑着不做任何解释。

我们可以吓唬别人,但不可吓唬病人。当我们患病的时候,精神是一片深秋的旷野。无论多么轻微的寒风,都会引起萧萧黄叶的凋零。

让我们像呵护水晶一样呵护病人的心灵。

雪域灯火

入党,在部队。地址,海拔 5000 米;时间,20 世纪 70 年代第一个春天。说是春天,那是日历上的节气,4 月份了。但对雪域高原来说,冬季还甩着白茫茫的尾巴。

多年后,当我从部队转业,办理手续的时候,干事整理完我的档案,说,你的入党志愿书有点特别的地方。你还记得吗?

我说,封面是红颜色的吧。党的九大以后,用过这种全红封面的入党志愿书,似乎只持续了不长的时间,就不再用了。你那时还小,没见过,所以会觉得特别。

干事笑了,说毕军医,你也忒小看我了。我是年轻,可我是干什么的呢?做我这工作的,什么样的入党志愿书没见过呢?晋冀鲁豫边区用窗棂纸印的染着血迹的入党志愿书我都见过,要不是纪律管着,真想抽出来当作文物呢!它埋在档案袋里,除了证明老战士的党龄,还有什么用呢?坦率说,真没什么用了。若是哪天该老战士一去世,它就被永远地封起来了。如能拿出来办个展览,让大家都来看看,多么好!不说那些了。毕军医,接着想,你的入党志愿书有什么特别的地方?

我发愁地说,实在想不起来了。也许,我表的决心比别人要少吧?当时刚刚拉练回来,誓言都留在冰天雪地了,表达可能比较简略。

干事说,我要说的不是这事。看你想的这般难,就提醒你一下。你的入党志愿书里,保存有一样东西。我无意中发现了这件东西,因此我就可以判定出你是在一种什么样的状态之下填写的入党志愿书了。

经他这么一说,我由衷地羡慕起他的行业。本来素不相识,他却看到了我生命留下的深刻痕迹,并推断出我业已遗忘的真实。我来了兴趣,说,好吧,那我就认真地想一想……哦,我想起来了。一定是在纸页上看到了蜡滴,因此你知道了我是在夜里填写的入党志愿书,烛光被风吹得翻卷摇曳……

干事说,你想起了是在夜里填写的入党志愿书,这很正确。只是,纸上很干净,没有蜡滴。红色封面沁出煤油的味道,很浓重。

我一时陷入了苍茫的回忆。高原的夜很黑很沉。不到 10 点,昏黄的电灯疲倦地眨三次眼睛之后,就无情无义地熄灭了。照明主要靠煤油灯,煤油供应不足的时候,就点燃柴油灯。柴油的火焰是焦灼和愤怒的,如同烧焦了胡子的张飞。煤油相比之下,就有了一点书卷气,基本上是温良的。当然,风太大的时候,一切另当别论。

士兵偶尔会得到一两支如同杨贵妃般莹白的蜡烛,便珍藏起来,留待书写家书或是重要文字的时候,才拿出享用。其实,从单纯照明的角度来说,烛光是柔弱和不堪一击的。只是因为珍贵和稀少,才用来配合那种特殊的心境。依我对入党志愿书的敬重,那个夜晚,是会点燃蜡烛的。

于是,我说,想必我一定是在郑重地打草稿的时候,就把蜡烛用完了。

干事笑笑说,雪域高原,你是在什么灯火下填写的入党志愿书,咱们就不去考证了吧。我要说的这件东西,和照明无关。毕军医,你再想想。

我是真的一筹莫展了。我苦笑道,年代久远,高原缺氧损害了我的脑子,实在想不起来了。期望你能告诉我,要是你不说,也不勉强。我就带着疑团回北京。以后哪一天,你就是想要把答案告知我,天南海北的,恐怕也不容易啊。一生当中,不是每个人都有机会走到喜马拉雅山、冈底斯山和喀喇昆仑山交界的地方。

干事说,毕军医,你既然这样说了,我就告诉你。在你的入党志愿书里,夹着一粒大大的葡萄干,金黄色的,像远古的琥珀。我猜当年你一定是个贪吃的女兵,雪夜里,油灯下,一边填写着你的入党志愿书,一边吃着葡萄干,你把最大的一颗夹在第一页,预备填完之后打牙祭。可写完之后,你就睡着了。第二天一早,你就把志愿书交了上去。你在阿里的表现不错,审批机构就一路盖了章。这颗葡萄干就一直沉睡着,直到我今天发现它……

我愣了很久,仿佛是在听别人的故事。他的推理是很有逻辑的,有那颗葡萄干为证。

高原上的葡萄干是很稀罕的东西。因为缺乏维生素,军人们口角皲裂指甲翻翘,逢年过节每人会发一小杯葡萄干补充营养。只不过,那夜停笔的一瞬,或许并不是我睡着了,而是哨卡有紧急的抢救任务,我背上急救箱,连夜出发了……在那个岁月,这是很平常的事情。

　　面对这样一位负责并且充满想象力的年轻人,我是百感交集,一时不知说些什么。沉默很久之后,我对他说,谢谢你。我现在只想知道,你把那颗葡萄干怎样了呢?

　　干事说,你问的正是要害。这颗葡萄干,让我发愁了。不知道该把它怎么办。

　　我说,就请你把它吃了吧。我送给你。我是它的主人啊。

　　他笑笑说,一颗在红色文件中保存了这么久的葡萄干,随随便便吃了它,暴殄天物啊。我想了半天,还是把它按原样夹在你的入党志愿书里了。将来的某一天,也许还会被人再次发现,引发联想。若是有谁再问起你,你也不会像今天这样摸不着头脑了。

　　我说,好啊。我等着。

　　从那时到今天,很多年过去了。没有人再问起我这件事。有时,我想,是不是从藏北到北京的漫长旅程中,这颗珍贵的葡萄干,已经遗失在某处驿站,成为一小团甜蜜的冰雪?

苍凉的生命

面对荒凉的山口、孤独的废墟和沙暴盘旋出的昏暗,她第一次懂得了什么叫作博大和苍老。懂得了一个古老的民族被消失的辉煌和重新崛起的企望。

群山在壮丽的阳光和湛蓝的天幕下沸腾,每一块岩石和每一朵冰雪,都固执地保持着它们凝固时的模样。极端的严寒,极端的缺氧,极端强烈的紫外线,极端艰苦的跋涉……她的眼泪在某一处悬崖上,凝成了椭圆形的冰粒,至今还悬挂在海拔 6000 米的峭壁上。然而,苍穹和高原,是她终生眷恋的诲人不倦的尊者,它们哺给她短暂的生命和宇宙的无涯。

当一个 16 岁的少女,几乎在一无所知的情况下,告别了北京——这个当时中国内地最先进和繁荣的城市,跋涉万里,到达了青藏高原最边塞和最险恶的山峦之中,她所感到的恐惧和震惊,她所经历的心理跌宕和起伏,即使在 30 年之后的今天,每于暗夜中想起,也常常不寒而栗。

11 年后,她从西藏回来了。回到她自幼生活的城市,回到她的亲人和朋友中间。她觉得自己有一种分裂之感,有时会在安逸温暖的家中,突然不知自己身在何方。在那一瞬,她灵魂出窍,思绪如烟,飘到九霄云外。

她的魂魄又回到雪山上去了。在那个特定的时期,在那个遥远的高耸的地方,发生了一些事情。它们被呼啸的风雪掩埋,成为冰的木乃伊。如果没有人提起,注定永远无人知道。这个当年的女生,现在已经不年轻的女人,经历了这些事情。它们在她的血液中游走着,带着尖锐的冰凌,拒绝融化。她的脑子也因为缺氧,发生了一些不妙的变化。那些记忆搅缠在一起,编成了一条鞭子,在催促着她,做些什么。

于是她开始尝试着写作。她是一名医生,给人开药方是很内行的,甚至可以说她是个受人尊敬的好医生。可是,写作完全是门外汉。好在她还算勇敢,心想,常用汉字就那么几千个,我都会写(当然有时也有错别字,但大的意思还是有把握的)。只要能把所思所想所感所悟写出来,对得起那段岁月,即可。

于是,她就在一个平平常常的傍晚开始了写作。她写得很快,因为都是自己熟悉的事和人。他们在她的文字中说笑行走,哭泣和攀登。她所要做的事,就是把他们大体地记录下来。所以,她觉得写作的过程不像有人说得那样苦,倒像是被一根魔棒击中,时光倒转一下子回到了从前。她要感谢写作这根魔棒才对。当她把生平第一部中篇小说写完,她很高兴,觉得把一笔对于雪山的债还了。

小说没有名字。她想,故事是发生在昆仑山的,所以,在名字里一定要有"昆仑"两个字。这个方针一定下来,她就发觉自己面临一个大难题。因为"昆仑"这两个字是很重的,它们出现在题目里,就像两个巨无霸,谁能和它们匹配着,肩并肩地屹立在小说的第一行呢?好像有一架巨大的天平,她不由分说地把"昆仑"两个砝码,压在了天平的这一边。在那一边,要有怎样沉重的字,才能镇住天平的均衡?她无奈地想到了,要不,以多胜少吧,用三个甚至四个五个字,来抵住"昆仑"的雄风吧。

想了半天,没结果。她有点发愁。她有个习惯,一到了想不出办法的时候,就睡觉。她会在睡觉之前,把那个难题在脑海里重复一遍。好像脑海岸有一片沙滩,海浪扫过之后,洁净平滑舒缓阔大的样子。她把"昆仑"两个字刻在脑海的沙滩之上,就安稳地睡去了。

那一夜,她睡得很好。当她醒来的时候,她就真的有了一个题目。那个题目是在梦中出现的,只不过它不是镌写在海滩上,而是呈现在一块石板上。好像乡下的孩子读书时用的那种青石板,用乳白色的石笔写下了——"昆仑殇"三个大字(现实中,她从来也没有用过那样的青石板,真奇怪)。

她有点不解。因为"殇"是个冷僻字,在她当医生的生涯里,不曾用过这个字。印象中,这个字,孤独地弥漫在2000多年前楚国悲壮的挽歌中……

不过她确知,这个字组成的篇名,在这一瞬击中了她。它是这篇小说天造地设的标题。她很高兴,她的潜意识像一头勤恳的牛,黑夜中,无声地帮她犁开了一片板结的土地。

聪明的朋友们,看到这里,你们一定知道了,文中的这个"她"就是我。我就是这样写出了生平的第一篇小说,也就是处女作。

这些年来,每当有人问到我最喜欢的小说最满意的小说是什么?我都说,我还没有最喜欢的小说,因为我还不曾写出。我也还没有最满意的小说,也因为不曾写出。这样讲有点俗气,但我真是这样想的,我就要这样说。我不能因为害怕人家说我俗气,就编一个瞎话。在说谎和俗气之间,我是宁要俗气的诚实的。同时我每次都很自觉地告诉访问我的人,我说,我可以报告给你——我印象最深刻的小说,那就是《昆仑殇》。

有很多东西,不是因为它的价值高或是身世奇特我们才珍视它,是因为它其中蕴涵了我们太多的心意和太久的眷恋。《昆仑殇》就是一部这样的作品。当我写作它的时候,我毫无功利之心,完全是因为血液里的那些冰凌作怪,才匆匆动笔。如果说,在那以后的岁月中,我有时会以一个职业作家的习惯来从事写作,我可以坦诚地说,在《昆仑殇》中,我唯有一颗拳拳的赤子之心。

《昆仑殇》发表之后,获得了很大的反响。至今,我尚不能完全明白这是为什么。也许,那里太遥远了,那里发生的故事太悲壮了。也许,小说中描写了一种人类生存的极限和一种在极限中的挑战与人性的苦难奋斗,渗入了人们心中柔软的死穴。

这不是我的能力,这是那座雄伟的高山,假我的手,传递了一点它的神髓。

我要感谢苍凉的西部。因为有了这样的经历,我的一生在某种意义上,变得不同寻常。

自信第一课

1972年的一天，领导通知我速去乌鲁木齐报到，新疆军区军医学校在停顿若干年后这年第一次招生，只分给阿里军分区一个名额，首长经过研究讨论，决定让我去。

按理说，我听到这个消息应该喜出望外才是。且不说我能回到平地，吸足充分的氧气，让自己被紫外线晒成棕褐色的脸庞得到"休养生息"，就是从学习的角度讲，在重男轻女的部队能够把这样宝贵的唯一的名额分到我头上，也是天大的恩惠了。但是在记忆中，我似乎对此无动于衷，也许是雪山缺氧把大脑纤维冻得迟钝了。我收拾起自己简单的行李，从雪山走下来，奔赴乌鲁木齐。

1969年，我从北京到西藏当兵，那种中心和边陲的，文明和旷野的，优裕和茹毛饮血的，高地和凹地的，温暖和酷寒的，五颜六色和纯白的……一系列剧烈反差，就在我的心底搅起了沧海桑田般的变化。面临死亡咫尺之遥，面对冰雪整整三年，我再也不是当初那个天真烂漫的城市女孩，内心已变得如同喜马拉雅山万古不化的寒冰般苍老。我不会为了什么事件的突发和变革的急剧而大喜大悲，只会淡然承受。

入学后，从基础课讲起，用的是第二军医大学的教材，教员由本校的老师和新疆军区总医院临床各科的主任、新疆医学院的教授担任。记得有一次，考临床病例的诊断和分析。要学员提出相应的治疗方案。那是一个不复杂的病案，大致的病情是由病毒引起重度上呼吸道感染，病人发烧流涕咳嗽、血象低，还伴有一些阳性体征。我提出方案的时候，除了采用常规的治疗外，还加用了抗生素。

讲评的时候，执教的老先生说："凡是在治疗方案里使用了抗生素的同学都要扣分。因为这是一个病毒感染的病例,抗生素是无效的。如果使用了,一是浪费,二是造成抗药,三是无指征滥用,四是表明医生对自己的诊断不自信,一味追求保险系数……"老先生发了一通火,走了。

后来,我找到负责教务的老师,讲了课上的情况,对他说:"我就是在方案中用了抗生素的学员。我认为那位老先生的讲评有不完全的地方。我觉得冤枉。"

教务老师说:"讲评的老先生是新疆最著名的医院的内科主任,是在解放前的帝国医科大学毕业的;在国民党的军队里做到很高的医官,他的医术在整个新疆是首屈一指的。把这老先生请来给你们讲课,校方已冒了很大的风险。他是权威,讲得很有道理。你有什么不服的呢?"

我说:"我知道老先生很棒。但是具体问题要具体分析。他提出的这个病例并没有说出就诊所在的地理位置。比如要是在我的部队,在海拔5000米以上的高原,病员出现高烧等一系列症状,明知是病毒感染,一般的抗生素无效,我也要大剂量使用。因为高原气候恶劣,病员的抵抗力大幅度下降,很可能合并细菌感染。如果到了临床上出现明确的感染征象时才开始使用抗生素的话,那就晚了,来不及了。病员的生命已受到严重威胁……"

教务老师沉默不语。最后,他说:"我可以把你的意见转告给老先生,但是,你的分数不能改。"

我说:"分数并不重要。您听我讲完了看法,我已知足了。"

教室的门开了,校工闪了进来,搬进来一把木椅子摆在讲案旁,且侧放。我们知道,老先生又要来了。也许是年事已高,也许是习惯,总之,老先生讲课的时候是坐着的,而且要侧着坐,面孔永远不面向学生,只是对着有门或有窗的墙壁。不知道他这是积习,还是不屑于面对我们,或是有什么难言之隐。

这一次,老先生反常地站着。他满头白发,面容黢黑如铁,身板挺直如笔管,让我笃信了他曾是国民党医官一说。

老先生目光如锥,直视大家,音量不大,但在江南口音中运了力道,话语中就有种清晰的硬度了。他说:"听说有人对我的讲评有意见,好像是一个叫毕淑敏的同学。这位同学,你能不能站起来,让我这个当老师的也认识你一下?"

我只有站起来。

老先生很注意地看了我一眼,说:"好。毕淑敏,我认识你了,你可以坐下了。"

说实话,那几秒钟,真把我吓坏了。不过,有什么办法呢?说出的话就像注射到肌肉里的药水一样,你是没办法抠出来的。

全班寂静无声。

老先生说:"毕淑敏,谢谢你。你是好学生,你讲得很好。你的话里有一部分不是从我这儿学到的,因为我还没有来得及教给你那么多。是的,作为一个好的医生,一定不能全搬书本,一定不能教条,要根据具体的情况决定治疗方案。在这一点上,你们要记住,无论多么好的老师,也不可能把所有的规则都教给你们。我没有去过毕淑敏所在的那个 5000 米高的阿里,但是我知道缺氧对人的影响。在那种情况下,她主张使用抗生素是完全正确的。我要把她的分数改过来……"

我听到教室里响起一阵轻微的欢呼。因为写了抗生素治疗的不仅我一个,很多同学为这一改正而欢欣。

老先生紧接着说:"但在全班,我只改毕淑敏一个人的分数。你们有人和她写的一样,还是要被扣分。因为你们没有说出她那番道理,是知其然而不知其所以然。你现在再找我说也不管事了,即使你是冤枉的也不能改。因为就算你原来想到了,但对上级医生的错误没敢指出来。对年轻的医生来说,忠诚于病情和病人,比忠实于导师要重要得多。必要的时候,你宁可得罪你的上司,也万万不能得罪你的病人……"

这席话掷地有声。事过这么多年,我仍旧能够清晰地记得老先生如锥的目光和舒缓但铿锵有力的语调。平心而论,他出的那道题目是要求给出在常规情况下的治疗方案,而我竟从某个特殊的地理环境出发,并苛求于他。对一个初出茅庐的年轻人的不全面的异议,老先生表现出虚怀若谷的气量和真正医生应有的磊落品格。

真的,那个分数对我来说完全不重要,重要的是我在此番高屋建瓴的话语中悟察到了一个优等医生的拳拳之心。

我甚至有时想,班上同学应该很感激我的挑战才对。因为没过多长时间,老先生就因为身体的关系不再给我们讲课了。如果不是我无意中创造了这个机会,我和同学们的人生就会残缺一段非常凝重宝贵的教诲。

　　我的三年习医生涯,在我的生命中是一个重大的转折。我从生理上明了了人体,也从精神上对自己有了更多的信任。我知道了我们的灵魂居住在怎样的一团组织之中,也知道了它们的寿命和限制。如果说在阿里的时候我对生命还是模模糊糊的敬畏,那么,教师的教诲使我确立了这样的观念:一生珍爱自身,并把他人的生命看得如珠似宝,全力保卫这宝贵而脆弱的珍品。

大雁落脚的地方

小时候，妈妈偶尔说，你生在新疆巴岩岱。只听音，不知是哪几个字，在幼稚的心里，就以为是"八烟袋"，恍惚中觉得那地方是一块旷野，有很气派的大烟袋码成一排，八柱袅袅的白气上升。

我半岁时随父母到北京，在城墙里长大，再哪儿也没去过。人知道乡下的孩子易孤陋寡闻，其实京城的人于外面的世界，也一样模糊，对荒远的边疆地理知识几乎是零。几十年前，西北是远在天边的概念，那八个烟袋，谁知在哪个犄角旮旯冒烟呢？于是巴岩岱又湿又重地扎入我的童年记忆，像沉入墨水瓶底的一支蓝羽毛。

参军学了医，自从懂得了生理解剖生命起源，我对出生地空前地重视起来。我们从哪里来？这是一个永恒的命题。无数学者望洋兴叹，终生寻觅，不得其解。这个深奥的哲学问号，若从医学角度来说，倒是易如反掌。你的母亲孕育你的过程，她行走的地方，吃进的食物，饮入的清水，看过的流云，听到的小调……这些物质的精神的元素，累积着架构着混淆着镶嵌着，一秒秒一天天地结晶了你。

你就是你，不是其他的叶子和花，不是猪马羊和狼，不是沙粒和谷子，这其中一定有大逻辑。生命之所以奇异，在于一个个零件的精致组装。把那些新鲜的血和肉搭配起来的主宰者，是一个多么能干而霸道的调酒师啊！想想看，即使是称为你父亲的这一个男人，和被称为你母亲的这一个女人，在这一个特定的时刻孕育了你，如果不是在这一个特定的地域，用当地的特产充填了你生命的轮廓，你也必定不是此番模样。

我们挺拔的骨骼，来自那里飞禽走兽体中的钙和磷；我们明澈的目光，来自那里田野中绿缨垂地的硕壮胡萝卜；我们飘扬的发丝，来自那里山峦上乌云笼罩电光石火的黑夜;我们红润的嘴唇,来自那个铁匠铺里熊熊燃烧的烈焰……

出生地是一枚隐形金箍,出生的那一瞬,它就不动声色地套在了每个人的头上,叫你终生无法褪下。我们嗅到的第一缕空气,是那里的草木释放;我们喝到的第一滴甘泉,是那里的岩石沁出;我们看到的第一眼世界,是那里的风云变幻;我们听到的第一声响动,是那里的万物呼吸……

我开始缠着母亲,讲我出生的故事。母亲的记忆如雨中砖地上的红叶,零落但是鲜艳洁净,脉络清晰。她说,你出生在新疆伊宁,那是一座白杨之城。那里的白杨不像内地的白杨,有许多幽怨的眼睛。那里的白杨没有眼睛,每一棵都像银箭,无声地射向草原无边无际的天空。

母亲说,我出生在秋天,父亲在远方执行任务。母亲说,部队里成了家的男人和女人,平日都是分开住的。唯有到了节日,才是团聚的时刻。母亲说,大礼堂里,拉上许多白布帘子,分割成一个个独立小屋,那就是军人们的卧室了。母亲说,节日的黄昏,女人们早早就躺下了,在四周雪白的布笼中,悄悄地等待自己的丈夫。母亲说,夜深了,查哨归来的男人们,像潜入敌营一般,无声地在白布组成的巷道穿行,走到自己的属地,持枪的手,像雄鸟的喙一样衔开白帘,温暖地滑翔进去。

母亲说,部队里的孩子,就孕育在白布帘子背后,如果从礼堂的房顶看下去,那些布做的田野和畦,和如今冰箱里储藏冰水的塑料格子差不多。我忙问,我是那样来到的吗?母亲说,不是。因为职务,父亲和母亲享有一栋古老的俄式木屋。它高大凉爽,有宽宽的木廊。唯一美中不足的是,不知建于何年何月的地板,每当你脚步穿过的时候,就会和着你的节奏簌簌抖动。

母亲说,怀你的时候,父亲率领骑兵,要去远方。他把照顾母亲的担子,交给一个年长的警卫员,名叫小胖子。母亲说,那个兵,大约有四十岁吧?现在没有这样老的兵了,那时有。幸亏他的年纪比较大,要不这个世界上,可能就没有你了。

母亲说,整个怀孕期间,她完全吃不下寻常的食品,闻什么都吐,体重锐减。医生说再不补充营养,大人孩子都危险。小胖子很着急,他是四川人,会做饭,殚精竭虑地把能够想出的吃食,因陋就简地做出来。盛在大粗碗里,端上来让母亲闻闻,看哪一样能吃得下去。母亲对所有吃食,都大饥若饱,置若罔闻。终有一天,母亲嗅到一缕奇异的香味,不觉食欲大动,问小胖子,你吃什么呢?能不能让我也尝尝?小胖子说,我在喝野鸽子汤。

在俄式木屋不远处,有一座废弃的粮仓。粮仓高而窄的窗户,像古堡的透气孔。每天早晨,小胖子打开窗户,然后就忙自己的事去了。粮仓的地上,散落着陈年的苞谷粒,粮仓的每一寸墙壁,都蒸发着粮食干燥熏香的气息。铺天盖地的银灰色野鸽群飞来了,从窗口鱼贯而入。到了夕阳倾斜的辰光,小胖子突然从墙外关闭窗户,使粮仓没入黑暗。然后挥着一把大扫帚冲入门内,旋风般扑打,鸽羽纷飞……

怀你十个月,我只吃了不到十斤的大米和一点野菜。剩下的营养,全靠野鸽子汤支撑,母亲很严肃地说。

我追问道,您一共吃了多少只野鸽子啊?

母亲想了想说,一天少说也有十只,几百天算下来,总有几千只了。

我大惊,愤愤地说,您也太能吃了。要是"绿色组织"知道了,会对您提出抗议的。

母亲纠正我说,不是我能吃,是你能吃。一旦生下你,我就再也不吃野鸽子了。

我说,不管怎么说,这数字也大得可怕,承受不起。我最多只能承认自己是一千只野鸽子变的。再多,就是大罪孽了。

一想到自己平凡的生命之弦上,挂着千只野鸽,坠得心绪弯出弧形。一千对鸽翅,将是怎样一片掠过苍穹的翠蓝的云?一千只鸽鸣,将是怎样一曲缭绕云端刺人肺腑的歌?一千双鸽眼,将是怎样一束眺望远方洞穿云雾的光?一千堆鸽羽,将是怎样一片洁白的雪能融化万古寒冰?假如我这一生虚掷光阴,对不起造化,对不起自然,对不起我的父母,也对不起架构我生命的羽翼丰满飞翔不息的千朵生灵!

母亲临产的时候,父亲从营地骑马赶来。母亲已住进苏联人开的医院,躺在产床上,辗转反侧。病房不让父亲进去,父亲只好在医院病房的窗户上,久久地凝视着母亲。然后,一扬鞭,飞身上马,再赴疆场。

你第一次见到你父亲,已经是满月后。那时,你已是一个大孩子了。母亲说。然后,父亲又走了。母亲抱着我,住在古老的俄式木屋。夜里我爱哭,母亲就彻夜抱着我。母亲胆小,不敢点灯,就在漆黑的夜里,守我到天明。

门口有一棵小榆树,树影在夜风里,像鬼魅一般伸缩着指爪。

无数次的讲述历史之后,我对母亲说,咱们回一趟新疆吧?去看木房子、小榆树和野鸽子。妈妈曼声应着,几乎不抱希望地说,好啊好啊。只是新疆太远,伊宁太远。

对话埋在土里,好像古墓中的莲子,酣睡着,不知何时才会绽成花?

1997年夏秋,我和母亲同赴新疆,以结夙愿。母亲已近七十高龄,当汽车翻越天山的时候,我十分紧张。那是一条年久失修的战备公路,已很少有人走。一边是壁立的狰狞悬崖,一边是千尺深渊。山顶的冰川,在炎热的8月,融化成无数道淋漓的小溪,从峰顶汩汩坠下。冰川就变得稀薄了,出现了亚麻般的网络,好像贫女洗涤多次的纱裙,自山顶逶迤而下,渐薄渐远,直到下缘融成一道暗赭色的湿边。我因为经历过西藏的险峻,不大惊惶,但一眼瞥见母亲,目不转睛地看着道路,心中突然升起浓浓的悔意。也许,我不该为了探寻自己的出生地,让高龄的母亲感受危险。

我悄声对母亲说,您害怕了?母亲说,有一点。我说,您当年从伊犁离开去北京的时候,难道没有翻越天山吗?怎么倒好像是第一次看到这种险峻呢?母亲说,那时,我怀抱你,没有看过一眼山,我一直在看你。

汽车驶近伊犁的时候,心怦怦跳,我对自己说,一定要大睁着眼睛,把记忆变得像一卷新录像带,事无巨细都拍下来,留着以后慢慢回味。

然而竟像中了魔,睡着了。年轻时在西藏当兵,久惯征程,无论坐多远的车,绝不睡觉。因为目睹了太多的车难,都是因为人睡着了,方失去了生命关头的最后一搏。惜命的我,因此从不乘车入睡,这一次,鬼使神差。

叫醒我的是一个猛烈的颠簸,已到新疆伊犁哈萨克自治州的首府伊宁市中心。满目是青苍的绿,高耸入云的绿,剑拔弩张的绿,唰唰作响的绿——高大矗立的伊犁杨!不长忧郁眼睛的伊犁杨!耳边听到母亲喃喃说,都认不出来了啊,哪里是当年的老房子?

在伊犁的日子里,母亲第一个也是最后的愿望,就是找到她和父亲住过的地方。我本来以为这不很难,就算地表建筑有了相当大的变化,但山川依旧,地名还在,只要踏破铁鞋,还怕找不到吗?

然而,我错了。伊宁发生了太大的变化,从母亲茫然的眼神里,我发现她记忆中的伊宁,仿佛是另外一个星球上的地方,同这方土地不搭界。赤日炎炎下,母亲说,那时漫天大雪啊,我坐着雪爬犁……我怀疑都是这季节闹的,大约应该在隆冬来。白雪的城市和青杨的城市,永远无法重叠。

我帮母亲梳理头绪。母亲说,老房子的周围有一家飞机场。我想这是一个显著的目标,《伊犁河》的编辑热诚相助,第二天一大早,带着我们照直奔机场而去,绕着机场转了三圈,不想母亲对那里的地形地物毫无反应,说,房前还有一条河,房后还有一座山,这里一马平川,不是啊不是。我说,机场吗,当然是平的了,也许是修机场的时候,把山平了,把河填了?

母亲不置可否,看得出,她不信服我的解释。找来机场的工作人员,向他打听这里原先的地形,以证明我的猜测。没想到他肯定地说,这里没有山,也没有河。从来没有。我看,老人家说的那个机场,不是我们这个机场。你母亲五十年代初期就离开伊犁,那时这座机场的图纸还没画出来呢。

于是有了老机场的悬念。

我们又驱车去巴岩岱。这是一个赫赫有名的地方,几乎每个伊犁人都知道,但当我细究这地名是什么意思的时候,又谁都说不清楚。巴岩岱是一个小镇,我们的车缓缓驶过,好像在检阅路旁古旧的土屋和新的建筑。我不断地问母亲,是了吗?想起一点了吗?母亲总是漠然地摇头。

新疆小镇特有的十字形短街,很快就被车轮丈量完了。往回开,再走一遍。我对司机说。正在修路,地表的积土和晒干的驴粪,化作旋风样的灰尘,快乐地裹挟在车的后方,像赭黄色的陈旧面纱,把巴岩岱半掩半藏,母亲索性走下车去,期望巴岩岱的土地,会直接告诉她点什么。

亚洲腹地的太阳,从公路上方,几乎垂直地击穿颅顶,把灼热和焦躁注入思维。随着车轮的反复碾轧,母亲的迟疑已经延展为沮丧。我的记性真的这么糟了吗?不对啊,我怎么一点也想不起来了?就算房子被拆了,山也被削平了吗?还有那条河?河边的柳树呢?母亲低声自语,愤愤不平,仿佛要同历史讨一个说法。

四周悄悄,母亲已经离开这里四十四年了,没有人负责回答她陈旧的问号。我妄想开动我的直觉,像猎狗一样四处巡视。但是可悲啊,我的神经末梢,对这片苍翠的原野,毫无反应,同一路上翻越天山跋涉北疆所见过的任何相似景色一样,只是淡淡地欣赏。

我决定放弃寻找,不论是巴岩岱还是八烟袋,这样对她老人家的压力可能轻些。我说,有很多归国的老华侨,都找不到自己的家。不是您记性不好,是这个世界变化太快。母亲不理我的油嘴滑舌,继续苦苦地凝视巴岩岱。一车人都跟着焦急,我于是拉着母亲走到一处风景秀丽的小渠,对随行的记者说,麻烦您给我和母亲合张影。这里就是巴岩岱。

母亲不服,说,你那时什么都不记得,凭什么说这里就是巴岩岱?我说,您倒是记得,可您的巴岩岱在哪里?这里怎么就不是?为了更有说服力,我拦住过路的一个穿袷袢的维吾尔老人,问,这里吗,叫什么名字?

那老人汉语不很通,眯着因为老而变作灰蓝的眼珠看着我,不答话。我干脆直奔主题,用手在身旁画了一个大圆,然后说——巴岩岱?他好像遇到故知,快乐地重复:巴岩岱,巴岩岱!

我面对母亲,怎么样?这里就是巴岩岱。于是我和母亲,在我所指定的我的出生地,照了几张相。平心而论,四周景色不错。草原在午后阳光下灼热地呼吸,波光粼粼,犹如晃动着自九天而下的玄紫色纱幕。脚旁的小草,像无数神奇的吸管,把苍黄大地的水分,变成了绿色油漆,不慌不忙地涂抹在自己向阳的叶面上。也许是颜料不够,叶子背面就比较马虎,涂得清淡些,露了霜白的底色。野花英勇地高举着花茎,把小小的花盘,骄傲地迸裂到近乎水平的角度,竭力把自己的美丽一面展示出来。好似一个细胳膊的小伙子,一往情深地仰着脸,向蓝天求爱。虽结局不一定乐观,仍充满了令人感动的柔肠。

我很中意此地的风景。母亲不再吭声,那神情分明在说,这里虽然好,但不是你出生的地方。可你硬说是,那就是吧。

回宿处的时候,母亲说,你出生的那家医院,总是应该能找到的。她的神气很执着,好像已被我掺进一个赝品,这家医院一定要货真价实。

那家医院还在,但已改造得面目全非。眼前是和普通医院一样高大而四通八达的主楼、熙熙攘攘的愁眉苦脸捏着药袋的杂色人流和飘逸的白衣。我和母亲在药气汗气中穿行,问一个护士,这个医院当年的妇产科在哪里?那个护士匆匆走着,一边走一边丢着话,你要问现在的妇产科,我告诉你。要是问原来的,谁知道?

连续问了好几个人,都被干脆地回绝。母亲一脸的茫然,也许昨天我的指鹿为马刺激了她,她不愿再无望地寻找,对我说,我们走吧,即使找到了医院,也找不到你爸爸看我的那扇窗户了。

我便依偎着母亲,慢慢向医院的大门走去。就在这一瞬间,千真万确地,我听到血脉深处剧烈的叹息,心被攥紧又松开,痛得窒息。

我果决地对母亲说,请随我来。不由分说地牵了她,向一个我也说不清的方向,义无反顾地走去。人很多,不停地碰撞,我急速穿梭,不住口地说着对不起,宛若行进在旷野杂草间。碰到的人不再有鼻子有眼睛,只是一些木桩。七折八拐,在厚厚的树丛之后,看到僻静处有一栋老木屋。

它在绿篱中蹲踞着,好似千年蘑菇。自屋顶冲刷而下的杏色雨迹,仿佛岁月的鞭痕,略有弯曲,在木疤处拐了一个小弯,依然执拗地向下。

我的血翻起泡沫,激烈地鼓荡着。看——就是那扇木窗!我握着母亲的手大叫。那一刻,感到彼此的肌肤,在盛夏里冰冷如雪。

在木屋的中间,有一扇木窗。木窗和它宽大的窗台,漆色斑驳地幽闭着,锁定四十五年前一位戍边的将领和最初的父亲久驻的目光。

是吗?是这里吗?母亲轻声反问着,伏在窗棂上,处处抚摸,好像那里还遗有军衣的擦痕。俯身比量着询望屋内的角度,好像父亲的视线,还如探照光柱一般,笔直地悬浮空中。我僵僵地立着,感觉时光顺流与逆流的波纹。

还须确认。无人知晓数十年前此地的格局。终于找到一位维吾尔族老人,捋着飘拂的白胡须说,半个世纪以前吗,这里是苏联人开的医院。后来吗,都拆了,盖了新的楼了。现在吗,只剩这最后的屋檐,原先是专门接娃娃的房……

我长久凝视窗户,时间隧道,一身戎装的父亲,牵着他的战马,屹立远方。

母亲说,连我都认不出的地方,孩子,怎么就像有丝绳拽着,你一下走到这里?我说,妈妈,不要忘了,我也来过这里。在我的记忆深处,我记得这条路。这里是我第一眼看到的世界。

到了临离开伊犁的前一天,母亲有些不好意思地对我说,我还想找找那座老房子。我说,还去巴岩岱吗?母亲说,不了。就让车在伊宁街上随便转吧,也许突然就看到了,也说不定。

我实在不知如何再向主人提出要求,为了老房子,我们已麻烦人家多次。但伊犁州公安局的李局长说,老人家来伊犁不容易啊,今生今世也许最后一次了。说什么也要找到这个地方。于是他派出了局里最有经验的侦察员帮助我们。

老王瘦而干练,目光鹰隼一样锐利,像搜索逃犯一般,开始详尽地了解情况。您敢肯定门前那是一条河,不是一条渠?新疆的渠沟很多,有的也很宽,波涛滚滚的。老王抽着莫合烟说。

是河,因为它是弯弯曲曲的,人修的渠是取直的。岸边有很粗而疙疙瘩瘩的树,老树,树叶落在水上。母亲说。

您的记忆很肯定,附近有一座山?

小山,不高。肯定有,在河的北面。母亲说。

老王站起身来,说咱们走吧。我已经知道那大概的方向了。

我和母亲半信半疑地跟着老王上了车,他对司机低语了一声,车就飞快地沿着白杨大道驶去。

到了一处疏朗的房舍,周围有不浓不密的林子,地面有些残存的鹅卵石,像半睁半闭的疑惑之眼。

其后发生的事,恍若慢镜头。母亲一跃下了车,踢着那些鹅卵石,飞快地向远处的房舍走去。我想紧跟上,老王示意我拉开距离,以给母亲一个独立回忆的空间。于是放她苍凉地一人走向往事,我们默默地跟随。母亲举步如飞,跑到一所孤独的木屋旁,目光如啄木鸟,从地基敲到檐顶,然后又一寸寸地凿下,好像要把那些木楞中的年轮剥出来。

我以为母亲会说什么,结果她什么也没说,就倒着身子,退开了。我忙凑过去,没想到她又疾步走上前去,我紧跟,听到了她对木屋说的话——你怎么比原来变矮了?哦,是了,我们都老啦!

母亲拉着我的手,登上木屋的台阶。那台阶吱吱扭扭响着,这声音亲热地召唤母亲,从她的耳鼓潮水般地蔓延开去,扩展到整个身心。

这是一座说不上年代的俄式建筑,当年不知漆过何种颜色的油漆,现在已完全脱落,连绿豆大的一点遗迹都不曾留下。每一寸木纹都裸露着,好像森林老人住的原木房子。高高的挑檐,抗拒着岁月的磨损,依旧尖锐地飞翔着,几乎把草原湛蓝的天空刮出伤痕。檐口的滴水槽已经残破,水线蜿蜒,好像一把用旧的木锨还牵着淋漓的泥浆。屋顶上小塔式的烟囱半边坍塌，露出被壁炉焰火熏黑又被风雨漂白的栗色。悬山的边缘已成锯齿，唯有山墙像倔强老人的脊背，昂然挺立着。阳台的栏杆，有美丽的螺旋状丝纹，不可思议地保持着精致的形态，透出当年的华丽。游廊很宽敞，木地板由于多年无数双鞋的摩擦，生出短而茸的木刺，在舒缓的木弧中被浮土半遮半掩。

一把大锁禁锢着历史。母亲紧张地扒着门缝向里张望，如同孩童。老王不知用了什么办法，找来一个全副武装的士兵，开了门。原来这里和半个世纪以前一样，是军队的产业。

木屋的中央是气势宏大的客厅，虽堆满杂物，仍看出往日的磅礴。四周是布局严谨的小房间，年代久远，已察不出主人修造时的匠心。我们在灰尘中走动，搅起呛人的烟尘。母亲的目光如蛛网一般，打捞着游动的往事。她一定是看到了我所无法窥视的影像，与那时年轻的自己对话。

你好啊！老房子，我来看你来了。你还记得我吗？这就是当年那个爱哭的孩子啊！我们一道从北京来看你，你还记得我们吗？母亲拍打着积满青灰的栏杆，对着空中自语。

我和母亲拉开一米远近，怕惊扰了她的思绪。没想到母亲执意拉着我，好像面对久久不见的亲戚，不停述说——那里，就是我睡的床，抱着你，坐在床上。那些夜晚，总也盼不到天亮……她指着一个堆满军械的角落——那里，就是小胖子煮野鸽子汤的地方。她指着回廊的拐角处。你该叫他小胖子叔叔的，要是没有他的好心，这世界也许就没有了你。他如果还在世，该有八十岁了——那里，就是整夜摇晃的小榆树啊，天！它长得这么高，成了老榆树了……她指着窗口处的树枝，我眨眨眼，看到那树应声弹下几斑苍凉的绿泪。

木地板在我们的脚下波动。我问母亲说，它们是不是晃得更厉害了？母亲说，没有，它们和以前一模一样。真奇怪。哦，对了，人是熬不过木头的。

那位开锁的士兵，从我们的对话中明白了原委，恍然大悟道，啊，我知道啦！你们想它了，就从北京赶来看它。你们来得正好，再有一个星期，它就被卸成一堆木板。

在城市建设的整体规划中，已几次动议拆除这老屋，不料每次临动手的时候，就出些意外的变故，阻止了工程。这一次，推土机已备好，再不会拖延了。

啊,我明白了。老屋一直在等着我们,等着母亲布满褐斑的手最后的抚摸。等待当年的孩子,再看一眼它斑驳的木纹。山不在了,河不在了,但老屋尚在,与我们母女相会于它生命的夕照里。

老王后来告诉我,50年代,贯穿伊宁市的河流只有两条,背后依山的就是这条河。后来,城市变迁,山被砍平,填了河床,地表上的旧貌已杳无音信。此地原来确属巴岩岱管辖,但行政区划几经变更,如今已归属市区,难怪母亲在巴岩岱百寻不到了。

我们依依不舍地告别老屋,我从摇曳的榆树上摘下几片树叶,从地上掬了一抔黄土。我会把它置于父亲的墓前,我猜他会在有月亮的晚上,轻轻地闻着树叶,用手指捻着黄土纷纷落下。父亲一生戎马生涯,他眷恋他骑马挎枪走过的地方。

母亲安宁了,好像同我交割清了生命的最后一笔账目,我却接过一副沉重的挽具。你已知道生命的源头,你不由得张望生命的尽头,心中惴惴。当你有朝一日,一切归于永恒,背负黄土,仰望星空,检点一生:毕淑敏啊,你可对得起三千银翅、一蓬绿荫、古旧的木纹和一个名叫小胖子的老兵?!

离开新疆前,我应邀做了一场讲演。主题发言以后,我说,我有一个私人问题,求助大家。我出生在伊宁巴岩岱,我不知巴岩岱是什么意思?谁能帮我解答?不一会儿,纸条递上来了,说:"巴岩岱是蒙古语,意思是——大雁落脚的地方。可惜大雁落脚又飞走了,你何年再回新疆?"

我一时热泪盈眶。新疆是我生命的始发站,只要我还在天际运行,无论飘到何方,都会像彗星回归。

又传上来一张标着"新疆大学"的纸条,上书:"我们几位伊宁人,想把自己的家腾出来,为你建一间文学馆。让天下的人们都记得,伊宁出了个你。"

我沉吟,为着家乡人的热忱。半晌,我说,毕淑敏何德何能,能承受伊宁人的如此盛情?我的老乡们,听我一句话,自家的房子,还是好好装修,住得宽敞一些为好。如果实在空闲,就开一个小饭铺,卖手抓羊肉和伊犁草原上的马奶酒吧!那是天地的精灵。